LA CANCIÓN DEL FIORDO

JULIA DE LA FUENTE

LA CANCIÓN DEL FIORDO

Argentina – Chile – Colombia – España
Estados Unidos – México – Perú – Uruguay

A mi abuela Julia.
Porque el verano que tú olvidabas
yo escribía esta novela a tu lado.
Y, si todo lo demás se borra,
serán eternas las palabras.

ROSA CARMESÍ

Madrugada del 13 de febrero de 1871

No era la primera vez que Victoria estaba allí: a la orilla del lago helado, rodeada de nieve. Quieta. A la espera. Mecida por el viento, su larga melena caoba se perdía entre la niebla espesa que secuestraba su aliento y difuminaba los contornos de su figura.

Sentía que estaba hecha de humo, que no era más que un espectro.

Sus ojos compartían el color de las aguas congeladas. Un azul que había perdido su brillo hasta quedarse gris, vacío. Como su corazón.

No quería mirar al frente y, al mismo tiempo, no podía evitarlo. La respiración contenida. El pulso detenido. Los fantasmas no necesitan oxígeno ni sangre caliente.

La última vez que estuvo allí…

La niebla se dispersó. Apenas lo suficiente para mostrarle una estrecha senda sobre el hielo. Victoria apretó los puños con obstinación y no se movió. No seguiría su llamada.

La bruma le había traído un regalo. Un hombre tendido en el centro del lago. Se lo ofrecía.

Hans.

Dio un paso sin pensarlo y el hielo crujió.

Hans, mírame.

Su expresión era relajada, como si durmiera. Su sonrisa, plácida en aquel rostro de ángel caído. Los hoyuelos en las mejillas le hacían seguir pareciendo un niño. Porque la vida de Hans no se contaba en años, sino en sueños y belleza.

Victoria echó a correr hacia él. El hielo se resquebrajaba a sus pies. Lograría alcanzarlo antes de que los separara. Tenía que hacerlo.

¡Hans! Una llamada muda. Un grito.

De su mano asomaba un trozo de papel. Un telegrama. Y una rosa carmesí le brotaba del pecho. Tan tierna y risueña en su colorido como él lo había sido en vida.

El hielo se quebró y Victoria se hundió en la oscuridad.

El lago la había roto una vez más.

PROMESAS DE PAPEL

Después de que la pesadilla la despertara, Victoria supo que no podría volver a dormirse. No le importó. Le gustaba la magia del silencio de la madrugada, que volvía tenues y alargadas las sombras de su sobria mansión. El crujido de la tarima bajo sus pies, la compañía de su aliento. Era el placer de la soledad.

Su casa quedaba a las afueras. Un bonito recuerdo de otra época. Como el faro abandonado cuando se construyó uno más moderno en el otro extremo del fiordo.

Caserón solitario sobre la colina, en la linde del bosque, desde la salita acristalada del tercer piso, podían abarcarse con la vista las tupidas hileras de copas verdes, que se extendían hasta el horizonte como soldados en formación.

«No he de temer ni muerte ni ningún desmán hasta que se alce el bosque de Bírnam hasta Dunsinán»[1].

Recordó a su hermano recitando los versos de un dramaturgo inglés y su malogrado rey Macbeth al tiempo que espoleaba a un caballo imaginario y enarbolaba una espada de aire y fantasía. Le divertía decir que aquel era su bosque Bírnam, y su mansión, la guardiana encargada de vigilarlo

---

1. W. Shakespeare. *Macbeth*, acto V, escena III.

para contener la muerte cuando se alzara de entre sus raíces. Por eso el pueblo crecía guarecido a sus espaldas.

A Victoria no le hacía tanta gracia pensar que vivían junto a un bosque encantado que un día se levantaría para caer sobre ellos.

Observó la luz del amanecer tamizarse entre las ramas. Rocío de polvo ambarino que, por unos instantes, tornaba dorada la arboleda.

Hubo una época en la que a Victoria le gustaba lucir colores alegres. Bailaba vestida de ocre, rosa y cielo. Reía más y fruncía menos el ceño. Pero ya casi lo había olvidado. Fue en otro tiempo, antes de que el lago helado le robase por primera vez.

Ahora, su vestido, abotonado al cuello y de pesada falda hasta el suelo, era de un morado tan oscuro que la convertía en un elemento más de la penumbra. El fantasma de aquel hogar añejo y señorial, con el cabello recogido en un moño rígido y tirante.

La luz fuera. La oscuridad dentro.

«Perfecta», le habría dado su aprobación una buena institutriz. Su hermano, sin embargo, se burlaría de ella:

«¡Mira! Un raro espécimen de vieja amargada en el cuerpo de una joven. La ciencia debería estudiar este fenómeno de la naturaleza».

Un rayo de sol se derramó a través del cristal hasta casi tocar la punta de sus zapatos. Dio un paso atrás, como si su contacto fuese a quemarle aquel corazón carcomido.

La luz fuera. La oscuridad dentro.

A lo lejos, entre la maleza, se intuía la bruma del lago alzándose, deshilachada por la aurora. Apretó el papel que guardaba en su puño. Un telegrama manido de tanto desdoblarlo para releerlo.

No era un texto especialmente complicado. Tan solo una palabra:

«Regreso».

Y una firma:

«H».

«Jamás confíes en la promesa de un hombre», solía repetir su madrastra.

Estrujó el papel. Daba igual lo que dijese. Ella no conocía a Hans.

El lago tampoco.

Ambos se equivocaban.

Él regresaba. Pronto podría estrecharlo entre sus brazos. Era lo único que importaba.

Dos rotundos aldabazos resonaron contra la puerta. La tregua del alba se había terminado. En la mano de Victoria, una promesa de papel se convirtió en cenizas.

PRESO

—Señorita Holstein, sabe que no se permiten las visitas.

Tras recibir la noticia, había armado un buen revuelo en la comandancia. Victoria no era el tipo de dama que se conformaba con un «no».

—Oficial Bohr. —Clavó en sus ojos aquellas dos esquirlas de hielo gris que eran los suyos—. Usted trabajó con mi abuelo. Sé que lo apreciaba. —Le mostró su insignia. Confiaba en que le sirviese de salvoconducto.

El hombre la observó con nostalgia. Alargó la mano para que se la dejara y la acarició con el pulgar sobre su palma. Sus bordes plateados brillaron.

—Nos hemos quedado anticuados, compañero —le habló al recuerdo de su abuelo. Suspiró y negó con la cabeza. Luego emitió un sonido similar a una risa apagada mientras giraba el distintivo entre sus dedos antes de devolvérselo—. Nunca supe qué significaba.

Victoria tampoco. Un hacha y el cráneo de un pájaro cruzados.

—Tenemos un nuevo capitán. Lo ha mandado el príncipe desde Copenhague.

Victoria apartó la vista y se apresuró a asentir. Había oído las noticias. El príncipe enviaba sus edictos de reforma

14

y a los encargados de ponerlos en marcha, pero él mismo no regresaba. Ya se parecía más a un ser mítico, nacido de las habladurías que repetían su nombre, que a una persona real.

Bohr continuaba hablando:

—Ahora… las cosas son distintas. Si pudiera…

—Lo sé —atajó. Odiaba el gesto de compasión que le dedicaba. Muy buenas intenciones, pero muy pocas soluciones.

Ante el reproche en su expresión, el oficial suspiró y le indicó con un discreto movimiento de cabeza la puerta de acceso a los calabozos. Victoria se recogió las faldas y avanzó a rápidas zancadas.

—Señorita Holstein.

—¿Sí? —Se giró.

—Lo siento.

Victoria apretó los labios y siguió camino.

Más lo siento yo.

Hans estaba sentado en el suelo de su celda, encorvado sobre su libreta en el rincón al que mejor llegaba la luz de la mañana. Con los hoyuelos marcando sus mejillas, el pelo cayéndole descuidado sobre la frente y un diminuto carboncillo manchándole los dedos, dibujaba. La concentración y la inocencia de un niño, sin más preocupación que convertir el mundo en trazos.

Como siempre que lo descubría pintando, Victoria se acercó imponiendo silencio a sus pasos y se agachó junto a él con cuidado, al otro lado de los barrotes. Hans desatendió su arte lo suficiente para dedicarle una sonrisa. Sus manos creaban y sus ojos brillaban tras las espesas pestañas, largas y curvadas.

El corazón se le estremeció y Victoria contuvo el aliento. Podía creerse que se parecía a su madre, como solían repetirle, hasta que lo miraba a él. Su hermano sí que era el vivo retrato de su belleza.

—Te he traído comida. —Le tendió la manzana que llevaba en el bolso colgado de su muñeca—. Pensé que tendrías hambre.

Hans le dedicó una nueva sonrisa. Divertida esta vez.

—Tú siempre tan práctica.

Pero no se interesó por la fruta. Su lápiz seguía arañando el papel. Hans se alimentaba de arte.

Victoria no le preguntó si la acusación era cierta. Poco importaba; él ya les había dado su respuesta a las autoridades.

—Lo has reconocido. —Sonó dolida. Su declaración dificultaba toda defensa posible—. Lo has aceptado sin más. Deberías haber esperado. El abogado de papá…

—No quiero negar quién soy.

—Y yo no quiero perderte —repuso con enfado.

Discutir con Hans terminaba sin llegar a empezar, siempre igual: con él en silencio, dibujando. No te daba la razón; no te la quitaba. Tan solo el sonido de su lápiz por contestación.

Victoria se rindió con un resoplido y observó el pájaro que trazaba. Lo real que parecía. La suavidad de sus plumas.

—*Leptopoecile sophiae* o carbonerito de Sophie —le explicó él—. Tiene los colores del atardecer. El rosa pálido y el morado de las nubes, el azul del cielo, el naranja del fuego… —Movía las manos como si lo estuviese coloreando con la emoción de su voz—. Se funden a lo largo de su pequeño cuerpo como las ondas de agua en el mar. —Se volvió hacia la puerta de los calabozos, consternado—. Si tan solo me devolviesen mis lápices...

—Van a fusilarte, Hans.

Sí, ella era más práctica.

—Hmmm. —Su hermano tan solo hizo aquel sonido de asentimiento y regresó a su posición inicial—. Además, a ti los pájaros no te importan. No al menos desde que...

—Desde que mamá murió.

Habían pasado los años suficientes como para que resultase absurdo que su hermano fuese incapaz de pronunciar aquellas palabras. Llevaba más tiempo de sus vidas muerta que viva.

A padre no le había costado tanto llamar a otra «su esposa».

Hans apoyó la cabeza contra los barrotes con un suspiro y volvió a asentir:

—Sí.

Fue a cerrar su libreta. Al pasarse las hojas, Victoria se fijó en un retrato. En el mimo con el que los trazos de su hermano habían acariciado aquel rostro.

—¿Es él?

La sonrisa y el rubor de su mirada contestaron por Hans.

—¿Y ha merecido la pena? —Victoria tensó los puños. Si eran dos, ¿por qué se encontraba su hermano solo entre rejas? Si uno iba a salvarse, tenía muy clara su preferencia.

Hans sonrió y le tiró de un mechón que se le había soltado para ayudarlo a terminar de escaparse del moño.

—Un día lo comprenderás.

—Lo dudo. —Se lo peinó tras la oreja con ademán molesto. Demasiado mayor y apaleada como para seguir creyendo.

—Prometí llevarte a París. —Había sido en la carta que le envió por Navidad—. Lo siento.

Victoria negó con la cabeza y apretó los párpados cuando notó que las lágrimas la traicionaban. El hielo de sus ojos derritiéndose en un incontrolable océano.

—Ey, pequeña. —Él se las secó con sus caricias. Le tomó las manos y le besó las palmas—. Vamos, eres demasiado inteligente como para llorar por alguien como yo.

Le arrancó una risa que sonó a sollozo.

—Cuéntamelo. ¿Qué me habrías mostrado en París? En Praga. En Salzburgo... —citó las ciudades que protagonizaban su correspondencia—. ¿Por dónde habríamos paseado? ¿A qué olerían sus calles y sabrían sus dulces?

Como cuando inventaba fábulas mágicas para ella, Hans dio vida a todos aquellos lugares con mil historias. Ante sus ojos desfilaron fuentes, plazas y ríos. Y el tiempo y la luz se fundieron con sus palabras entre bromas y complicidad.

Cuando Victoria quiso darse cuenta, la oscuridad los rodeaba. Tenía la espalda apoyada contra la de su hermano, sintiendo su cercanía a pesar de los barrotes que los separaban. Rememoraban sus vivencias de niños. Los regalos de padre a la vuelta de sus viajes. Las rarezas del abuelo. La dulzura de madre.

Había gastado la voz, la risa y las lágrimas, y los párpados se le cerraban. Los susurros de Hans convertidos en un oleaje que la acunaba mientras su mente saltaba de un escenario a otro de cuantos le había descrito.

Su tono cambió, pero entre cabeceo y cabeceo ella no alcanzó a registrarlo:

—He vuelto porque debo advertirte... El lago... —El sueño interfería con la realidad—. ... protegerte... Has dejado de atender a la niebla... proteger... El lago... —Una sonrisa final—. ... mamá...

Victoria también sonrió.

Mamá.

La recordó cantando y su voz la arrulló.

La luz la envolvía, tenía el trasero y el cuello entumecidos y algo se le clavaba en el brazo.

Era la libreta de Hans. A través de los barrotes, su hermano se la tendía con una sonrisa apagada.

—Respecto a tu pregunta: la libertad siempre merece la pena.

Amanecía y los dos sabían lo que eso significaba. Una despedida consumada.

Victoria tomó el cuadernillo y lo abrió por la última página. Hans había terminado su pájaro. Las alas desplegadas, listas para marcharse. Era bello, delicado y dulce. Como su hermano. Y la injusticia no debería tener el poder de convertir en cenizas la belleza.

Los ojos de Hans huían por el estrecho ventanuco de la celda. Se columpiaban risueños de la luz y los sonidos de la mañana. Lo oyó murmurar. Volvía a recitar a aquel inglés que tanto le gustaba:

—«Morir para dormir. Dormir para soñar acaso»[2].

Ella seguía observando el dibujo. El pájaro le devolvía la mirada. Había tanta sensibilidad en cada una de sus líneas,

---

2. W. Shakespeare. *Hamlet,* acto III, escena I.

tanta vida… La ira y las ganas de luchar regresaron. El vuelo del ave alentaba sus llamas.

—Se acabó. —Cerró el bloc de golpe y se puso en pie con determinación, sacudiéndose las faldas.

—Vi. —La voz de Hans la detuvo junto a la puerta.

—¿Sí?

—Gracias por haber sido mi hermana.

Victoria apretó la libreta con fuerza contra su pecho y no contestó. Había sido su hermana. Y seguiría siéndolo.

EL CAPITÁN

Victoria irrumpió en el despacho de sopetón, precedida por el alboroto de los agentes intentando disuadirla, de sus propios gritos decididos y de la arremetida con la que embistió la puerta, que golpeó un mueble archivador al abrirse de par en par.

El capitán revisaba unos documentos sentado frente a su escritorio, ordenado con pulcritud. Cuando levantó la vista, a Victoria se le olvidó por un momento lo que venía a decirle y se quedaron mirándose sin más. Con una ceja levantada, una muda interrogación habitó los ojos de él. La incredulidad, los de ella.

Esperaba encontrarse con un hombre mayor, un veterano de guerra con ganas de pasar sus últimos años de servicio de forma apacible en aquel ducado, orgulloso y señorial, pero tranquilo y naufragado en el olvido. Pelo gris y expresión comprensiva, cansada de lidiar con la vida.

En su lugar se topó con un joven de inquisitiva mirada verde, expresión severa y uniforme bien plantado, como si lo acabase de planchar y cepillar. Ni un botón torcido ni un hilo suelto. También eran rectas y serias las facciones de su rostro, con una fina perilla negra que le encuadraba los labios. Tan solo su cabello de rizos color carbón parecía atreverse a desafiar su riguroso aspecto.

Victoria apretó los puños. No podía ser mayor que Hans. Un niñato venido de la capital. El hijo de alguien con los suficientes contactos como para regalarle aquel puesto donde no fuese a despeinarse en exceso. Un caprichoso malcriado entre sirvientes y lujo. Ese era el imbécil que iba a sentenciar su corazón. El odio fue inmediato.

Le tiraron del brazo para llevársela de allí. Se zafó con brusquedad y plantó la mano sobre la mesa del capitán y sus papeles bien colocados. De paso, se los arrugó un poco.

—Libere a mi hermano.

—Señor, lo siento —se excusó el agente—. No he podido...

El capitán cortó su disculpa con un gesto de la mano:

—Gracias, Stub. Ya me encargo yo. —Una vez se quedaron solos, se recostó en su asiento y Victoria apretó la mandíbula bajo su escrutinio—. Señorita Bastholm, deduzco.

—Holstein, si no le importa. —Aunque Bastholm era el apellido de su padre y el que, por tanto, le correspondía, todos en el ducado la conocían por el de la familia de su madre. Un apellido con mucha más historia para aquellas gentes que el de su padre, venido de fuera.

—Holstein —aceptó él—. Estaba informado de que teníamos una intrusa en los calabozos. Goza usted del aprecio de mis hombres. Han intercedido para obsequiarle unas últimas horas de...

—Suéltelo. —Erguida como el alfil negro que pone en jaque al rey, su mirada no suplicaba, exigía. No quería oír la palabra *despedida*.

El capitán se incorporó. Alfiles retándose el uno al otro. El escritorio por línea fronteriza. Sobre su madera reposaban dos misivas abiertas, solapándose al milímetro la una sobre la otra. Él tomó la de abajo.

—El señor Hans Bastholm-Holstein tiene orden de captura por mandato real. —El sello rasgado de la Corona danesa resultaba visible. Desplegó el documento—. Se le acusa de atentar contra el honor del país, nuestra fe y la salud públ...

—¡Oh, por favor! —Victoria lo interrumpió con un aspaviento.

—De perversión y sodomía —finalizó, alzando aquellas cejas tupidas que la señalaban y amonestaban.

Victoria guardó silencio. El capitán dobló el papel y devolvió el sobre a su lugar, alineado con el borde de la mesa. Después sus ojos la enfrentaron de nuevo:

—Y su opinión o la mía al respecto poco importan, porque él se ha reconocido culpable. —Se frotó la mandíbula, suspiró y, por un instante, su gesto conoció algo similar a la compasión—. Los cargos son claros y la sentencia también. Lo siento. No hay nada que pueda hacer.

«Lo siento». «Lo siento». Estaba harta de oír aquello.

Le clavó el dedo índice contra el pecho, sobre aquel maldito uniforme que algún pobre criado se encargaría de mimar en exclusiva.

—Usted sabe que no es justo.

—Señorita Holstein —le retiró la mano y se alisó las arrugas—, no soy yo el encargado de juzgar qué es justo o no.

—Claro. Olvidaba que solo es el perro que ejecuta lo que dicta su dueño —espetó con desprecio.

Él no se inmutó.

—Ni la lealtad ni la sumisión a mi país me parecen un insulto.

—Lo son, si la abnegación le ciega.

Miradas y rostros enfrentados. El del capitán se mostraba tranquilo, una fortaleza inexpugnable bien asentada. Victoria resopló. No iba a conseguir nada intentando razonar con aquel soldadito. Tiró de su último recurso y sacó la insignia que había traído consigo.

—El guardián de la niebla. Protector del ducado. Sus atribuciones están por encima de cualquier otra autoridad en estas tierras, tan solo por debajo de los dictámenes directos del duque o del rey. Puede interferir en el desarrollo de la justicia y los cuerpos del orden cuando así lo estime oportuno. —Irguió los hombros—. Mi abuelo fue el último guardián de la niebla y nadie ha ocupado el cargo desde entonces. Aquí y ahora reclamo este título que se ha transmitido durante generaciones en el seno de mi familia y le exijo, capitán, que libere a Hans Bastholm-Holstein.

Y de paso que se largue con viento fresco por donde haya venido.

—El guardián de la niebla, ¿cómo no? —Él asintió y se lamió los labios para soterrar una sonrisa divertida—. Aparece reflejado en los archivos. —Abarcó con un gesto las estanterías que los rodeaban—. He cotejado cada documento, he preguntado y rastreado y no hay nada. Ni una sola explicación. ¿Cuándo surgió? ¿Por qué? ¿Qué es un guardián de la niebla? Nadie ha sabido indicarme sus funciones. ¿Es un cargo nobiliario? ¿Militar? ¿Eclesiástico, puesto que parece hablar de brumas y demonios? —Pasó las hojas del libro en cuya lectura lo había interrumpido—. Parece de naturaleza más bien honorífica y, como usted menciona, hereditaria.

—Eso da igual —terció Victoria—. Lo único que importa es que le he ordenado...

—Me temo que el príncipe ha invalidado su cargo, guardiana.

A Victoria se le resquebrajaron el pecho, el aplomo y la fachada de autoridad. A su alteza se le daba bien demoler.

—¿Que el príncipe ha hecho qué?

—Quiere modernizar estas tierras y conseguir que vuestro obstinado ducado se integre de una vez y sin fisuras en el reino danés. Esa es la razón por la que yo estoy aquí y por la que no hay, ni habrá, más guardianes de la niebla.

Ella no lo escuchó. El *crack* de su corazón quebrándose como la superficie del lago helado reverberaba en su mente. Traicionada.

—Así que puede llevarse su reliquia, señorita Holstein. —Caminó hasta la puerta y se la mantuvo abierta—. Hemos terminado.

Victoria reculó.

—No. No. Por favor. —Ahora sí imploraba—. Por favor, no pueden... —La voz le falló. Los ojos acuosos—. No. Hans no.

Aquel no podía ser el final.

—Señorita Holstein...

Él hizo amago de ir a tocarla y Victoria se apartó.

—¡No!

Era la hora, y un par de agentes que venían a por el capitán se apresuraron a agarrarla.

—¡No! ¡No! ¡No! —Sin más ases que gastar en aquella partida que no podía perder, ella se revolvió, sollozó y pataleó, presa de la más absoluta desesperación—. ¡Hans!

La arrastraron fuera. Al pasar junto al capitán, que se había hecho a un lado, le clavó una mirada de rabia. Se preguntó si lo disfrutaría. No era más que un despreciable asesino.

Logró liberar una mano, al tiempo que perdía el guante que la cubría por culpa del forcejeo, y le arañó la cara con un gemido de frustración antes de que sus captores la sacaran de allí.

Unos dulces

Volvía a estar en los calabozos. Esta vez dentro de la celda. Esta vez, sola.

Aferrada a los barrotes con rabia, se preguntaba en qué momento habían dejado de tener sentido sus exigencias e improperios de tanto gritárselos a un pasillo vacío y una puerta cerrada.

Se oyó un disparo. Un relámpago que atravesó el pecho de Victoria y le robó el aliento y las fuerzas. Un desgarro en el mundo y el tiempo se ralentizó, deslizándose espeso como el manar de la sangre. Se hizo el silencio.

Hans estaba tendido en el lago. Parecía dormir. Una rosa carmesí brotaba de su pecho. Manaba como la pintura sobre el lienzo al contacto del pincel. Victoria jamás se había planteado que la belleza pudiera ser cruel.

La boca abierta incapaz de chillar. Horror mudo. La respiración contenida y los ojos secos de incredulidad. No era verdad. No

era

verdad.

No

era

...

Las piernas le habían fallado. La encontraron arrodillada en el suelo. La mirada perdida.

—¿Ya...? ¿Ya...? —Era cuanto lograba articular.

Demasiado rápido, demasiado pronto.

Demasiado tarde, demasiado torpe.

—¿Ya?

Abandonada a su letanía de una única palabra, apenas fue consciente de que la levantaban para conducirla fuera. Dócil muñeca inerte entre sus manos.

Tan solo cuando la luz del exterior la recibió, brillante en exceso para ser cierta, brillante en exceso para ser justa, se agarró al hombre que la acompañaba y clavó en él los ojos en busca de una respuesta, una esperanza o una mentira que no podía ofrecerle.

Él le dio un apretón y bajó la vista. Era el oficial Bohr.

—Váyase a casa, señorita Holstein.

Y se quedó sola, rodeada por la brisa fresca de la mañana, los sonidos de los viandantes y la claridad del sol. En su tranquila cotidianidad, intentaban engañarla y decirle que nada había sucedido; intentaban romperla y espetarle que a nadie le importaba. Uno más, uno menos. Hans solo era un número. Un invertido.

—Señorita Holstein, ¿le ocurre algo?

El hijo del carnicero se acercaba con las rodillas sucias y los colores subidos tras corretear entre juegos. No supo responderle. Se había quedado pálida y él les silbó a sus colegas.

—¡Muchachos, la señorita Holstein no se encuentra bien!

Un tropel de niños la rodeó. Sintió una manita caliente colarse en la suya.

—Tranquila, señorita Holstein, yo la llevo. —Era la dulce Helle, con su pelo rubio revuelto y la ropa heredada de su hermano sobrándole por todos lados.

Consiguió arrancarle una breve sonrisa. Aquella mañana no iba a poder trenzarle el cabello, y la disculpa que le habría gustado ofrecerle se perdió en la sima nublada que fagocitaba cada uno de sus pensamientos. Imposible elaborar nada con sentido. Quizás por eso sus labios se abrieron para un detalle menor:

—¿Y el pequeño Timy?

Se miraron entre ellos y se encogieron de hombros. Nadie lo sabía.

—Hoy no lo hemos visto —contestó uno.

—Y sus campanas no han sonado —terció Helle.

—Al niño se lo llevaron los duendes —entonó el mayor del grupo una inocente cantinela que usaban para jugar al escondite, avisando con ella de su avance el que se la quedaba y de su posición los demás al gritar a la vez:

—¡Los duendes se lo llevaron! —corearon al unísono.

Victoria se estremeció porque, de repente, le pareció de mal fario invocar a los duendes ladrones. No podría soportar más pérdidas.

—Ay, mi pobre chiquillo, mi pobre chiquillo. —De nuevo la voz principal.

—Do re mi, do re fa.

—¡Que me lo devuelvan ya!

Y todos se soltaron para pillarse unos a otros sin orden ni concierto entre chillidos.

Así, revoloteando y brincando con voces cantarinas, cruzaron el pueblo hasta dejarla en la puerta de la mansión.

Su imponente sombra los hizo callar y estirarse las ropas con gesto avergonzado. No se atrevían a pisar los impolutos escalones de la entrada con sus polvorientas zapatillas remendadas, por lo que Victoria los subió sola, encogida y temblorosa.

—Venid mañana; os daré unos dulces —acertó a murmurar sin girarse.

Gastó sus últimas energías en empujar la puerta y entrar.

Tardó en comprender que lo que se oían dentro eran sollozos.

¿Grethe?

Su madrastra le salió al paso. Los puños apretados y la rabia contenida, recubierta de su acostumbrada seriedad.

—Al fin la princesa se digna a aparecer. Tienes visita.

¿Otra más?

No le quedaba vida para entregar.

HEREDERA

—**D**esaparecido en el mar —repitió. Aquella mañana, las palabras habían dejado de tener significado. Por más que intentase atraparlas en sonidos, se le escapaban, convertidas en bruma. Le rozaban con fríos dedos de escarcha los pensamientos y se iban.

El letrado asintió.

—Sus barcos partieron de Normandía, pero el vendaval los sorprendió en alta mar. Es todo cuanto sabemos.

Debería sentir algo, pero se había quedado vacía. La vista perdida en el bosque a través de la ventana. El brillo del lago bajo el sol, un lejano guiño entre los árboles que se burlaba de su dolor.

—La profesión de comerciante entraña sus riesgos —continuaba él.

Y abandono.

¿Cuánto tiempo llevaba fuera esta vez? Se había acostumbrado a dejar de echarlo de menos.

—Edvard lo sabía.

¿Y sabía también que tenía dos hijas y una mujer esperándolo en casa?

Hans, porque se largó a la universidad y después a seguir aprendiendo del mundo; él, por negocios. Los hombres gastaban la mala costumbre de dejarlas olvidadas, encerradas en su pequeño recinto de realidad.

Ese había sido el comienzo de la conversación. De nuevo sola tras su marcha, su mente la repasaba para procesarla, como si todo cuanto había ocurrido desde que la pesadilla con el lago helado la despertó no hubiese sido más que continuación de la misma, un sueño incomprensible.

La puerta de la sala se abrió.

—¿Y bien? —El semblante serio de Ingrid haciéndose la fuerte le espetó aquella interrogación.

Margrethe entró detrás y se echó a sus brazos entre sollozos.

—No nos vas a echar, ¿verdad, Victoria? Mamá dice... Pero tú no eres así, ¿verdad? —hipaba. Se restregó las lágrimas—. Papá...

Sí, «papá». Por eso había venido aquel hombre a visitarla:

—Como le comentaba, las últimas inversiones de su padre... —El abogado meneó la cabeza—. No voy a aburrirla con números, pero ha habido pérdidas continuadas. Por eso su padre se decidió a ir él mismo a la cabeza de esta arriesgada tentativa de reflotar su...

—¿Estamos arruinadas? —lo interrumpió. Si iban a arrebatarle algo más, quería saberlo ya.

Aquel tipejo, calvo y enjuto, se quitó las gafas de montura dorada y se frotó el puente de la nariz, donde se le acumulaba el sudor.

—Su madrastra y su medio hermana, sin duda. —Volvió a colocárselas y le sonrió—. Usted no. Edvard tuvo la sensatez de no comprometer el patrimonio de su difunta primera esposa. Con su desaparición y... esto... el malogro de su... —se aclaró la garganta y bajó la voz— hermano...

Hans. Se llamaba Hans. Apretó los puños y los dientes. *Tú lo conocías. Atrévete a pronunciar su nombre.*

Pero no. Para el mundo había dejado de ser Hans, el alegre muchacho capaz de atrapar la luz, el amor y la vida en sus trazos. Era tan solo un desviado. Y ella se mordió la lengua para no empezar una discusión y que aquella conversación terminase cuanto antes.

—¡Margrethe! —La voz de Ingrid se impuso sobre el recuerdo—. ¡Basta! Vete.

—Pero, mamá…

Su severa mirada la hizo callar.

—Vete.

Ella obedeció y la mujer cerró la puerta a su paso, quedándose a solas con Victoria. Se sostuvieron la mirada.

—¿Vas a dejarnos en la calle? —Ingrid se cruzó de brazos. No iba a rogarle.

Siempre había sido directa en su conversación y Victoria se lo agradecía.

—Menuda sandez —resopló.

Su madrastra soltó un bufido irónico.

—Al parecer, a tu padre no se le antojaba tan evidente la respuesta de haberse dado la situación contraria.

Había firmado una cláusula al volver a casarse: en caso de su defunción, los bienes de su primera esposa no pasarían a la segunda junto con el resto de sus pertenencias, sino directamente a los hijos de aquel primer matrimonio, para que nada les pudiera ser arrebatado.

—Por supuesto —gruñía su madrastra—. ¿Cómo iba a dejar Edvard desprotegida a su princesita? —Le dedicó una mueca que no tenía nada de sonrisa y sí mucho de amargura—. Siempre tuvo clara su elección.

Por eso ahora Ingrid no poseía nada y ella…

—Es usted muy rica, señorita Bastholm-Holstein. —El tono del letrado había remarcado el segundo apellido, el importante, el de soltera de su madre, el de su abuelo, el del dinero y el reconocimiento. De ahí que, en aquel ducado, todos la llamaran por él en vez de por el de su padre, Edvard Bastholm, un comerciante foráneo—. Hereda usted el patrimonio de su abuelo. Una abundante suma en metálico. Esta casa. El usufructo del bosque, circunscrito también a su propiedad…

—¿El bosque me pertenece? —Victoria parpadeó.

—A la familia Holstein, sí. Desde donde acaba la parcela de la mansión hasta…

—Hasta el final de la niebla —recordó de golpe algo que le había oído a su abuelo.

Él rio.

—Sí, sus antepasados debían de poseer inclinaciones poéticas. Yo prefiero hablar de números y cuadrantes. —Se quitó las gafas de nuevo para limpiar el vaho de las lentes. Aquel hombre sudaba demasiado—. Puedo mostrarle un plano si desea ver las dimensiones de las que hablamos.

—Entonces, ¿el bosque es mío?

—El ducado se lo tiene arrendado. Usted recibe un pago por cada árbol que se tala, presa que se caza y pez que se saca del lago. Si quisieran habilitar rutas comerciales, también recibiría, por supuesto, una compensación y le correspondería un impuesto de peaje sobre las mercancías vendidas. De hecho, deberían pagarle hasta por las bayas que cualquier chiquillo arranque.

Victoria permanecía de pie y se inclinó para apoyarse en la mesa. Gran parte de las actividades que daban sustento al pueblo estaban contenidas ahí.

¿Por eso nos quieren tanto?, se preguntó. *¿Porque dependen de nosotros? ¿De que les demos acceso al bosque y no subamos su precio?*

—El hielo que se extrae para conservar alimentos, las colmenas, el pasto de los rebaños... —seguía enumerando—. Como comprenderá, esto supone unos ingresos constantes. También mucho trabajo de supervisión para evitar impagos. —Sacó pecho y le regaló una sonrisa orgullosa—. Fatigosa tarea de la que llevo ocupándome numerosos años y...

—¿Quiere ser mi contable? —atajó Victoria.

Su sonrisa se ensanchó.

—Si usted me lo pide... —Le dedicó una servicial inclinación—. ¿Cómo iba yo a desatender a la hija de mi apreciado Edvard?

—Me entregará informes mensuales —exigió, atajando su palabrería, y él volvió a inclinarse servil.

En el presente, la mirada de Ingrid seguía aguijoneándola y Victoria volvió a contestarle algo que le parecía innecesario:

—Grethe es mi hermana.

—Solo a medias.

Continuaban de pie, la postura tensa, cada una en un lado opuesto de la salita. No serviría de nada intentar acercarse; la distancia permanecería.

—Y tú, la mujer de mi padre —añadió a regañadientes, apartando la vista. La luz había cambiado desde que el letrado se marchó, una vez asegurado su puesto. Densas nubes de tormenta ahogaban el cielo—. No voy a echaros. Esta es vuestra casa.

Ingrid tuvo que reírse. Los ojos desviados hacia el retrato que presidía la estancia: Sophie Holstein en la radiante y tierna hermosura de sus veinte años. La única y verdadera dueña de aquella casa. La única y verdadera dueña de todo cuanto tocaba. A Ingrid nunca se le había permitido olvidarlo.

Cuando llegó era más joven que aquel retrato. Ahora ni siquiera eso le quedaba para hacerle frente, y cada mañana se inclinaba a limpiar el piano bajo su estampa, bajo su atenta mirada llena de luz y su incontestable sonrisa. Se inclinaba como la sierva ante su reina.

Reina fantasma de corazones y dominios en los que ella solo era una intrusa.

—Nos quedaremos hasta que Margrethe encuentre marido —concluyó el asunto.

—Solo tiene dieciséis años —anotó Victoria. Los habían celebrado apenas unas semanas atrás. Las tres solas. Como de costumbre. En verdad, siempre habían estado rodeadas de ausencias.

—Los mismos tenía yo cuando me casé.

—Sí, me acuerdo bien. Me pregunté por qué mi padre llevaba del brazo a una niña.

Ingrid se mordió la lengua. *Una niña que jamás debería haber abandonado su hogar para seguir las promesas huecas de un hombre.*

Se centró en lo importante:

—Bajo tu amadrinamiento podremos asegurarle un buen partido; él se ocupará de nosotras entonces.

—No suena a libertad. —Los ojos de Victoria reflejaban el gris del horizonte encapotado.

—¿Cómo?

—Lo planteas como si fuese vuestro salvoconducto, vuestra puerta abierta a no depender de mí y poder... —recordó un pájaro a carboncillo con las alas abiertas y se le escapó una sonrisa— volar. —Después volvió a oír el disparo—. Pero no suena a libertad.

—No, no lo es. Porque ni Margrethe ni yo nacimos ricas —contestó, y Victoria no supo si lo que endureció su mirada fue enfado o envidia. La mujer se giró para marcharse—. Aprovéchalo. Tú serás la única de nosotras que pueda permitirse la libertad.

—Ingrid.

Ella se detuvo. Los labios apretados.

—Mande.

No se volvió y Victoria, de frente al ventanal, tampoco se giró para mirarla.

—¿Tú me habrías echado? Si papá no hubiese cambiado el testamento y todo esto fuese ahora tuyo.

El silencio medió entre ambas por toda respuesta e Ingrid dejó la habitación.

Sin embargo, las voces no abandonaron a Victoria.

Aprovéchalo. Pero su madrastra no sabía toda la verdad.

Antes de irse, el letrado se había aproximado hasta el límite que permitía la decencia y su voz se tornó cauta:

—Hay una cosa más.

—¿Qué? —La mirada de Victoria fue suspicaz.

—He estado investigando y... —se puso de puntillas para verter en su oído un susurro que solo ella captara— tiene usted un primo tercero. En Elsinor. Christian Lars von Holstein. Está lejos, su familia desvinculada de la suya desde hace generaciones; no creo que las nuevas le alcancen.

—¿Pero?

—Pero es varón, descendiente de varones Holstein. Y usted no está casada.

—Así que, aunque yo sea la nieta de mi abuelo...

—Él podría reclamar todo lo que le he enumerado y a usted no le quedaría nada. —Comenzó a recoger sus papeles para introducirlos en su maletín—. Como le he dicho, considero improbable que llegue a enterarse. Mi lealtad es suya, señorita. Pero es un remoto inconveniente a tener en cuenta.

Victoria suspiró. Había nacido rica, sí, pero también mujer.

—¿Y qué me recomienda?

El hombre sonrió divertido ante aquella obviedad.

—Que se case. —Se detuvo junto a la puerta y la observó de arriba abajo—. ¿Cuántos años tiene, señorita Holstein?

—Pronto cumpliré veinticinco.

Él meneó la cabeza con disgusto.

—Posee belleza, pero ya no es usted una jovencita. No sé a qué espera, la verdad. A los hombres no nos agrada la carne mustia.

Victoria sintió ganas de abofetearlo. Para contenerse, juntó las manos en el regazo y apretó los labios, recordándose que aquel patán había gozado del aprecio de su padre. No deseaba faltar a su memoria. Sin percibir su cambio de humor, el visitante se puso el sombrero y le dio un toquecito al ala por despedida, ufano.

—Será más feliz cuando su marido herede en firme y usted tenga esta casa poblada de niños.

Según oyó a su madrastra despedirlo en la entrada, cerró la puerta de la habitación con rabia, y en aquel sonido retumbó el «imbécil» que se había quedado con ganas de espetarle.

Recordándolo mientras miraba por el ventanal, Victoria dejó escapar el aire y apoyó la frente contra el cristal para sentir el frío y descubrir por contraste si seguía guardando algo de calor en su interior. Una lágrima escurrió gélida, contestándole que «no».

«No sé a qué espera», le había dicho.

A una promesa olvidada.

Pájaro de nieve

Victoria no había querido comer; Hans tampoco iba a hacerlo. Hasta que Ingrid le puso un plato delante y su olor les arrancó un anhelante gruñido a sus tripas vacías.

Debería haberse dado cuenta de que las finanzas de su padre iban mal cuando la cocinera murió año y medio atrás y, en lugar de contratar otra, Ingrid la reemplazó. También se ocupaba de limpiar la casa y encender las chimeneas desde que la criada se enamoró de un actor ambulante y se marchó con él.

Sí, debería haberse dado cuenta. Y su padre debería habérselo contado.

Ingrid lo sabía, por supuesto. Que hubiese confiado más en ella le escocía.

Por eso se calló que aquel guiso estaba delicioso. Su sabor le acariciaba la lengua, y su calor denso, el estómago, ahuyentando el frío y la soledad. Al bajar por la garganta, aflojaba el nudo de lágrimas que la oprimía. Todavía no había sido capaz de llorar y, por eso, cada bocado tuvo un regusto a sal.

No había imaginado cuánto la reconfortaría una buena comida, pero se resistía a reconocérselo a la mujer sentada frente a ella.

Había pocas cosas que a Ingrid se le dieran mal, desde remendar vestidos hasta hacer crecer las flores en las macetas de las ventanas. Pero no iba a ser Victoria quien se lo concediera en voz alta.

«Niña orgullosa», la llamaba su madrastra. Pues bien, si quería la razón, suya era.

Las nubes ahogaban la luz del mediodía y un candelabro sembraba de sombras la mesa. Tres silenciosas figuras la compartían. Acompañadas tan solo por la lenta cadencia de las cucharas, el quejido inexorable de un reloj y el silbido del viento agitando árboles y golpeando ventanas, como una furiosa bestia que exigía entrar. Con la cabeza gacha, parecían rezar en la penumbra.

Tal vez lo hicieran.

Por el hermano abatido. Por el hombre perdido en el mar.

Como si el morado y el verde oliva que vestían Victoria e Ingrid, respectivamente, tan oscuros que se fundían con el negro de su alrededor, hubiesen sido una funesta premonición del luto que llamaba a su puerta.

En medio, Margrethe, de rosa crema, con los bucles de su pelo color trigo sueltos sobre los hombros al descubierto. Alegre margarita crecida entre los espinos, entre dos lirios altivos, cerrados sobre sí mismos. Un soplo de aire fresco que conseguía atrapar la fugitiva luz del sol.

Harta de tanto silencio, dejó su cubierto con rebeldía, haciéndolo sonar contra el plato.

—No creo que papá esté muerto. —¿Confianza o plegaria?

Victoria le sonrió y alargó la mano para tomar la suya.

—Yo tampoco.

—Estamos de acuerdo. —Ingrid le agarró la otra mano. Unidas en un círculo abierto—. Edvard es demasiado cabezota. Haría falta mucho más que una tempestad para poder con él.

Se sonrieron.

—Seguro que se subió a una tabla y nadó hasta tierra firme —aventuró Margrethe con vehemencia—. Es solo que aún no ha encontrado el camino de vuelta. No le han dado tiempo suficiente.

Victoria le apretó la mano.

—Nosotras se lo daremos. Nos cuidaremos las unas a las otras hasta que regrese. —Intercambió una mirada con Ingrid. Si de proteger a Grethe se trataba, no cabía discrepancia alguna.

El día moría de forma prematura, asfixiado por las nubes. No llovía. Aún. Pero los cipreses de la linde del bosque se agitaban y la corriente que estremecía paredes y ventanas traía un regusto húmedo, presagio de tormenta. Poco quedaba de la luz que había festejado la mañana.

Sin nada que festejar y sí mucho que llorar, aquel era un tiempo más acorde al ánimo sombrío que se había adueñado de la mansión en el límite del pueblo, como si de ella naciera la borrasca que obligaba a los tenderos a recoger antes de tiempo y a las madres a llamar a los niños de vuelta al refugio del hogar.

Puertas y ventanas cerradas. Calles vacías. Silencio en el ducado. Que camine la muerte. El eco solitario de los cascos de un caballo arrastrando una carreta.

En la salita acristalada, la salita de mamá, con su retrato y su piano, Victoria estaba recostada en el canapé de estilo francés. Las cartas de Hans se desparramaban sobre la falda de su vestido. La melodía de la caja de madera lacada donde las guardaba se fundía con el lejano rugir del viento, más triste que nunca.

Sus ojos releían frases que ya se sabían de memoria, preguntándose dónde se escondían las lágrimas que querían derramar. El corazón derretido, pero la mirada seca.

Bromista y desenfadado, Hans le narraba sus peripecias por Europa entre bocetos a vuelapluma que amenazaban con fagocitar su caligrafía rápida e inclinada. Lo imaginaba escribiendo con una mano y dibujando con la otra, intentando atrapar el torrente de veloces ocurrencias de bohemio intelectual que le hacían saltar de un detalle a otro.

Las misivas que Victoria le enviaba en respuesta poseían una letra esmerada y precisa de renglones rectos y ausencia de tachones. Mucho más breves.

Y mucho más aburridas, pensó soltando el aire.

Le hablaba de cosas cotidianas. De su pequeña e insignificante vida. De la llegada de la primavera y las flores en las calles; de cómo crecían los niños del pueblo y acudían en busca de dulces; de las gaviotas sobrevolando el mar y las barcas de los pescadores danzando con las olas en las calmadas tardes de verano. Suponía que el fiordo tenía poco que ofrecer en comparación con las bulliciosas ciudades cosmopolitas que Hans frecuentaba. No obstante, Victoria amaba la calmada belleza de cada uno de los rincones de su hogar. Le habría gustado compartirlos con él.

Parecía irreal que ya no estuviera; su risa y su olor eran tan cercanos que casi podía sentirlo a su lado, hundiendo el cojín bajo su peso y agarrándole los pies en el regazo. Tendría aquella expresión en el rostro de niño inocente que siempre le ahorraba merecidas regañinas y una pluma recogida del bosque en su mano. Porque Hans adoraba observar los pájaros, igual que mamá. Le haría cosquillas con ella para llamar su atención.

Siento no haber estado. Necesitaba...

—Volar. Lo sé.

Como las aves a las que tanto amaba.

Apartó las cartas para hojear su libreta de dibujos. Sonrió al reconocerse a sí misma en más de una ocasión. Era la forma en la que Hans demostraba su amor.

—Oye, yo no estoy tan seria siempre.

¿Que no, hermanita? Él rio. *Y ahí se supone que estás «alegre».*

Hacia el final, el retrato de un joven repetido una y otra vez. Sonreía, bostezaba y dormía. Cada escena, una íntima caricia. El parpadeo de una mirada amorosa.

—Nunca me lo contaste.

¿Importaba?

—Parece que a ellos sí.

Tú no me preguntaste si era cierto. Al entrar a los calabozos.

—¿Importaba?

Cuando Victoria levantó el rostro para intercambiar una sonrisa, Hans no estaba.

Meneó la cabeza y pasó las páginas más rápido. Aquel rostro humano se fundía con el de un pájaro en una mezcla perfecta, una metamorfosis que se iba completando. Las plumas aparecían, los ojos se redondeaban y la nariz se alargaba, convertida en pico.

Por último, antes de la llegada de la muerte vestida de mudas hojas en blanco, el pájaro con las alas extendidas, listo para lanzarse a la conquista del firmamento. El carbonerito de Sophie del que le había hablado.

Recorrió sus trazos con los dedos.

—El rosa pálido y el morado de las nubes —recordó—. El azul del cielo, el naranja del fuego.

Según los nombraba, los colores lo vistieron, manando bajo sus yemas. Brillantes, vivos. El tacto de sus plumas se volvió real. Y el cuaderno se le cayó al suelo cuando el pájaro echó a volar. Trinó describiendo círculos nerviosos por la estancia. Volcó un jarrón y Victoria se apresuró a abrirle la ventana para que pudiese escapar.

Su ala acarició el cristal al huir y dejó un rastro de escarcha.

Pájaro de nieve, pensó Victoria mientras palpaba el reguero de hielo para sentir su frío y asegurarse de que efectivamente estaba allí.

A su través descubrió una figura difuminada rondando la parte trasera de la propiedad. Una silueta alargada y oscura.

El enterrador

Victoria quiso apostar a que el capitán no esperaba que saliera a recibirlo apuntándole con el fusil del abuelo y sus dos broholmers[3] flanqueándola con sus potentes ladridos. Anochecía bajo el cielo encapotado y el viento le agitaba las faldas oscuras.

—¿Qué hace aquí? —Lo señaló con el arma. Que no hubiese sabido cargarla era un detalle menor del que no tenía por qué enterarse.

La cancela estaba abierta y él levantó las manos y permaneció quieto mientras los perros lo olfateaban. Eran hermanos. La hembra, Hannah; el macho, Rumleskaft[4]. Como resultaba patente, Victoria la había bautizado a ella, Hans a él. Brillante ocurrencia la suya llamarlo como un duende de cuento cuyo nombre tenía precisamente la gracia de resultar impronunciable y difícil de recordar. En fin, Hans y sus cosas. Por eso, el apodo «Trasgo» se había terminado imponiendo.

El capitán les sonrió, amistoso, y les silbó bajando las manos para que las examinaran, abiertas y vacías. Trasgo

3. Raza de mastín danés.
4. Nombre danés de Rumpelstiltskin.

le dio un lametón y se restregó contra sus dedos. Hannah, más reservada, mantuvo las distancias, pero le meneó la cola cuando volvió a silbarle.

Tras su fusil, apoyado contra el hombro, Victoria puso los ojos en blanco.

Traidores.

Él se agachó para acariciar el pelaje de Trasgo y Victoria deseó que al menos se hubiese mantenido fiel a su costumbre de rebozarse con cada cosa apestosa que le salía al paso.

—Pura raza danesa, ¿eh? —Le palmeó el lomo. Después se incorporó. Lucía la mejilla arañada y ella seguía encañonándolo—. Como su dueña, por lo que se ve.

—¿Qué hace aquí? —repitió—. No es bienvenido.

Se puso serio y señaló detrás de sí. Victoria reparó en el caballo al final del camino y la carreta que arrastraba. El corazón se le contrajo y bajó el arma para ir hasta allí.

Ahogó un gemido. Había un cuerpo oculto bajo el sudario. A pesar de saber lo que encontraría, tuvo que descorrer la tela para verle la cara.

Hans parecía dormir.

Quiso seguir tirando para descubrirlo por completo, pero la mano del capitán detuvo la suya.

—Prefiere no hacerlo —le advirtió con voz firme.

Se apartó con brusquedad para librarse de su contacto. No necesitaba que la protegieran como a una niña, y mucho menos él. Pero no insistió. No hacía falta, ya lo había visto. El lago se lo mostró: una rosa carmesí manando de su pecho.

—No se le puede dar sepultura en suelo sagrado —explicó el capitán. Después abarcó con la vista la propiedad—. Tal vez desee…

Victoria asintió. Sí, junto a mamá y el espino blanco[5] que brotó de su tumba. Imposible un lugar mejor. Al lado de su amado bosque Bírnam.

Una fina llovizna comenzó a caer y la obligó a parpadear y apartarse el pelo de la frente.

—Dígame dónde. —El capitán agarró la pala que llevaba en la carreta.

—No. Usted ya ha hecho suficiente. —Se la arrebató de un tirón—. No quiero sus manos cerca de mi hermano ni un segundo más.

—La tierra es dura, señorita.

Victoria se giró. A unos metros de distancia, con su acostumbrada discreción, aguardaba Ignaz. Alertado por la llamada de los perros, sostenía un farol y un revólver brillaba colgado de su cinturón. Antiguo leñador, desde que un árbol le aplastó una pierna, provocándole una característica cojera, era el guarda de los Holstein. El largo pelo gris enmarañado le enmarcaba el semblante ceniciento, roturado por las marcas que una granada le dejó durante la guerra en su lejana juventud. Como muchos de su edad en aquellas tierras, había luchado por mantener la independencia del ducado respecto a la Corona danesa. Muerte o derrota fue lo que la fortuna dictó para ellos.

.Solo Victoria sabía que Hans siempre creyó que aquel hombretón rudo y esquivo que habitaba la cabaña junto al límite de sus propiedades era un ogro.

«No lo disgustes o te comerá», intentaba asustar a su hermana.

---

5. En la mitología nórdica, este arbusto se relaciona con las hadas y el paso «al Otro Lado».

«Más bien, se comerá a nuestros enemigos», respondía ella, confiada en su lealtad.

Lo señaló con la cabeza.

—Como ve, ya tengo ayuda. Usted puede largarse agradecido de que esta tarde solo vayamos a enterrar un cuerpo.

El capitán se tocó la gorra a modo de despedida con un asentimiento y, tras soltar la carreta, montó sobre su caballo y se alejó bajo la lluvia.

Victoria clavó una mirada envenenada en la orgullosa pose de su espalda, tiesa y con los hombros bien cuadrados. Apretó más fuerte el fusil, que ahora apuntaba al cielo.

—¿Sabe qué opina la ley de disparar a un agente del orden a traición? —le preguntó al guarda. Seguía queriendo creer que su arma estaba cargada.

Después recordó que aquel sería el mismo uniforme contra el que Ignaz habría luchado en la guerra. «Perros de la corona», los llamaban.

El hombre meneó la cabeza y comenzó a arrastrar la carreta hacia las entrañas de su propiedad con un gruñido.

—Nada bueno, seguro.

«¡Oh, atroz! ¡Atroz!»[6].

Dos palas hendían la tierra negra. *Cra, cra,* se hundían sus hojas. Un rayo iluminó el cielo sobre sus cabezas. Un trueno lejano.

---

6. W. Shakespeare. *Otelo,* acto III, escena III.

«¡Oh, sangre, sangre, sangre!»7.

Hannah le aullaba a la tormenta. Tras su fiera figura, acurrucado bajo un matorral, Trasgo gemía.

Sin embargo, con las lágrimas confundidas con las gotas del cielo, Victoria tan solo oía a Hans, riendo bajo la lluvia y recitando, siempre recitando:

«Un pico y una pala, pala,
ay, y un buen sudario de lino,
ay, un hoyo cavado en la arcilla
para alojar a este inquilino»[8].

Victoria hizo una pausa para descansar los hombros, desacostumbrados al esfuerzo, y retirarse el sudor de la frente, frío al mezclarse con el agua. El pelo se le pegaba a la cara.

Eres un bellaco si te ríes de tu propia muerte, le regañó apretando los dientes. Suficientemente malo era ya que se estuviese imaginando su fantasma como para que encima Ignaz la escuchase hablarle. Sin duda, toda cordura la había abandonado. Pero poco le importaba si a cambio le ofrecía aquel liviano resquicio de su compañía.

Porque soy un bellaco, hermana, un poeta de la vida, solo me queda la risa. Hans abrió los brazos y giró en redondo con las ropas empapadas. *¿Cómo, si no con risa, vamos a afrontar la muerte?*

El agujero estaba acabado. Victoria se mordía los labios para ahogar los sollozos y se aferraba a su pala como si fuese el sostén que la anclaba a la vida.

«De joven cuando amaba, amaba...
Pero la edad con pasos quedos

---

7. *Ibid.*

8. W. Shakespeare. *Hamlet,* acto V, escena I.

con su garra me acarició,
y me ha embarcado hacia la tierra
cual si no fuese tierra yo»[9].

Hans se internó, silbando, en el bosque. Otro relámpago y la luz barrió su silueta en una ráfaga de hojas muertas. Cuando de él ya tan solo quedó un túmulo removido, Ignaz también se retiró y Victoria se quedó sola al resplandor parpadeante del farol apoyado en el suelo.

Se postró y apoyó el rostro y las palmas contra el barro, dando rienda suelta a las lágrimas. Sus dedos arañaron aquel manto bajo el que naufragaba su hermano como si así pudiera obligarle a devolvérselo. Notó el cuerpo cálido de los mastines tenderse a su lado para arroparla. Lloraban quejumbrosos al oler su dolor.

—Yo también me alegro de haber sido tu hermana —susurró. Debería habérselo dicho.

Una mano le acarició la espalda y Victoria irguió la cabeza. Grethe se había arrodillado, manchando su bonito vestido, para acompañarla en el duelo.

—Lo siento. —Le sonrió con tristeza y la abrazó, echándole una manta por encima.

Victoria lloró contra su hombro.

—Venga, vayamos dentro. —Grethe la ayudó a ponerse en pie—. Te prepararé un chocolate caliente. Mamá ha hecho pastas.

---

9. W. Shakespeare. *Hamlet,* acto V, escena I.

UN REGRESO INESPERADO

—No voy a permitir que pilles una neumonía. No estamos para más pérdidas por aquí.

Frente al tocador del cuarto de Victoria, Margrethe le secaba el pelo a su hermana cuando Ingrid se anunció con dos sobrios toques contra el marco de la puerta abierta.

—La duquesa te ha hecho llamar.

—Es tarde —comentó Victoria. La noche había caído tras las ventanas cerradas—. Querrá que le lea antes de dormir.

Agudizado desde que su hijo se marchó, el insomnio solía aquejar a la pobre mujer. Nadie mejor que Victoria para compartir aquella añoranza. Entendía el dolor de su alma y la quemazón de la distancia. Por eso disponía de su propia alcoba en palacio para quedarse a descansar cuando se le hacía tarde acompañando a la duquesa.

—No la hagas esperar. Ha mandado un carruaje para recogerte.

Su madrastra le dedicó un vistazo de desaprobación a su aspecto pasado por agua y tierra y se adelantó para encargarse ella misma de su cabello, con menos delicadeza y más premura que su hija.

—Grethe, sácame el vestido negro —pidió Victoria.

Situada a su espalda, los ojos de Ingrid la reprendieron, entre tirones, desde el espejo.

—No se debe llevar luto por un invertido. ¿Qué va a pensar la gente? Bastante malo es ya tenerlo enterrado en el jardín. —Le dedicó una severa mirada de advertencia a Margrethe para que, en su candidez, no olvidara qué secretos convenía callar—. Mejor que esa información no salga de aquí.

—No es un invertido. Es mi hermano. —Victoria apretó los puños y ratificó su elección—. El vestido negro, Grethe.

Sus ojos volvieron a enfrentar los de Ingrid en el espejo, retándola a oponerse de nuevo. Ella tan solo frunció los labios, terminándole el recogido con un último tirón. Ni siquiera los peluqueros reales podrían enorgullecerse de hacer tan buen trabajo en tan poco tiempo.

—Si la duquesa no te tuviese tan mimada como tu padre, sabrías comportarte con mayor conveniencia, princesa.

Sus zapatos taconearon al marcharse y Margrethe, que se había quedado inmóvil en un rincón, deseando ocupar el menor espacio posible para volverse invisible, como cada vez que discutían y no quería posicionarse, regresó a la vida para ayudarla con la ropa.

En el interior de la traqueteante carroza, Victoria se echó el aliento en las manos. Al ir a ponerse los guantes solo había encontrado uno, por lo que las llevaba desnudas. La piel lastimada por el mango áspero de la pala y tierra bajo las uñas. Chascó la lengua con disgusto e intentó quitársela lo mejor que pudo.

No había tenido ganas de darse color en las mejillas ni en los labios. Su acostumbrada palidez acentuada por el dolor y el negro que vestía.

Debía concederle a Ingrid que su aspecto distaba de ser el apropiado para visitar a la duquesa, pero no importaba. Había sido la mejor amiga de su madre y la conocía desde niña. La había visto llorar y sonarse la nariz, reír despeinada y limpiarse las rodillas raspadas tras correr con su hijo de aquí para allá, e internarse juntos en las zarzas para encontrar las moras más jugosas.

Era una segunda madre para ella. Sabría perdonar su flaqueza en aquel día lúgubre.

El palacio la recibió con penumbras y el silencio amplificando el eco de sus pasos. Para su sorpresa, no fue conducida al dormitorio de la duquesa, sino a la salita junto al despacho principal. No había luces encendidas y la cortina estaba descorrida, de forma que la ventana bebía del resplandor lejano del alumbrado de gas que adornaba los jardines de la entrada.

Bañado por las sombras había un joven. El corazón de Victoria se saltó un latido.

Él dio un paso al frente y le sonrió.

—Victoria, mi amada amiga de la infancia.

Llevaba el pelo más largo y los mechones rubios sobre su frente le daban un aire rebelde muy atractivo. Sus ojos brillaban cuando le tomó la mano para besarla.

Ella rezó por que no notase el ligero temblor que la sacudía. La piel le cosquilleó cuando sus labios la rozaron. El pulso le retumbaba. A su rostro poco acostumbrado no le cabía la sonrisa.

Era él.

Una voz daba saltitos en su cabeza sin dejar de repetírselo. Por un momento se olvidó de todo lo demás.

Se toqueteó el pelo y maldijo no haberse arreglado en condiciones. Recordó la tierra de sus uñas y escondió tras la espalda la mano que él acababa de besar. ¡Por Dios bendito, no estaba para nada presentable! Justo aquel día. Pensó una maldición muy poco apropiada para una dama.

Por suerte, la luminosidad era escasa. Mejor actuar como si nada.

Y nada era precisamente lo que llevaba dicho desde su entrada. Él la había saludado; su respuesta empezaba a demorarse en exceso. Desarreglada y muda iba a ser ya demasiado.

—Jo... —La voz se le quebró—. Johann. —Su nombre, tan querido y anhelado, tan repetido en sueños, escapó como un suspiro. Luego recordó un detalle importante y se apresuró a realizar una reverencia, ruborizada—. Quiero decir, alteza.

Tras derrotar al duque en la guerra y ejecutarlo, su hija y sucesora fue obligada por la Corona a casarse con el menor de los tres príncipes daneses para sellar la unificación. Lástima de matrimonio tan breve, pues él murió cuando su único hijo apenas contaba con dos años de edad.

Johann, el niño amado del ducado por su simpática alegría y su áurea belleza.

Hans y él habían compartido tutores mientras sus madres bordaban juntas. La pequeña Victoria, aburrida de la costura, se empeñaba en colarse en sus clases para aprender con los chicos y en perseguirlos después para unirse a sus juegos.

Era el rey hombre de ideas claras y juicios tajantes y acababa de retirarle su favor a su hijo mediano tras un par de incidentes escandalosos cuando la tuberculosis le arrebató al primogénito sin descendencia masculina. Sin más candidatos, se acordó entonces de aquel nieto criado en la ingrata periferia y lo llamó a la capital para formarlo como su heredero.

Y, así, dejó de ser Johann para convertirse en el príncipe.

Demasiado lejano para seguir contestando las cartas de Victoria. Demasiado lejano para una huérfana terrateniente de un pueblo olvidado.

Sin embargo, él le sonrió, dispensándola de su excesiva confianza.

—Desconocía vuestra llegada —se disculpó con una nueva inclinación, recogiéndose las faldas—. Hace mucho tiempo que vuestra presencia no nos honra.

—Vamos, Victoria, obviemos las formalidades. Sigo siendo yo.

Y una nueva sonrisa de esas que descongelarían el lago en pleno invierno.

—¿Tú? ¿La duquesa, quieres decir? Porque creía que era ella quien me había citado.

Él rio.

—Pretendía darte una sorpresa. —Se retiró el pelo con ademán avergonzado—. Además, sabía que a su llamada no te negarías.

—¿Y por qué iba a negarme a la tuya? Majestad.

Definitivamente, el tono de aquella última palabra y la inclinación con la que la acompañó con un movimiento de hombro rezumaban coquetería.

Contrólate, Victoria, se recomendó a sí misma. *Primero en la línea de sucesión al trono de Dinamarca, te recuerdo. Ve pasando página, monina.*

—Tal vez lo merezca.

Su sonrisa culpable fue suficiente para perdonarle la ausencia de misivas, los años de silencio y olvido.

La invitó con un gesto a sentarse en el sofá y Victoria lo hizo con la espalda muy recta, cuidando que las rodillas de ambos no se rozaran. No quería entrar en combustión espontánea. ¿Se oiría lo fuerte que le latía el corazón?

Johann se acomodó con el pie derecho sobre la rodilla izquierda de forma despreocupada, la mano en el respaldo, alargada hacia ella como si pretendiera rodearle los hombros.

—He llegado hace unas horas —confesó—. Me urgía atender unos asuntos y ha sido ciertamente improvisado. No se ha hecho público porque mi madre desea preparar un recibimiento formal y ofrecer un baile.

—Bien. Hace mucho que no se celebra un buen baile por aquí.

—Tendrías que venir a Copenhague. Amarías sus fiestas. El teatro, la ópera…

Habría ido si me hubieses invitado.

Se sacudió aquel reproche. Seguro que sus múltiples obligaciones habían copado su tiempo y sus pensamientos.

La presión de su título le resultaría más llevadera con una buena esposa a su lado para ayudarle.

¿Y dejarías tu hogar para seguirlo a la capital? Los niños. El fiordo. El bosque. La casa de mamá y su jardín.

Caer en aquel detalle la desconcertó por un instante. No se lo había planteado.

En fin, carecía de sentido. Como haría bien en recordar, Johann quedaba fuera de su alcance.

Sin embargo, allí estaban los dos, compartiendo asiento bajo aquella luz tenue e íntima, mirándose de frente, sonriéndose. Se parecía mucho a alguna de sus manidas ensoñaciones.

A falta de que él fuese descamisado, claro.

En sus fantasías solía haber una buena excusa para ello. O una excusa a secas. O la camisa simplemente no estaba, punto. Un príncipe no siempre podía atender a detalles nimios como aquel.

Johann se rascó la nuca y se aclaró la voz.

—Debo confesar que mi intención al hacerte venir no ha sido inocente.

No, si cuando te sueño tampoco eres inocente, descuida.

Aquella noche, su mente estaba más rápida que ella y Victoria tuvo que camuflar su rubor y una risita tras una tos. Se alisó las faldas y preguntó con candidez:

—¿No?

—Mi dulce Victoria, verás. —Johann le tomó la mano—. Sabes que hay ciertas tensiones entre el ducado y la Corona. El matrimonio de mis padres ayudó a suavizarlas. Yo me crie en estas tierras y he sido querido por su gente. —Se removió en el sofá y suspiró—. Aparte de las discrepancias con mi tío, soy consciente de que mi abuelo me ha elegido como heredero para contentar al ducado y que puedan considerarse por fin integrados y representados por nuestra monarquía.

—Entiendo —lo animó a continuar.

—Pero no se está consiguiendo. Desde mi marcha a la capital ha surgido cierto recelo contra mí. Voces críticas hacia las reformas que he diseñado: la línea de ferrocarril que partirá los pastos, los nuevos agentes…

—Y que lo digas…

Victoria bufó al pensar en cierto soldadito.

Johann la soltó para sacarse de la chaqueta una tabaquera de plata.

—¿Te importa? —preguntó tomando un puro y un fósforo.

Lo prendió antes de que contestara.

—No sabía que fumaras.

—Influencia de mi abuelo. —Le dio una calada, expulsó el humo en un anillo perfecto y le mostró el cigarro con una sonrisa—. Importado desde España con el mejor tabaco de las Américas. —Bajó el pie que había estado sobre su rodilla—. Como te decía, creen que la capital me ha absorbido y me he olvidado de ellos, que he cambiado de bando. Necesito que vuelvan a confiar en mí. En mis órdenes y mis delegados. —Se llevó el puro a los labios y su tono descendió—. Debo... debo demostrarle a mi abuelo que estoy a la altura. No se me va a resistir mi propio hogar. —Más que una confidencia, parecía que hubiese naufragado en sus pensamientos y hablase para sí—. Esta es mi primera prueba y no puedo fallar.

Johann sacudió la cabeza, como si reparara de golpe en que continuaba acompañado, y el príncipe que lo tenía todo bajo control regresó con otra calada y una amplia sonrisa despreocupada.

—Tú eres querida aquí. Los Holstein han sido siempre muy apreciados. Nadie dudaría de vuestro compromiso con el ducado. Ayúdame a que reconozcan esta nueva autoridad y la amen tanto como tú amas estas tierras. —Volvió a tomarle la mano y la miró a los ojos—. Sigues soltera, ¿verdad? Mi madre suele mencionarte en sus cartas y no me ha anunciado lo contrario.

Asintió.

¿No es eso lo que te prometí?

Johann sonrió de nuevo, acercándose más a su rostro, y el corazón le danzó en el pecho.

—Entonces no me negarás, dada tu avanzada edad, que tú también lo deseas.

—¿Qué me estás proponiendo, Johann? —encontró la voz suficiente para susurrar. Porque ahora sí que se parecía a una de sus ensoñaciones y ella no quería despertar.

Aunque hubiese sido más romántico sin que Johann se pusiera a divagar sobre política y conveniencia de por medio. Ahorrarse aquella innecesaria mención a sus años tampoco habría estado mal. Pero bueno, cada cual se declara como puede, y ella llevaba esperando ese momento demasiado tiempo como para atender a nada más.

El príncipe sonrió y se puso en pie, incapaz de continuar quieto.

—¡Estoy hablando de matrimonio, por supuesto!

Victoria iba a tener que buscarse un cuerpo más grande en el que poder contener los latidos y la alegría desbordados.

Respira, respira, respira. El corpiño no se lo ponía fácil.

Le dedicó la mayor sonrisa que su rostro había alojado jamás, expectante. Johann sostuvo el puro con la boca para dar dos sonoras palmadas. La puerta que comunicaba con el despacho se abrió…

—Permíteme que te presente a un buen y querido amigo, como tú.

… y el capitán entró.

Y su expresión y la de Victoria se aguaron a la vez. Más todavía, pues ella ya arrugaba la nariz ante esa última aclaración referente a cuánto la estimaba como «amiga».

—Oh —dijo él antes de frotarse el rostro con gesto de acabar de comerse algo desagradable.

Sí. Oh, pensó Victoria, con el alma pisoteada sobre la moqueta.

—¡Søren Andersen! —lo presentaba el príncipe—. Nuevo y flamante capitán de…

—Alteza —lo interrumpió él con una seña de abortar misión.

Johann dejó caer los brazos con los que estaba interpretando su grandilocuente introducción y los miró alternativamente, confundido.

Victoria se puso en pie.

—¿Quieres que me case con tu capitán? —Los puños apretados para contener la indignación, la humillación y el dolor. Su interior más embravecido que el fiordo bajo la tormenta, cuando las olas azotan la costa, el viento aúlla y el mar todo lo devora, incluidos la cordura, el amor y los recuerdos. Era tal la tempestad que contenía que sintió que si la dejaba ir arrasaría la sala entera. Y ni siquiera entonces quedaría satisfecha.

¿Quién le pedía matrimonio a una mujer en nombre de otro?

—Sí, claro, para unir los dos mundos: lo moderno y lo viejo, Dinamarca y el ducado. Los Holstein, antiguos guardianes de estas tierras, y los nuevos agentes del orden.

—Pues tendrás que buscarte otra Holstein.

Las faldas se le habían enredado en el tacón y las apartó con una furiosa coz antes de rodear el sofá para largarse de allí. El capitán lucía su uniforme de gala y, al pasar por su lado, le dedicó un vistazo de arriba abajo, envenenado de odio. Su presencia volvía la situación más humillante todavía.

—¿Y tú por qué vas disfrazado? —La gorra salió despedida cuando le dio un manotazo.

Él no se inmutó, manteniéndose tan erguido como si estuvieran pasando revista.

—Ha sido por insistencia de su alteza.

—A las mujeres les gustan los uniformes —se defendió Johann.

Victoria contuvo un gesto de incredulidad y exasperación.

—He oído suficiente.

Jamás en su vida se había sentido tan insultada. Y rota. Y vacía. Y despreciada. Vendida como un trapo usado.

—Espera, espera. —El príncipe la retuvo del brazo—. Le he entregado la propiedad Ingeborg y su renta es vitalicia. No te insulto con esta propuesta, si es lo que piensas.

¿De verdad estaba Johann hablando de números? La mirada que le dedicó fue una confusa mezcla de emociones.

—Vamos, Victoria. Te pido este favor como amiga. —Y otra vez con eso de «amiga». Si pretendía amansar su ánimo, aquella no era su mejor herramienta. E iba a demostrárselo—. Es importan...

—No me has dado el pésame.

—¿Qué? —Johann parpadeó.

—Mi hermano. Lo han fusilado esta mañana. Lo sabes, ¿no?

Él bajó la vista. Carraspeó.

—No he creído conveniente incomodarte con un tema tan delicado. Puedes estar tranquila, sus pecados no te salpic...

—Y mi padre se ha perdido en el mar. Desconocemos si hace semanas que se ahogó o vaga a la deriva.

—Vaya, yo...

—¿Cuándo fue la última vez que me escribiste para saber de mí?

No le daba tregua, disparando una frase tras otra con aquella mirada fría y acusadora.

—Victoria, no entiendo a dónde pretendes llegar.

—A que su alteza habla de amistad, pero no tiene ni idea de lo que eso significa.

Todo su dolor y toda su decepción contenidos en aquellas palabras y en el azul apagado de sus ojos, helados como el lago en el corazón del bosque.

Se soltó de su agarre y se dirigió a la puerta. Ansiaba cruzarla para poder romper a llorar en soledad.

—Victoria Bastholm-Holstein, ciudadana danesa, detente en nombre de su majestad.

Se giró. Johann se había revestido de autoridad. Dio unos pasos que volvieron a acercarlos antes de erguirse bien derecho y recolocarse la chaqueta con gesto adusto. Se habían terminado las confianzas.

Por un momento, el odio de Victoria se olvidó del capitán para centrarse en el hombre que tenía frente a sí, aquel que le había robado al Johann que ella conocía y amaba. Las palabras tenían poder y *príncipe* se había convertido en una que quitaba más de lo que daba.

Su dolor se transformó en rabia. En frustración. Porque ella estaba ahí delante, pero él no la veía, ciego al corazón postrado a sus pies, dispuesto a entregarse sin reservas. Una corona pesaba más.

—Victoria Bastholm-Holstein, te lo he pedido como amigo y ahora te lo ordeno como príncipe: te casarás con Søren Andersen, capitán de las fuerzas reales en el ducado.

Ella le echó un vistazo. Serio e inexpresivo, no se había movido del sitio. Por la rigidez de sus hombros y la línea tirante que formaba su boca, apostaría a que tampoco estaba cómodo con la situación.

Se sostuvieron un instante la mirada. Él la retiró. No iba a intervenir. No la ayudaría.

Cobarde. Victoria apretó los puños y se preguntó si tendría vida propia o estaba demasiado acostumbrado a que pensaran por él.

—Por las buenas o por las malas. —El príncipe reclamó de nuevo su atención.

Ella suspiró, bajó los párpados y forzó una sonrisa.

—De acuerdo.

Realizó una amplia reverencia, agarrándose las faldas e inclinando la cabeza. Cuando la levantó, su mirada era de fuego y el suspiro aliviado de Johann murió en sus labios. Había cantado victoria antes de tiempo.

—Que su majestad me saque a la fuerza de mi hogar, me arrastre por las calles y me postre de rodillas ante el altar. —Se agachó para recoger la gorra del capitán, que había quedado en el suelo cerca de sus pies. Se la puso con un coqueto giro de muñeca y después le arrebató el puro al príncipe—. Veamos qué opina el pueblo con el que pretendes congraciarte.

Se llevó el cigarro a los labios con el reto llameando en sus ojos. Una exhalación de humo antes de marcharse.

Una vez solos, el capitán se sentó en una silla. Los codos sobre las rodillas, de forma que, al quedar inclinado, los rizos negros le cayeron sobre el rostro. Se los retiró y rompió a reír.

—De menos cero a desastre absoluto, ¿cómo de bien dirías que ha ido tu… cómo lo llamaste… magnífico plan perfecto?

Su amigo lo fulminó con la mirada y él negó con la cabeza sin poder dejar de sonreír, divertido.

—Te dije que el uniforme sobraba. —Después observó a su alrededor—. ¿Y por qué estamos a oscuras? Maldita sea. Por un momento he creído que la mujer era tan poco agraciada que no querías que la viera.

Se rascó el arañazo de la mejilla con descuido. Johann se cruzó de brazos.

—No sé por qué te hace tanta gracia.

—Solo manifiesto mi alegría por no tener que casarme.

—¿Tú también vas a venirme con esas ahora? ¡Has dicho que lo harías!

—Sí. Por ti. Porque eres mi príncipe y mi amigo y sé cumplir con mi deber. Pero no he dicho que me apeteciera. Celebro mi recuperada soltería.

El príncipe fijó la vista en la puerta que Victoria había dejado abierta tras de sí y habló entre dientes:

—Eso ya lo veremos.

PUERTAS CERRADAS

Victoria despertó tarde y, acto seguido, anheló la inconsciencia del sueño. Dio vueltas entre las sábanas, aferrándose al peso de sus párpados. Tarde. No podía dormirse de nuevo.

Cerraba los ojos y oía un disparo.

Hans yacía bajo tierra.

Cerraba los ojos y veía a su padre siendo fagocitado por la rabiosa tempestad.

¿Volvería a discutir con él sobre política e historia?

Cerraba los ojos y Johann le retorcía el corazón.

El desprecio afilado como una cuchilla, transformado en amenaza de matrimonio. Lo odiaba, lo odiaba, lo odiaba.

Todo se desmoronaba demasiado rápido. Como si habitara una fortaleza abandonada al borde del acantilado. Las olas reclamaban lo que era suyo y las paredes de piedra caían una por una, engullidas por la furia del agua.

Dos golpes rápidos para anunciarse y la puerta se abrió.

—A Dios no le agradan los holgazanes.

Ingrid. Victoria le daba la espalda y no se giró para contestarle.

—Hoy no tengo ganas de agradar a nadie. —Se abrazó a su almohada.

Los cubiertos tintinearon cuando dejó la bandeja con el desayuno. Olía a bizcocho recién horneado.

—Sorpresa: a la vida le importa poco de qué tengas o no ganas. —Sus pasos taconearon hasta la ventana. Descorrió las cortinas de un tirón y la luz entró—. Ha amanecido un día soleado y los narcisos comienzan a abrirse, igual que las hortensias de invierno. Llévate a tu hermana a dar un paseo por el fiordo y recoged unas flores. Os darán alegría al rostro.

Victoria se incorporó hasta quedar sentada contra el cabecero.

—¿Sigues pensando en matrimonio? —El aroma era demasiado apetecible como para resistirse a llevarse a la boca un pellizco de bizcocho.

Hmm. Delicioso y calentito.

—Sigo pensando en que, ante las adversidades, no queda más que erguir los hombros y responder con fortaleza. —Ingrid cruzó los brazos a la altura del pecho. Su expresión tan adusta como siempre—. Margrethe tampoco quiere levantarse. Está demasiado triste por vuestro padre. Espero que, como hermana mayor, le des ejemplo. La vida no va a detenerse por él y nosotras tampoco podemos permitirnos hacerlo. Menos ahora, que estamos solas. —Se echó al hombro la ropa usada que Victoria había dejado sobre la silla—. Pronto llegarán las habladurías. Tendréis que estar preparadas. Languidecer de pena no es una opción.

Victoria se hizo una bola con la manta cuando le arrebató las sábanas con dos rápidos tirones antes de salir. Tocaba hacer la colada.

Antes de marcharse, Ingrid retrocedió para asomarse de nuevo.

—He recogido mis cosas. El dormitorio principal es tuyo.

Victoria parpadeó, tomada por sorpresa con la boca llena de bizcocho. Su estómago rugía y ella creía haberse quedado sola.

—¿Qué? —La pregunta apenas escapó entre sus carrillos hinchados.

Su madrastra dio unos toquecitos impacientes con el pie contra el suelo; no iba a repetírselo.

Victoria sacudió la cabeza.

—Pero... —Se obligó a tragar y dejar de parecer un roedor preparándose para la hibernación—. ¿Y tú?

—El cuarto de la criada lleva tiempo vacío.

—¡Oh, por favor! No seas absurda. No voy a permitir que la esposa de mi pa...

—Sé cuál es mi lugar —la interrumpió con voz autoritaria—. Tu padre también. Lo ha dejado muy claro en su testamento.

Se sostuvieron la mirada en silencio. Hasta que la mujer añadió:

—Te agradezco la hospitalidad con mi hija. Ambas la conocemos; no está hecha para vivir en la pobreza.

Y se marchó.

El suelo crujió bajo los pies de Ingrid. El cuarto junto a las cocinas contaba con el mobiliario imprescindible, la madera sin tratar. Carecía de ventanas. Poco que ver con los armarios amplios, el cabecero de caoba, las sábanas de seda importadas de la India y la luz de la habitación conyugal.

Se sentó en el catre y suspiró.

De señora a criada.

Rotó el cuello y se masajeó los hombros cansados.

En verdad, le agradaba más esa habitación. Seguro que *ella* jamás la había pisado. Era estrecha, pero también cálida. Olía al bizcocho que había horneado de madrugada. El bizcocho de mamá. Ese que, según decía, se llevaba las penas. Ese que aprendió a imitar.

Le habría gustado escribirle, al menos una vez. Pero Ingrid no sabía escribir y su madre no sabía leer. Ella había aprendido escuchando con disimulo a la institutriz de su hija y practicando a escondidas, avergonzada de su propia ignorancia en aquel hogar de gente culta.

Porque *ella* sí sabría leer con voz dulce, buen ritmo y entonación perfecta, claro. *Ella* sí sabría escribir con una letra bonita y estilizada, igual que su sonrisa inmarcesible, tan eterna como la pintura.

Se tumbó con pesadez y cerró los ojos. Las niñas se habían marchado. La soledad invitaba a romperse, a permitirse unos instantes de debilidad.

Notaba el vientre caliente e hinchado. Se puso las manos encima, como si así pudiese calmarlo. Debía recordar cambiarse los paños.

«Quiero hijos. Muchos hijos», se oyó a sí misma confesarle a quien estuviese dispuesto a escucharla. Con seis, con siete, con diez años… Siempre lo tuvo claro.

Con doce empezó a matizar:

«Que sean muchas niñas».

Porque ella había sido la única chica de los nueve bebés que trajo al mundo su madre y toda su vida deseó una hermana. Sus hijas la tendrían.

Se le escapó una mueca. *Quiero muchos hijos.* Pero a nadie le importaba. Su marido siempre estaba demasiado lejos, demasiado ocupado. Demasiado… perdido.

Y ahora, con treinta y tres años, se preguntaba si volvería a quedarse embarazada algún día. Cada sangrado, una cuenta atrás. Tratar de imaginar cuántos le quedarían le estrangulaba la garganta.

La palabra *viuda* vestía de negro y polvo. Olía a encierro. Asustaba.

Si una mujer se sabía vieja cuando dejaba de interesarle a su esposo, ella había llegado octogenaria al altar.

Y, si elegir marido era la única decisión importante que se le permitiría tomar en la vida, se equivocó al apostar y lo había perdido todo.

Se masajeó la frente y se frotó los ojos, cansada y con ganas de llorar. Demasiado tiempo ya fuera de casa, demasiado tiempo sin tener un hogar.

Debiste decirme que no me fuera, mamá.

Pero él era tan apuesto, culto y misterioso, con tantos lugares recorridos en sus viajes… Como aquel que lo condujo hasta su pequeña aldea, donde se hospedó en la posada de su tío. Sus ropas tan elegantes y ricas. Sus modales tan atentos. Difícil no enamorarse. Qué joven novia tan afortunada. Él era mucho más de lo que nunca se atrevió a soñar.

Recordó el miedo que sintió al contemplar la mansión por primera vez. Imponente, angulosa y oscura, ocultando con su envergadura el sol que caía. Pero acababa de bajarse del carruaje de la mano del hombre de su vida y lucía un anillo recién estrenado, así que tragó saliva y recuperó su inocente sonrisa. Todavía no sabía que lo más terrorífico aguardaba dentro.

Ella.

La mujer del retrato. La dueña de la salita acristalada con el piano. Como una especie de mausoleo, habían reunido allí sus cosas. Ingrid rehuía aquel lugar y cerraba la puerta cuando la descubría abierta, como si así pudiese contenerla dentro.

Pero la esencia de Sophie Holstein rebosaba tan estrechos límites. Escurría bajo el quicio. Se derramaba por los suelos y goteaba por las paredes, manchas que todo lo ensombrecían. Invadía habitaciones y conversaciones a media voz. Borraba sonrisas. Y «No toques esto» y «No toques aquello». «Era de mamá». Era de *ella*.

Ingrid lo aprendió bien a los pocos días de llegar a la mansión.

Uno de sus hermanos mayores se sacaba unas monedas tocando el organillo durante las misas y le había enseñado alguna melodía. Al ver aquel precioso piano mudo, esperando unos dedos que le dieran vida, pensó que, ahora que se había casado con un hombre rico y elegante, podría seguir aprendiendo y mejorando. Debía estar a la altura. Se convertiría en una de esas damas distinguidas con vestidos de encaje que amenizaban con su música la merienda de amigas mientras los niños correteaban entre sus faldas. La estampa feliz que jamás se había atrevido a soñar.

Se sentó en la banqueta y colocó las manos. Sonrió con los hombros erguidos. Seguro que su marido no se esperaba que supiera tocar y quedaría impresionado. Hasta que una voz condenó su alegría:

—Es el piano de mamá. No puedes tocarlo. —Victoria, aquella niña tan bonita cuyo cabello azabache deseaba peinar con lazos y flores, la censuraba desde la puerta.

Con sus dieciséis años de novia recién desposada, se quedó muda y cohibida, sin saber qué contestar. Edvard apareció como mediador y puso una mano sobre el hombro de su hija tratando de apaciguarla. Para Ingrid solo hubo una mirada esquiva donde encontró una afirmación teñida de dolor. Era cierto: no podía tocar el piano.

«No puedes». «No puedes». «No puedes». Repetido una y otra vez.

Sophie Holstein ya no respiraba, pero consumía todo el aire.

Decían que la habían enterrado en el jardín, bajo un espino blanco y una cruz, porque amaba aquel lugar y el amanecer sobre el bosque. Mentira. Sophie Holstein no yacía en el jardín. La casa entera era su tumba. De noche oía sus quejidos y en el frío olía su presencia. Cortejo fúnebre todos ellos, atrapados en vida.

Suspiró. Suficiente autocompasión. Se incorporó y se palpó el moño para asegurarse de que no se le había soltado. Tocaba ponerse con la comida.

De esposa a criada.

No le importaba. Su madre le había enseñado a ser servicial y a hacer mucho con poco. Una niña de granja. Jamás había necesitado armarios grandes, sábanas de la India ni cabeceros de caoba. Nunca le pertenecieron.

Tan solo le habría gustado que su esposo tuviera un corazón que entregarle a cambio del suyo. Estaba harta de mendigar migajas prestadas.

Victoria tomó aire y se asomó. Unas violetas en su mano, dispuesta a darle color al vacío, devolverle la vida.

Todo estaba recogido. Mudo. Quieto. Ausente.

Ajeno.

La cama sin arrugas. El armario cerrado. Lo abrió con cuidado. Aún conservaba su aroma. Un pinchazo en el pecho.

Pasó la mano sobre el tocador. La ausencia de su sonrisa reflejada en el espejo. Otro pinchazo.

En la esquina, junto a la ventana, el hueco del pupitre en el que solía dibujar. Se lo habían llevado a la salita del piano. La recordó sentada, girándose para sonreírles mientras su hermano y ella le echaban vistazos curiosos a las flores que manaban de sus dedos. Hans se agazapaba debajo del escritorio y mamá fingía no darse cuenta cuando le robaba los lápices para intentar imitarla. La pequeña Victoria sobre su regazo, adormilada por el sonido de sus trazos, envuelta en su perfume. El pinchazo definitivo.

Cerró la puerta. Se alejó como si quemara. La muerte no podía vencerse con flores.

Se quedaría en su habitación.

Al final, tal vez Ingrid estuviese en lo cierto: aquella era una casa de puertas cerradas regida por fantasmas.

HIELO Y GOLONDRINAS

La primera vez que estuvo allí, Victoria no le tenía miedo al hielo ni a su bruma. Solía bailar sobre él con sus patines, imitando los movimientos de mamá, riendo juntas.

—Al lago le gusta que dancemos —decía—. Le hacemos cosquillas en la tripa y así se tranquiliza.

—¿Como un gatito que duerme?

Mamá asintió. Su sonrisa la guiaba. Espirales blancas bajo sus pies. Caminos de diminutas esquirlas. Un mapa de cicatrices sobre el lago.

La respiración acelerada de la pequeña Victoria se transformaba en vaho y le enrojecía la nariz. Se impulsó más rápido para alcanzarla.

—¿Y qué pasa si se despierta?

Mamá se detuvo en seco. Sus cuchillas rasgaron el hielo. Se habían acercado al centro, allí donde se volvía quebradizo y las aguas podían verse profundas y oscuras. Una llamada a hundirse.

Y los ojos de mamá se dejaron seducir por la negrura y sus secretos.

—Si se despierta, gruñe y araña, presa del hambre.

Le ofreció la mano para regresar.

Cuando el deshielo llegaba con la primavera, ya no se podía patinar y paseaban cerca de la orilla recogiendo flores. Un día, al regresar, Sophie se quedó muy quieta y contuvo la respiración con una sonrisa.

—¿Qué pasa, mamá? —Victoria tiró de su mano.

Ella señaló al frente.

—¿Las ves?

Dos pájaros negros iban y venían a una esquina del balcón acristalado de la salita preferida de mamá. Sus vuelos se cruzaban incansables, igual que los caminos que ellas trazaban sobre el lago.

—Son golondrinas —le explicó Sophie—. Están construyendo su nido.

—¿Y? —Victoria quería entender la emoción contenida en su voz.

—Pues que han elegido nuestro hogar para formar el suyo. Nos han elegido para volver con nosotros un año tras otro en sus migraciones. ¿Sabes lo que eso significa?

La niña negó con la cabeza.

—Que esta es una casa feliz. —La sonrisa de mamá se hizo más amplia. Luego continuó—: Es una gran suerte que hayan venido a decírnoslo. Un día, tus hijos también las verán anidar y entonces sabrás que lo estás haciendo bien.

Sus trinos las acompañaron aquel verano.

Después pasó el otoño y, el primer día de invierno, cuando los árboles se vestían de nieve y adornos rojos y el aire olía a mazapán, Victoria tuvo un sueño.

Se encontraba a la orilla del lago, sobre sus patines. La espesa niebla apenas le permitía ver un palmo más allá. Todo era blanco y frío.

Se frotó los hombros. No sentía ganas de bailar.

—¿Mamá? —llamó. No le gustaba estar allí sola. Empequeñecida en el asfixiante abrazo de la bruma. Temía desdibujarse en él, convertida en un borrón gris.

Oyó un ruido. Se parecía a su risa cuando danzaba.

Victoria sonrió.

—¡Mamá!

Sus cuchillas cortaban el hielo. Se acercaba.

—¿Mamá? —Victoria forzó la vista, intentando distinguir algo.

La risa se alejó hasta apagarse.

El sonido de las cuchillas permanecía.

Dos patines aparecieron, deslizándose juntos. Solos. Como si los pies que los calzaban los acabaran de abandonar.

Los reconoció. Eran los de mamá. Pero ella no estaba.

Al abrir los ojos, aquella sensación gélida siguió a Victoria más allá del sueño. Un escalofrío enredado en su columna. Una ausencia rodeándole los hombros.

Dos días después llegaron las noticias: Sophie Holstein se había hundido en el lago.

Las flores no brotaron de sus manos esa primavera. Sin ellas, las golondrinas no regresaron.

Amanecer rojo

l recuerdo de aquella pesadilla la desveló. Los primeros rayos de la madrugada se colaban por la ventana
y Victoria jugueteó con un haz de luz entre los dedos.

Quiso pensar que, por más frío que hiciese y más sombras que la rodeasen, el sol y su calor siempre regresaban,
disipando la niebla.

El campanario daba las siete cuando atravesó el pueblo
a lomos de su yegua. Las calles estaban tranquilas; la vida
comenzaba a bostezar. Tan solo el eco pedregoso de su tro-
te parecía existir. El farolero no había terminado la ronda y
las luces, pequeñas y titilantes, continuaban encendidas,
ahogadas por el amanecer. Olía a pan y una ligera escarcha crujía bajo los cascos de Ofelia.

Sí, el nombre de aquella magnífica hembra frisona color tizón de abundantes crines onduladas había sido cosa
de Hans, quien solía ponerle coronas de flores.

«Guirnaldas de margaritas y orquídeas para la dulce
Ofelia de parte de la reina Gertrudis, que la llora», anunciaba grandilocuente. «¡Oh, amor mío! ¿Fue suicidio o fue
accidente?». Y luego le advertía: «Nunca la dejes acercarse
al río».

Victoria no entendía de qué iba todo aquello, pero el nombre le gustaba; sonaba señorial.

La dejó junto a la verja de la iglesia y avanzó hacia el interior. Al ir a cruzar la puerta tuvo que echarse atrás para evitar chocar con el capitán, que salía por ella. Sus ojos, acostumbrados a la escasa luminosidad, se entrecerraron para enfocarla, pero la lengua mordaz de Victoria se adelantó:

—¿Orándole a Dios antes de afilar la guadaña?

Con la sorpresa, se había llevado la mano al revólver. Aunque no llegó a desenfundarlo, a ella no le pasó desapercibido aquel gesto propio del asesino que era.

—¿Le espera una larga lista de inocentes hoy?

Él se caló la gorra de su uniforme de diario y la saludó con una ligera inclinación de cabeza y un toque de visera.

—Señorita Holstein. —La rodeó y siguió su camino.

Victoria le hizo burla a su gesto altivo antes de entrar a la casa del Señor. El aroma del incienso flotaba en la penumbra y la piedra fría se tragó el eco de sus pasos cuando fue a sentarse en una de las primeras filas.

En el bolso colgado de su muñeca llevaba envuelta una generosa porción de bizcocho. Por si aparecía Timy, ya que no lo había visto con los otros el día anterior. El huerfanito que se ocupaba del campanario a cambio de un tazón de sopa caliente por las noches y que dormía en un jergón allí en las alturas, en su mundo de vigas, travesaños y poleas.

«Solo yo he visto lo diminuto que es el pueblo», le decía sin dejar de engullir la comida que le hubiese acercado aquel día. «Casitas de juguete con muñecos que se mueven. ¿Dios nos verá tan pequeñitos, señorita Holstein? ¡Deberá tener cuidado para no pisarnos ni confundirnos con hormigas!».

Ella reía con sus ocurrencias y le ofrecía un pañuelo para que se limpiara las comisuras. Él lo usaba para sonarse los mocos sin reparo.

«A mí tendrá que verme mejor, porque estoy más arriba», razonaba.

Victoria le colocaba el pelo descuidado tras las orejas.

«Sin duda, pequeño Timy, tú serás a sus ojos el más grande de todos. Pocos corazones brillan tan puros como el tuyo».

Él se acurrucaba contra su pecho y sonreía.

«Me gusta su voz, señorita. Si tuviese una mamá, tendría su voz. Y me cantaría antes de dormir».

Desde el banco, se inclinó para observar la portezuela escondida a un lado del altar, la que daba a las escaleras de la torre, por si lo veía aparecer. Dejó el bolso a su lado y aflojó el nudo. Seguro que aquel granujilla no tardaba en dejarse caer. Su nariz, atenta siempre al olor de la comida, no solía fallarle.

El amanecer se derramaba, rojo, a través de las vidrieras. La sangre del Hijo llorando sobre las faldas oscuras de su vestido.

Con la vista atrapada en los colores, pensó en Johann. En el brillo rubio de su cabello cuando se perseguían por los jardines de la duquesa, en el sonido de su risa y el timbre grave de su voz cuando creció, de forma que sus palabras le vibraban en el pecho a Victoria y echaban a volar las mariposas de su estómago. En su olor. En el tacto de sus manos cuando la rozaban.

En la primera vez que la besó.

También la última. Las ensoñaciones de Victoria llevaban tanto tiempo viviendo de aquel recuerdo que parecía imposible que solo hubiese sucedido en una ocasión.

Donde los jardines de la duquesa se volvían agrestes fluía un riachuelo. Un Johann de diecisiete años estaba de pie junto a él, lanzando guijarros al agua. Como una ninfa del bosque, Victoria surgió a su espalda de entre la maleza apartando las ramas de un almendro, que dejó caer una lluvia de suaves pétalos rosas sobre su pelo negro.

—Al fin te encuentro. —Por más que intentase mantenerse serena, estar con él a solas le agitaba el pulso y le sonrojaba las mejillas.

Johann tiró la última piedra. Sus brazos cayeron inertes y derrotados a lo largo de su cuerpo y su atención continuó clavada en las ondas que había creado. Victoria se acercó y, al colocarse a su lado, le rozó una mano con la suya. Dorso contra dorso. Cosquilleo.

—¿Qué sucede?

Él les dedicó un breve vistazo a sus pieles en contacto. No se apartó.

—Sucede que me marcho. —Su tono fue lacónico.

—Para ser heredero al trono —le recordó ella, animándolo con su sonrisa—. No parece un mal plan.

—Me preocupa lo que dejo aquí.

Entonces sí la miró. Sus ojos oscuros atravesándola. Tuvo que tragar saliva los dos segundos que sus pupilas se sostuvieron antes de volverse al frente. Los brazos colgando exactamente en el mismo lugar, los dedos fingiéndose relajados. Demasiado consciente de la cercanía.

—¿Tu madre? Sabes que yo la cuidaré.

—No. —Silencio—. Ella no.

Los dedos de Johann acortaron la distancia. Victoria se lo permitió y el tiempo pasó despacio, trazándole espirales de fuego, mientras esa mano intrusa recorría la suya, acariciándola, escurriendo por su palma hasta que

ambas encajaron a la perfección y sus dedos se entrelazaron.

Sus respiraciones también habían encontrado la armo-
nía en un ritmo acelerado. Permanecieron agarrados sin
mirarse. Sonrojada, Victoria se mordía el labio.

Oyeron voces. Llamaban al príncipe. Era hora de mar-
char.

Ella fue a soltarse. Él la retuvo. Con un movimiento
brusco, le tomó el rostro y la besó.

Victoria gimió por la sorpresa. Sintió que las piernas le
fallaban mientras su boca se abría para recibir la de su
amado en una caricia firme, ávida, exigente, que le robó el
aliento, los pensamientos y el pulso.

Sus brazos la sostuvieron.

—No te cases hasta que regrese —le susurró Johann
atrapando su mirada cuando sus párpados volvieron a
abrirse. La boca húmeda aún sobre sus labios, dándole a
beber de sus palabras.

Ella no se movió ni dijo nada y él, tan repentinamente
como se había abalanzado, la soltó y se fue a paso ligero
hacia aquellos que lo reclamaban.

Convertida en estatua, Victoria necesitó unos instantes
para asimilar lo ocurrido y obligar a sus pulmones a recordar
cómo se respiraba. Se palpó los labios en busca de la huella
de aquel beso. La sonrisa le cosquilleaba. Echó a correr.

—¡Johann!

La maleza se enredaba con su vestido, ralentizándola.
Cuando alcanzó los jardines, el príncipe marchaba con sus
hombres.

—¡Johann!

Su montura se alzó sobre los cuartos traseros cuando
tiró de las riendas para detenerla. Por un momento, el sol

descendente quedó atrapado entre sus cascos. Sus rayos danzando sobre el cabello áureo del jinete, señor del cielo, silueta de fuego.

Victoria corrió más rápido, recogiéndose las faldas. Se quitó el anillo que llevaba y se lo puso a Johann en la palma enguantada.

—Te lo prometo.

Él apretó su presente, le sonrió con una inclinación, tomándole la palabra, y la comitiva retomó el camino.

Victoria se sacudió aquel recuerdo con rabia.

«Jamás confíes en un hombre». Una de las perlas de sabiduría que Ingrid repetía con resabida ironía y gesto agrio.

Le fastidiaba tener que darle la razón.

Las sombras de colores que proyectaban las vidrieras danzaron cuando se puso de pie y encendió un cirio. Después sacó las cartas de Johann. Aquellas que llegaban con asiduidad al poco de separarse y que con el tiempo escasearon hasta desaparecer.

Abrió una al azar.

«Me he topado con estos versos y he pensado en ti, mi golondrina». Aquel apelativo los acompañaba desde que una tarde de primavera le confesó la devoción de su madre por aquellos pájaros.

En su misiva, Johann le contaba que estaba aprendiendo español y le traducía el poema de un tal Bécquer:

«Volverán las oscuras golondrinas
en tu balcón sus nidos a colgar».

Pero las golondrinas no habían vuelto.

«como yo te he querido…; desengáñate,
¡así… no te querrán!».

Victoria tuvo que ahogar una risa despectiva. Sus ojos volaron al final del texto.

«Como este poeta sevillano, yo también creo en Dios cuando me miras»[10].

Dobló el papel y lo acercó a la llama. Desengañarse, sí. Lo vio arder hasta que tuvo que soltarlo. Pisó sus cenizas contra el suelo.

Y así murieron una a una sus mentiras. Una carta tras otra. Consumidas.

Le quedaba un último papel en la mano cuando una voz a su espalda la sobresaltó.

—¿Quemando sus pecados, señorita Holstein?

—Reverendo Häusser. —Saludó con una inclinación al hombre encorvado entre las sombras. Salía de la portezuela que daba a la torre, aquella por la que había esperado ver aparecer a Timy. Dolorido tras tanto estrecho escalón, el anciano se masajeaba las lumbares. Por eso era el pequeño huérfano quien reinaba en las alturas y se encargaba de dar la hora. Qué raro que se hubiese internado en sus estrechos y precarios dominios—. No son míos los pecados que quemo. Tan solo de haber amado demasiado, y con obtusa candidez, podría declararme culpable.

La puerta emitió un gruñido cuando él la empujó para cerrarla. Un chasquido final. Su mano era larga y venosa. Pálida en comparación con la sotana de la que había emergido como un raquítico arácnido.

---

10. Referencia a la rima XVII de Bécquer: «Hoy la he visto…, la he visto y me ha mirado…, ¡hoy creo en Dios!».

Los versos previos pertenecen a su rima LIII.

El párroco la observaba y Victoria se sintió incómoda. Su mirada parecía juzgarla y condenarla.

Intentó bromear:

—Imagino que de ofrecer su amor a quien no lo merece sabe mucho nuestro misericordioso Padre.

Él avanzó. La pesada túnica lamía el suelo, ahogando el sonido de sus pasos.

—Tú no conocerás su misericordia.

—¿Perdón?

—Tu hermano ya ha sido llamado al Infierno y tú lo seguirás.

—¿Cómo dice? Hans...

—Se dejó seducir por el demonio. ¿Es ese también el amor que tú proclamas? —Desprecio. Desprecio absoluto en su expresión—. ¿Qué podría esperarse de los vástagos de una bruja?

El estupor no le permitió a Victoria más que pestañear y el religioso siguió escupiéndole veneno con sus ojos y sus palabras:

—A mí no se me puede engañar. Los Holstein siempre han sido adoradores del diablo. Guardianes de las sombras del bosque donde sus hordas satánicas se reúnen entre la bruma.

Había alzado la palma abierta en su dirección, como si se propusiera ahuyentar el Mal. Ella retrocedió asustada. Chocó con el candelero a su espalda y sus patas de metal chirriaron sobre la piedra.

—¿Qué hacéis tres mujeres solas en ese viejo caserón sino retozar con espíritus malignos e invocar la tormenta? Por eso tu madrastra está yerma y tú no te desposas. Cobijáis la simiente maligna en vuestras lascivas entrañas.

El cirio cayó al suelo y Victoria se apartó.

—¡Quiera Dios librar nuestro pueblo de vuestras malvadas influencias! —La señaló con el dedo—. ¿Dónde habéis escondido el cadáver del desdichado Edvard? ¿Acaso lo devorasteis? ¿Y qué le habéis hecho a mi muchachito, pobre criatura? ¿Lo atrajiste con tus dulces? —Su vista se desvió hacia el bizcocho, que ninguna manita hambrienta había reclamado.

Victoria corría hacia la puerta.

—¡Huye, huye, ramera de Satán! ¡Teme la furia del Altísimo! —La vela había prendido los bordes de su túnica. Impertérrito, él se erguía entre las llamas—. Ahora que te has quedado sola, no habrá descanso para ti.

La puerta se cerró a su espalda, pero aún tuvo tiempo de oír un alarido. Quizás el fuego lo había alcanzado.

—¡Dios es más fuerte que el Anticristo! ¡Dios es más fuerte que el Anticristo! —aullaba—. ¡Su fuego no podrá consumirme!

Se montó de un salto en Ofelia y la espoleó con premura. El papel que había abrazado contra su pecho, el único superviviente, cayó a un charco de escarcha derretida. Mientras los cascos al galope se alejaban, Victoria y Johann de niños, dibujados a carboncillo por Sophie Holstein, se hundieron a la deriva.

ORO Y CORAL

Las ruedas del carruaje traqueteaban sobre el empedrado. La luz de las farolas zigzagueando sobre las cicatrices del rostro torvo de su conductor.

Dentro, Grethe se agarró a la mano de Victoria, ambas enguantadas. No podía contener la emoción y apenas paraba quieta en su asiento, echando rápidos vistazos por la ventana.

—Por más que mires, las calles no van a acortarse. —Su hermana sonreía, enternecida por su emoción. Alzó las manos entrelazadas para besarle los dedos. Al final, haberse dejado arrastrar merecía la pena.

Tras su perturbador encuentro en la iglesia y cabalgar durante un buen rato intentando despejarse, Victoria había entrado en casa abrazada a sí misma para protegerse de los escalofríos que todavía la perseguían. El reverendo había perdido la cabeza. Tal vez debiera informar a algún sanitario.

En una de las salitas de estar se encontró con su madrastra y su hermana.

—¿Dónde andabas? —Ingrid remendaba una sábana. Su habitual tono cortante, que no alcanzaba el enfado, pero tampoco resultaba cordial—. Han venido los niños del pueblo preguntando por ti. Con tantas promesas de dulces, esto va a parecer la guarida de la bruja.

«Bruja».

Se le escapó una risa forzada que pareció un graznido atragantado y su madrastra la observó alzando las cejas.

—¡O el desfile de Hamelín! —aportó Margrethe, que leía junto a su madre el libro de cuentos que Edvard le había traído tras uno de sus muchos viajes.

Victoria se quitó la capa y la dejó en el perchero. Al guardar los guantes en el aparador, se fijó en que seguía habiendo uno desparejado.

Oyó la risa de su madre.

«Si no alimentas a los nisse, se enfadarán y te enredarán los cordones de los zapatos, golpearán tu ventana cuando intentes dormir y te esconderán los guantes», le contaba de pequeña, dándole un toquecito en la nariz.

«¿Los nisse, mamá?».

«Nuestros guardianes, mi amor. Duendes domésticos de las granjas y los pastos. Si te ganas su favor, serán tus mayores aliados. Si los enfadas… ¡prepárate para su furia!». Y, tras poner amenazante voz de ogro, un temible ataque de cosquillas marcaba el final de su explicación.

Pero a Ingrid no le gustaban aquellas tonterías paganas.

—Estaba en la iglesia —contestó distraída, intentando recordar cuándo se puso esos guantes por última vez y dónde había perdido el que faltaba. Los acontecimientos recientes no le habían dado un respiro.

Purgando mi corazón roto.

Pero eso no iba a confesarlo.

—Rezando por papá —hiló sobre la marcha—. Para que halle el camino de regreso.

Cerró el cajón.

—¿Sin mí? —Su hermana le dedicó una mirada dolida. Su angelical rostro abofeteado por la traición—. ¿Por qué no me has llevado contigo? Me habría gustado. No soy tan dormilona como todos os pensáis, jo.

Ante su ademán entristecido, los ojos de Ingrid fulminaron a Victoria. Le había pedido su colaboración para mantenerla alegre y distraída. No supo qué contestar ni tampoco cómo dar marcha atrás.

—Y, ya que sale el tema, imagino que tampoco pensabas informarnos sobre esto. —Ingrid sostuvo en alto entre el índice y el corazón un sobre arrugado con el sello de la duquesa roto.

—No tienes permiso para leer mi correspondencia. —Le arrebató la carta de un manotazo.

—Pues no la dejes tirada en el suelo.

—Es que tampoco puedes revolotear por mi cuarto.

—¿Entonces vas a limpiarlo tú, princesa?

Ante su silencio, Ingrid se apuntó aquel tanto. Sonrió y devolvió la atención a la aguja.

—No curioseo tus pertenencias —señaló—. Me la he encontrado hecha una bola mientras barría. Entenderás que me haya llamado la atención el sello. Sueles tratar con más respeto las cosas de la duquesa.

—Así que la has leído —resumió Victoria cruzándose de brazos—. Bueno, me da igual. No hay nada de lo que hablar porque no pienso ir.

Arrojó a la lumbre la invitación al baile por el regreso del príncipe y Grethe ahogó una exclamación. Ella también la había leído, claro.

—Estoy de luto —se defendió Victoria, volviendo a cruzarse de brazos, aunque esa no fuese la única razón por la que no le apetecía danzar y reír en torno a su alteza, sus mentiras, su olvido y su desprecio. No había alegría para ella en su vuelta.

—No hay luto que valga por quien no merece lágrimas. No si no quieres que la gente piense que simpatizas con sus pecados. Y, por lo que veo, has olvidado lo que hablamos —la acusó Ingrid, señalando a Margrethe con una ligera inclinación de cabeza.

Victoria miró a su hermana. Se observaba las manos recogidas en el regazo con el semblante apenado.

—Yo... Pensé que me llevarías. Me apetecía mucho. —Parpadeaba para contener las lágrimas. Sus labios temblaban entre pucheros.

—Oh, Grethe... —A Victoria se le contrajo el corazón—. Vamos, no me hagas esto.

—Es que últimamente no salgo de entre estas cuatro paredes. Voy a morirme del asco aquí encerrada.

– Sería una buena ocasión para que conociese gente interesante —terció Ingrid con una mirada que pretendía remarcar lo mucho que había en juego. Grethe no tendría mejor oportunidad de relacionarse con solteros de posición acomodada. Como su madrastra había señalado, pronto llegarían las habladurías, y el tiempo apremiaba.

Victoria resopló. Quizás aquello fuese lo mejor para su hermana.

—Está bien. Iremos.

Margrethe aplaudió y fue a abrazarla.

—¡Gracias! ¡Gracias!

—El vestido coral le sentará bien —anotó Ingrid.

—¿El coral? —Victoria tragó saliva—. Es de mi madre.

Su respuesta fue cortante:

—¿Y acaso piensa ponérselo ella?

Apretó los puños.

—No. No lo creo.

—Pues a tu hermana le quedará mejor que a las polillas.

Así que allí estaban: en el carruaje de camino al baile, las dos hermanas y el vestido coral.

Ingrid no se equivocaba. Tras sus arreglos maestros para adaptárselo a su figura, de formas más redondeadas y menor estatura, lucía perfecto sobre Margrethe. Realzaba su delicada piel blanca a la vez que le coloreaba las mejillas. También del joyero de Sophie habían salido los complementos que terminaban de darle brillo al rostro. Coronada de oro por su largo pelo rubio, recogido y peinado en bucles con gracia por su madre, parecía una princesa de cuento.

Victoria imaginó que, si la intención era encontrarle un marido aquella noche, llevaban las de triunfar.

Ella había elegido un sobrio vestido negro, por más que Ingrid insistiese en que no había mejor manera de espantar a los posibles pretendientes de su hermana que vestirse como si fuese su tía abuela, viuda y amargada.

Grethe se inclinó para susurrarle al oído, como si estuviese haciendo una travesura o como si su madre fuese a escucharla:

—No pareces mi tía abuela, que lo sepas. Estás preciosa, como siempre. Los colores oscuros te quedan muy bien y le dan profundidad a tu mirada.

—Gracias. De lo de amargada mejor no comentamos nada, ¿no?

Margrethe, que no sabía mentir, apartó la vista, mordiéndose los labios. Victoria casi pudo oír a Hans riéndose. A él también le gustaba meterse con su carácter agrio.

El cochero paró frente al palacio y uno de los sirvientes bien uniformados que guardaban la entrada se encargó de abrirles la puerta y ofrecerles la mano para ayudarlas a descender. Después las condujo por el pasillo y otro miembro del servicio anunció sus nombres sobre los escalones del gran salón.

Al fondo, la duquesa y su hijo presidían la celebración desde sus regios asientos. Avanzaron juntas hasta ellos con solemnidad y les dedicaron una reverencia. En aquel trayecto, Victoria intercambió una cariñosa sonrisa con la mujer mientras sus ojos ignoraban al príncipe. En lo que a ella respectaba, aquel trono podría haber estado vacío.

Después, se unieron al festejo.

DANZANDO ALREDEDOR

La duquesa se inclinó hacia su hijo.

—Me alegro de que, al final, la señorita Holstein haya podido venir. —Las hermanas Bastholm habían sido las últimas en llegar—. Su inusual falta de respuesta me hizo dudar de su asistencia. Es nuestra soltera más cotizada —dejó caer—. Un hombre muy afortunado aquel que consiga su mano.

Johann mantuvo la vista al frente.

—Yo también me alegro de la presencia de tu ahijada si eso te hace feliz, madre.

—¿«Mi ahijada»? —La duquesa rio—. Antes solías llamarla por su nombre.

—¿Cuando no era príncipe heredero, quieres decir?

—¿Y es que eso cambia algo?

—Lo cambia todo. —Johann cerró el puño sobre el reposabrazos—. Mi abuelo me brinda un gran honor y yo debo estar a la altura.

—¿Renegando de tus viejos amigos?

—Pensando en el futuro y en lo mejor para mi gran nación.

—No sabía que Victoria Holstein fuese tan poderosa como para atentar contra ella.

—No lo es. He ahí el problema, madre. Por mucho que aquí los idolatréis, los Holstein no son nadie fuera de este ducado.

Marie sonrió. Había perfeccionado durante décadas la técnica de hablar sin apenas mover los labios ni mudar la expresión de su rostro.

—Nada escrito hay al respecto. Mírame a mí: el rey asesina a mi padre, me casa con su hijo y después se lleva al mío para hacerlo su heredero. Heredero de una corona contra la que mi familia entregó su vida. Él también era tu abuelo, aunque parezcas olvidarlo. —Se atusó los rizos de su peinado para fingir indiferencia—. La sangre y el matrimonio trazan caminos intrincados.

—Ahora mismo existen inversiones más atractivas para el reino. —El tono de su hijo fue cortante—. Y yo debo limpiar la mancha que arrastro precisamente gracias a esa familia que mencionas. Esa que desafió a nuestro monarca porque no era capaz de sentir el orgullo de pertenecer al pueblo danés. Demostrar que tengo la cabeza en su sitio. Que sé mirar por el futuro de nuestra nación con paso firme. Que no soy un paleto bobalicón criado entre pastos y aferrado a nuestro orgulloso ducado. Y lucir del brazo a una niña rica sin renombre nacida en él no apuntaría en esa dirección.

—Entiendo.

—Sé cuál es mi lugar y lo que se espera de mí. —Johann hablaba con dureza—. Prusia sigue amenazando nuestras fronteras. La mano de una distinguida princesa de alguna otra gran nación cercana nos brindaría un importante aliado.

Sus ojos recorrieron la estancia. Para observar a sus invitados sin ningún interés especial, se dijo. Para ir tras un vestido negro y una mirada gris como los amaneceres nublados fue la verdad.

La dama en cuestión, con su hermana pegada a las faldas, parecía dispuesta a hablar aquella noche con todos y cada uno de los solteros congregados. En esos momentos le sonreía al conde Jørgensen con la elegancia y la coquetería propias de sus modales, y el príncipe apretó la mandíbula, apartó la vista y puso fin a aquella conversación:

—Victoria Holstein también conoce su lugar. Es una mujer inteligente.

—Y, si no, podrás explicárselo mientras bailáis.

—¿Qué?

Marie se reacomodó el chal con inocencia.

—Tendrás que inaugurar el baile, ¿no? —Se dio unos toquecitos contra el labio—. Me pregunto quién podría ser tu pareja.

Su hijo tan solo dudó un instante antes de ponerse en pie.

—Madre. —Le tendió la mano con una galante inclinación—. No hay en esta sala ni en toda Dinamarca dama más ilustre y hermosa.

La mujer rio, aceptando su ofrecimiento.

—Estás hecho un tunante.

Una vez la duquesa y el príncipe abrieron el baile, las faldas de las invitadas llenaron el salón con sus coloridas vueltas. Las hermanas danzaban de una mano en otra y Victoria tuvo que reconocer que se lo estaba pasando bien. La música y el movimiento ayudaban a pausar la mente y aflojar la sonrisa. Sin duda, resultaba más agradable que ser acusada de brujería de buena mañana o traicionada por el amor de su vida.

La pieza estaba a punto de cambiar. Vio que por la derecha se acercaba el barón Abildgaard, un hombre de asquerosos ojos saltones y trémula papada, siempre sudoroso. A pesar de ser mayor incluso que su padre, había incurrido en la indecencia de revolotear a su alrededor con propuestas de matrimonio cuando apenas tenía dieciséis años. Al parecer, acostumbraba a ir detrás de las jovencitas, especialmente de las que todavía no contaban con edad siquiera como para considerarse tales.

Avanzaba hacia Margrethe lamiéndose los labios. Con un rápido giro, Victoria la rodeó y ocupó su lugar, agarrándose a la mano que aquel pérfido ya le tendía a su hermana. No mientras ella pudiese evitarlo.

El barón parpadeó, sorprendido.

—Señorita Holstein.

Victoria camufló el veneno de su sonrisa con una cortés inclinación. Él no tardó en recomponerse. Volvió a lamerse sus flácidos labios de sapo, le oprimió los dedos con fuerza y le ciñó la cintura.

—He oído que su padre no va a regresar —le escupió su aliento en la cara—. Y que su hermano ha pagado con su vida sus perversas inclinaciones. —Sonrió y acercó más el rostro, apretándola contra sí—. En tales circunstancias, debe de sentirse usted muy sola. Sin el vigor de un hombre.

Al guiarle la mano en un movimiento descendente, se la pasó más cerca del cuerpo de lo apropiado y, reprimiendo una mueca de asco e incredulidad, Victoria se preguntaba si acababa de tocar lo que creía que acababa de tocar cuando...

—Si me permite, caballero.

El capitán se había plantado junto a ellos, impidiéndoles continuar la coreografía. El barón hizo amago de quejarse:

—El baile aún no ha term...

El oficial elevó una ceja por toda amenaza y el hombre carraspeó y se marchó rezongando. Victoria imaginó que nadie quería enemistarse con la autoridad. Mucho menos cuando se tenía fama de frecuentar locales de mala muerte e incurrir en altercados entre borrachos de los que su alcurnia solía salvarle.

Viéndolo alejarse, Victoria habría sonreído de no ser porque no estaba dispuesta a regalarle aquel tanto ni su gratitud al capitán, que tomaba su mano para conducirla por la pista.

Bailaron en silencio, con los hombros rígidos y la vista al frente. Sus ojos intentando rozarse tan poco como sus pieles. Hasta que Victoria explotó.

—¿El príncipe le ha ordenado seducirme? —exigió saber, malhumorada.

—¿Intentar seducir a Victoria Holstein? —Se permitió una mueca divertida—. No es tan mal amigo como para quererme muerto.

—¿Entonces no pretende cortejarme? —preguntó con desconfianza.

—El cortejo es para las mujeres.

—¿Y qué soy yo?

Él le dedicó un vistazo calculador con otro levantamiento de ceja.

—¿Un jinete del Apocalipsis?

Aquella inesperada ocurrencia la hizo reír.

—Me alegro de que mi fusil consiguiera impresionarlo.

—La próxima vez recuerde cargarlo si pretende que la impresión sea completa.

Victoria estuvo a punto de perder pie.

—¿Sabía que no estaba cargado?

—Soy militar, señorita. —Le dio una vuelta, tras la que sus miradas volvieron a retarse—. No quisiera yo considerarme tan experto en armas como usted, oh, temible reina del bosque, pero algo controlo.

—Y, si sabía que estaba descargado, ¿por qué levantó las manos?

—Parecía muy metida en el papel y dispuesta a arrearme con la culata si no colaboraba con la correcta escenificación.

A Victoria le escoció el orgullo al verse obligada a reír de nuevo. Sin su uniforme, el capitán no resultaba tan serio y estirado. De hecho, su traje era más bien modesto. Los rizos le enmarcaban el rostro con despreocupación.

—Un buen culatazo no le habría ido mal.

—Así que, regresando a su pregunta: no, señorita, no es mi intención acometer cortejo alguno. Tan solo protegía a su amigo. —Ambos le echaron una mirada al barón Abildgaard, que ahogaba su enfado con una buena copa de ponche—. Me ha parecido muy contrariada con él y he acudido para impedir el derramamiento de sangre, como exige mi cargo. No le he visto dotes de domador de lobos árticos a nuestro apreciado conciudadano.

—Ya, pero ¿sabe qué? —Ups, lo pisó con saña de forma totalmente accidental—. Usted tampoco las tiene.

Él aguantó estoico, apretando el gesto.

—Le noto una cierta cojera, capitán. ¿Se encuentra bien?

—Descuide, señorita, un tirón. Resulta arduo seguirle el ritmo a sus desmañados traspiés.

El príncipe se había retirado al piso de arriba, desde cuyo balcón interior presenciaba la fiesta.

—¿No es hermosa? —Su madre se apoyó en la barandilla junto a él.

La duquesa era una mujer observadora y habría resultado absurdo negar que sus ojos acudían una y otra vez al reclamo de una dama en particular.

—Sigue sin ser una princesa —refunfuñó, y se giró para quedar de espaldas al salón. Llevaba años recordándoselo a sí mismo.

Comenzó una conversación intrascendente hasta que ella lo interrumpió:

—Oh, mira, tu capitán tiene buen gusto.

Johann se asomó. Søren y Victoria bailaban juntos. Se sostenían la mirada mientras reían. La emoción que aquello le provocó no fue la correcta.

Søren la hacía girar y Victoria volvía a reír con su última ocurrencia. Pensaba la mejor respuesta, mordaz e insultante a ser posible, cuando un carraspeo los interrumpió.

—Alteza. —Ambos se detuvieron para saludarlo con una reverencia. La mirada del príncipe era severa.

—Victoria. —Le tendió la mano.

Ella la tomó con otra reverencia y él la invitó a describir dos vueltas, alejándola de allí.

Søren se quedó solo. La dama a su izquierda le sonrió. Hermosa y angelical, se ruborizó con candidez al recogerse su bonito vestido coral para dedicarle una inclinación. Él le devolvió el gesto y la sonrisa de la muchacha se ensanchó cuando le ofreció la mano y comenzaron a danzar.

La multitud se abría para dejar paso al príncipe. Entre sus brazos, Victoria se sabía protagonista de las miradas y los cuchicheos. Sus movimientos acompasados a la perfección. Sin ni siquiera mirarse, sabían dónde encontrarse. Porque Johann y ella habían nacido para bailar juntos.

Un viaje en el tiempo hasta aquellos años donde compartir fiestas era habitual, y practicar un día sí y otro también, una excusa más para rozarse la piel. De repente, parecía que nada hubiese cambiado. Sus dedos ciñéndole el talle como si aquel fuese su lugar natural para reposar. El pulso acelerado. Las ganas de acortar la distancia un poco más. La explosión de sensaciones cuando sus ojos se encontraban.

Pero, a diferencia de entonces, Johann no sonreía.

—Veo que has reconsiderado mi oferta.

Para estar tan convencido, no irradiaba alegría.

Sus palabras la devolvieron al presente. Al dolor y la rabia.

—No recuerdo haber recibido ninguna oferta, alteza. Tan solo amenazas. Por lo que mi respuesta sigue siendo la misma.

—No me desafíes, Victoria. —Sus cuerpos se apretaron un poco más.

Mientras se sostenían la mirada, se preguntó si besarlo allí mismo sería suficiente desafío.

Pero Johann tenía razón: Victoria conocía su lugar. Y la decencia y el recato le ganaron el pulso al deseo.

Se detuvo y agachó la vista con una inclinación. La habían abandonado las ganas de bailar.

—Lo siento, excelencia, pero no quiero desposarme. —Su corazón siempre lo tuvo claro: sería él o no sería nadie. Gracias a su herencia podría permitirse una acomodada y dilatada soltería. Si su primo no aparecía de la nada para dejarla en la pobreza, claro—. Y, si os soy sincera, detesto a vuestro capitán.

—No te he pedido sinceridad, Victoria, solo obediencia.

—Me temo que de lo segundo su alteza va a tener de sobra a lo largo de su vida. Lo primero será más difícil de encontrar. Tomadlo como el regalo de una vieja amiga.

Según se alejaba con los hombros erguidos y la mirada del príncipe clavada, Victoria supo que no sería capaz de disfrutar del resto de la velada.

Margrethe se dejó caer en la cama con los rizos sueltos y un suspiro exhausto, las mejillas arreboladas y la mirada feliz.

Sentada al tocador, Victoria se cepillaba el pelo.

Pasarían la noche en su habitación del palacio de la duquesa. A la mañana siguiente desayunarían con ella y sus invitados, y su hermana tendría oportunidad de hablar de nuevo con el conde Jørgensen.

Grethe jugó con el lazo de su camisón y se mordió los labios antes de atreverse a preguntar:

—Vi, ¿quién era ese tan guapo con el que bailabas?

—¿El príncipe? —Sin poder remediarlo, Victoria sonrió y miró soñadora por la ventana, cautivada por el lejano brillo de la luna en la oscuridad. El sonido de la música todavía le reverberaba en los oídos y la huella de su tacto le cosquilleaba en la piel.

Después se reprendió por ser tan débil. Por haberse prometido desterrarlo de sus pensamientos y acto seguido derretirse entre sus brazos. Todo aquel tiempo creyéndose una mujer fortalecida por la pérdida y resultaba que seguía siendo una chiquilla estúpida y enamorada.

—No, tonta. —Grethe rio—. Ya sé quién es el príncipe. El otro. —Se ruborizó al recordar los breves instantes compartidos, sin que la vergüenza le permitiese encontrar la voz, y volvió a morderse el labio—. El de los ojos verdes y el pelo negro rizado.

Victoria se giró con sorpresa.

—¿El capitán? —Quería sonarle que Johann había mencionado su nombre, pero no lo recordaba.

—Capitán... —La expresión de su hermana se tornó admirada mientras paladeaba aquel título.

Victoria fue a tumbarse junto a ella.

—Me has despistado con eso de «guapo».

Su hermana le dio un toque en el hombro.

—¿Te has quedado ciega?

—Arrogante. Estirado... —Se encogió de hombros—. Son adjetivos que lo describirían mejor.

Grethe la golpeó con una almohada.

—¡Victoria!

—¿Qué?

—¿No crees que eso es precisamente lo que podría pensar de ti cualquiera que no te conociera?

—¿Qué insinúas?

Margrethe recorrió el bordado del almohadón con los dedos y la vista para evitar enfrentar su mirada. Titubeó acobardada.

—Bueno... No eres fácil de tratar a la primera. Solo eso. —Después le sonrió—. Pero yo te quiero mucho. ¿Me presentarás al capitán la próxima vez?

Victoria bufó. Apagó el candil y se tumbó, dispuesta a dormir.

—Si tenemos suerte, no habrá próxima vez.

MERMELADA DE ROSAS

Al tumbarse, Victoria dejó que el marrón de su sencillo vestido se confundiera con la tierra. A la izquierda yacía su hermano. A la derecha, su madre.

La tarde caía y ella cerró los ojos para disfrutar de la caricia del sol. Tras una continuada ausencia entre nubes grises y asfixiantes, se derramaba pródigo. Se soltó el cabello para estar más cómoda y aspiró el ligero aire de la tarde que le traía el aroma del bosque.

La mañana había resultado entretenida: En la carpa junto al estanque de los patos, las vistas eran inmejorables y la brisa húmeda y el sol de media mañana lograban la temperatura perfecta para que la duquesa ofreciese un tardío desayuno a sus invitados. Los manteles blancos contrastaban con el colorido de las fuentes en las que se servían deliciosos dulces exóticos.

«Banquete de hadas», le habría susurrado Hans de encontrarse a su lado. «Cuidado con lo que comes, hermanita».

Sentado frente a las Bastholm, tras haber tenido el gusto de conocerlas en el baile la noche anterior, el conde Jørgensen disertaba sobre la cría de caballos. Mientras asentía y untaba su tostada con mermelada de rosas, Victoria le dio una patadita a Grethe por debajo de la mesa para que se afanara mejor en fingir escucharlo.

De acuerdo que el conde bizqueaba un poco al hablar y el tamaño de su nariz no cuadraba con el resto de su rostro, pero era un hombre robusto de carácter tranquilo y buen corazón. Si Ingrid quería un buen partido para su hija, Victoria tenía claro su candidato. Por lo que al menos una de las dos se estaba esforzando por mostrarse amable e interesada en sus conocimientos.

Hasta que una mano se posó con excesiva dureza sobre el hombro del conde, quien, con la sorpresa, se atragantó con la gelatina que estaba sorbiendo. A su rostro congestionado sí le prestó atención Grethe.

El príncipe ni siquiera esperó a que el pobre hombre terminase de toser:

—Querido primo, estoy seguro de que no tendrás problemas en cedernos este asiento. —Su mirada fue dura cuando se cruzó con la de Victoria y ella se la sostuvo con altanería—. El doctor Ørsted está interesado en conocerla, señorita Holstein. Gran erudito y buen amigo de mi abuelo, es el cronista oficial del reino y mi tutor estos últimos años. —Presentó al afable anciano que lo acompañaba y le ofreció la silla recién liberada—. Si es que no está demasiado ocupada con mi primo —su tono afilado la reprendía.

Sin darle tiempo a responder, le arreó unos azotes al susodicho para ayudarlo con su tos y de paso recolocarle alguna vértebra y aprovechó para llevárselo de allí guiándolo con una mano en su espalda:

—Déjame que te enseñe las caballerizas. Auguro que serán de tu agrado.

—Llevad también a mi hermana, por favor —intervino Victoria, y Margrethe le clavó las uñas en el brazo mientras le dedicaba una mirada de pánico. Ella le sonrió. *¿No eras tú la que quería venir al baile?*—. La clase magistral que nos ofrecía el conde ha conseguido despertar su curiosidad sobre el mundo equino. Seguro que será una buena oportunidad para seguir instruyéndose. —Le guiñó un ojo y Grethe no tuvo más remedio que levantarse con los hombros rígidos y seguirlos.

El doctor Ørsted maniobró con su bastón y sus huesos doloridos para tomar asiento.

—Ruego me perdone. Los años no muestran misericordia con este viejo cuerpo y tan largo viaje desde la capital me ha pasado factura. —Con suma elegancia a pesar de sus movimientos cansados, sacó un pañuelo bordado del bolsillo de su chaqueta y se secó el sudor de la frente. Después le tendió la mano a Victoria y le besó el dorso cuando ella le concedió la suya—. Es un placer conocerla, señorita Holstein. —Se subió las gafas de fina montura dorada con timidez. Tras los cristales brillaban unos grandes ojos claros que la observaban con el entusiasmo soñador de un niño—. Soy amante de lo antiguo y tengo entendido que su mansión goza de gran solera.

—Si es su forma de decir que le crujen las vigas, la humedad reclama sus esquinas y va siendo hora de hacerle una reforma, debo darle la razón.

Él rio con ganas antes de sufrir un breve ataque de tos.

—Espero que me conceda el privilegio de visitarla algún día —habló tan cohibido y emocionado como si tuviese seis años y pidiera comer otro dulce—. Me sentiría muy afortunado.

Victoria le sonrió. Le había caído bien. Se fijó en el anillo de oro que brillaba en su anular.

—Oh, el emblema real —confirmó él sus sospechas al percatarse de que lo miraba—. Cansado de que anduviera pidiéndole acceso a todas horas a viejos archivos y documentos que solo a las polillas interesan, nuestro amado rey me lo concedió para poder dormir tranquilo mientras mi curiosidad a horas intempestivas y yo nos abríamos camino en solitario. —Rio avergonzado—. Reconozco que mi entrega a la historia no entiende de horarios ni descansos y nunca está satisfecha. ¿Qué le voy a hacer? Soy un viejo apasionado.

Victoria lo miró enternecida.

—Ojalá más jóvenes amaran como usted lo hace.

—¡Vi! —interrumpió Grethe, que regresaba con las faldas recogidas y el gesto decidido. Fulminó a su hermana con la mirada—. Acabo de recordar que le prometimos a mamá estar de vuelta a estas horas.

Y la agarró del brazo para escabullirse de allí, del conde y de sus caballos. Mientras sus yemas se le clavaban en la carne, Victoria reprimió una carcajada. Habían subestimado su dulzura si creían poder adjudicarle pareja sin contar con su opinión.

De regreso, Grethe consiguió convencerla para pasarse por el mercado. Le apetecía darse una vuelta, comprarse un lazo nuevo para su sombrero y jugar con los niños.

Echada en la tierra aquella misma tarde, Victoria sonrió al recordarlo.

Me he convertido en la carabina de mi hermana, pensó. *Definitivamente, soy una solterona.*

«Ya no es usted una jovencita», las palabras del contable. Muchos opinarían como él.

Había dejado correr el tiempo en pos de una promesa vacía.

Por eso estaba tumbada en el suelo del jardín sin temor a que el sol dañase su piel o sus ropas se ensuciaran. Podía hacer lo que le diera la gana porque tenía veinticuatro años y jamás se casaría.

«O él o nadie» era la sentencia de su corazón.

Notó el cuerpo cálido de Hannah echarse a su lado. Trasgo le lamió la barbilla y Victoria tuvo que apartarlo entre risas. Consiguió que también se tumbara con la cabeza en su pecho a cambio de unas caricias. Un puñado de nubes tan blancas y livianas como margaritas danzaban en el cielo. Suspiró y pensó que aquello no estaba tan mal; tenía suerte de poder permitírselo gracias a la herencia de mamá.

Quizás recuperase el huerto que ella cuidó, invadido ahora de hierbajos. Al amanecer pasearía por el fiordo; se aprendería la forma de las olas. Y los fines de semana se escaparía a la capital para asistir a sus teatros y espectáculos, como papá les prometió y no llegó a cumplir, siempre tan ocupado.

«Mujer solitaria», susurrarían. Ricachona sin familia. Pero no importaría, porque el tiempo y la vida serían suyos.

Un repentino movimiento llamó su atención. Un pajarito con los colores del amanecer y las pisadas de escarcha se había posado en el espino blanco que brotaba de la tumba de mamá, haciendo bailar la sombra de sus ramas sobre el rostro de Victoria. La miró y abrió el pico como si fuese a hablar.

Justo en ese momento los perros se incorporaron y echaron a correr entre ladridos. Un intruso se acercaba. El pájaro huyó.

Victoria se levantó, sacudiéndose las faldas. El sol que recibía con gusto en el rostro la cegó y, por un instante, tan solo vio una sombra alargada junto a la empalizada, recortada contra las coníferas fundidas en un fondo rojo como el más potente de los crepúsculos. Un bosque de sangre y un demonio negro guardando su entrada.

El guarda

—Ey, grandullones. —Les palmeaba el lomo a los mastines—. Me alegro de volver a veros.

—Capitán. —El recibimiento de Victoria no fue tan amistoso.

Él se irguió y parpadeó al observarla. Con los rizos sueltos entretejidos de hojas marchitas, rodeada de las últimas luces de la tarde, se le antojó salida de una ensoñación de ninfas y prados silvestres. Aquella sensación lo golpeó, dejándolo confuso.

Victoria se cerró el chal sobre los hombros, como si quisiera protegerse de su mirada, que se alargaba más de lo apropiado. El capitán carraspeó y apartó la vista.

Tal vez se hubiese ruborizado.

Tal vez ella también.

No era decoroso mostrarse ante un hombre con el pelo sin recoger. Demasiado íntimo. Así que Victoria se apresuró a hacerse una trenza al lado derecho, por encima del hombro.

Una flor se desprendió de sus mechones y cayó al suelo. El capitán se agachó a por ella.

—Un galanto. —Sostuvo en alto la sencilla campanilla blanca, casi como si se la ofreciese—. La primera flor de primavera.

—O la última del invierno. —Se cruzó de brazos y dio un paso atrás. No iba a aceptarla.

—¿Cómo no? Victoria Holstein, siempre dispuesta a la confrontación de opiniones —intentó bromear, pero su gesto serio no le siguió el juego—. De acuerdo, se lo concedo: una flor de invierno. La primavera ya tiene demasiadas.

—Le agradecería que fuese al grano, capitán.

—No llevo uniforme. —Se echó los rizos hacia atrás con un modesto encogimiento—. Søren está bien.

—No pienso tutearle —repuso, resuelta a olvidar su nombre también en aquella segunda ocasión. Su tono fue tan frío como severa la mirada que les dedicó a los mastines para que se dejaran de zalamerías y regresaran al interior de la propiedad.

Los perros captaron el mensaje, pasaron dentro y Victoria cerró la portezuela, dándole con ella un último impulso al trasero remolón de Trasgo. Si el capitán se la había encontrado abierta significaba que Ignaz andaba atareado por allí.

El cercado de madera les llegaba a la altura del pecho y Søren ignoró aquella sutil invitación a largarse para seguir conversando por encima.

—En ese caso, Andersen es mi apellido.

—¿Y la razón de su visita? —Victoria estaba resuelta a compensar que el ambiente distendido del baile y el buen humor contagiado por su hermana la hubiesen llevado a mostrarse más amigable con él de lo previsto en su último encuentro. Irguió la barbilla con altivez—. No veo que le acompañe ningún muerto.

Como si un espectro en pena respondiese a su llamada cargado con sus quejumbrosos grilletes, se oyó un susurrante sonido metálico.

Vestido de oscuro y encorvado, el guarda surgió de entre la maleza con su descompuesto caminar. Arrastraba su pala, cuya punta horadaba la tierra, escurriendo sobre piedrecillas sueltas y las agujas caídas de los pinos.

Los perros festejaron su llegada con ladridos mientras sus ojos hundidos tras las pobladas cejas grises inspeccionaban al capitán.

—¿Quiere que le azote, señorita? —Se echó la pala al hombro. Las cicatrices del rostro tirantes al hablar.

—No será necesario. —Le abrió la portezuela y volvió a cerrarla tras él—. El capitán ya se marchaba.

Søren intentó defenderse:

—Aún no le he dicho...

El sonido de la pala hundiéndose en el suelo lo interrumpió. Ignaz acababa de clavarla para apoyarse sobre ella. Como si no se percatase de la mirada del capitán, o no le importase, se hurgó un oído con el dedo ennegrecido.

Søren se aclaró la garganta y volvió a intentarlo:

—El motivo de mi visita es...

Un flemático escupitajo precedido de una sorbida de nariz se impuso de nuevo. Reclinado sobre su pala, Ignaz había sacado el tabaco de mascar y lo rumiaba con sonoridad. La vista sobre el intruso, impasible.

Søren dio un paso para inclinarse hacia Victoria por encima de la empalizada.

—¿Piensa quedarse ahí? —le susurró entre dientes.

—Es su trabajo. —Ella no parecía incómoda en absoluto—. Ahuyentar las malas compañías. En fin, si tiene un mensaje del príncipe, mi respuesta sigue siendo la misma.

—No. Vengo en mi propio nombre. —Se irguió como si se cuadrara ante su general y meditó lo que iba a decir a continuación—. Me gustaría recuperar mi gorra, si no le importa.

Victoria recordó habérsela llevado la funesta velada en la que fueron oficialmente presentados. No le guardaba especial cariño a aquella noche y sus acontecimientos, así que apretó los puños y la mandíbula.

—Siento no poder ayudarle. —A ella le habían roto el corazón y a él le importaba una maldita gorra. Se giró dispuesta a marcharse—. Veo que le ha caído bien, así que quizás pueda convencer a mi guarda para que le deje husmear en las cuadras. Tal vez la encuentre entre los excrementos.

—Imaginaba que no me lo pondría fácil; por eso he traído algo para intercambiar. —Emulando el noble arte del trapicheo ambulante, se abrió la chaqueta para que viera asomar del bolsillo interior la mercancía.

—¡Mi guante! —lo reconoció Victoria—. Así que al final no fue un nisse quien lo robó.

Menuda decepción para mamá.

Él se cerró el abrigo, apartándolo de su mano ansiosa, y elevó una ceja. Un trato era un trato.

—De acuerdo —resopló ella, y desapareció en el interior de la mansión.

Søren se quedó a solas con el rumiante, cuya mirada fija en él se alimentaba de su incomodidad creciente según el silencio se alargaba.

Carraspeó y se balanceó sobre la punta de los pies. Sin el uniforme no estaba tan acostumbrado a permanecer imperturbable bajo el juicio ajeno. ¿Cuánto pensaba demorarse la señorita Holstein? ¿Es que no habitaba ni una sola alma amable aquella casa?

—¿Pasa mucho tiempo en el bosque? —interrogó.

El hombre se tomó su tiempo y otro escupitajo para contestar:

—Fui leñador. Llevo el bosque en el alma. —Se pasó la lengua para quitarse un resto de tabaco atrapado entre la encía y el labio—. Quizás por eso los Holstein me acogieron. Su espíritu también le pertenece.

—¿A quién?

—Al bosque, muchacho —gruñó por la obviedad de su pregunta—. El viento susurra entre sus copas una canción maldita.

La brisa se había levantado y él ladeó la cabeza como si quisiera escucharla.

—¿No la oye? —Le sonrió con sus dientes retorcidos.

Søren prestó atención. No había decidido aún si le tomaba el pelo o no cuando dio un respingo. La gorra de su uniforme de gala acababa de impactarle contra el pecho. La atrapó antes de que cayera.

—Sin excrementos. —Victoria le tendía la palma, exigiéndole cobrar su recompensa.

El capitán se inclinó hacia delante y le echó un vistazo al guarda antes de ladearse para esconderle sus palabras y bajar la voz:

—En verdad, esperaba que me dejara pasar. Me gustaría tratar con usted un asunto. En privado —añadió tras otro vistazo a Ignaz.

—¿Y cree que a mí podría interesarme tratar ningún asunto con usted porque…?

Él sonrió.

—Porque podría librarnos de un cierto y desagradable arreglo matrimonial.

Victoria lo evaluó con los ojos entrecerrados.

—Creo que empezamos a entendernos. —Aun así, no iba a dejarle entrar—. Espere aquí, iré a por mi yegua.

Un acuerdo enrevesado

A Victoria le resultaba graciosa la yegua knabstrup[11] del capitán. Su pelaje parecía la obra de un niño que la hubiese cubierto de manchones blancos y marrones que se mezclaban sin orden alguno. Con una punzada en el pecho, pensó que podría haber sido algo que Hans hiciera: vendarse los ojos, dar vueltas sobre sí mismo hasta marearse y después reír agitando su brocha para que el azar y la diversión fueran los artistas.

Odió de nuevo al capitán. Odió recordar a su hermano cerca de él. Odió imaginar todas las trastadas y aventuras que ya no viviría.

Agarró las riendas más fuerte y volvió a echarle un vistazo a la montura que iba a su lado. Se veía tosca y humilde en comparación con la imponente Ofelia de crines onduladas. De hecho, las ropas de Søren, aunque tan pulcras como acostumbraba, también resultaban modestas. Igual que lo había sido su traje en el baile.

Parecía que al niño mimado no le había llegado el equipaje tan rápido como el cargo. De camino al mercado

---

11. Raza de caballo danesa característica por su pelaje moteado de forma irregular.

aquella mañana, Victoria y su hermana habían pasado frente a la propiedad Ingeborg, donde se suponía que ahora habitaba, y su aspecto era de seguir tan desocupada como siempre. El capitán estaría a la espera de los arcones con sus posesiones más delicadas y la veintena de criados encargados de sacarles brillo.

—He observado que se lleva bien con los niños del pueblo —comentó él.

El suelo del bosque crujía bajo los cascos de sus yeguas.

Victoria lo había visto rondando por el mercado con su patrulla. Iban serios y uniformados, hacían preguntas y la gente los miraba con desconfianza. Estaba comprándole justo cuando la carnicera les había dedicado una mueca de desprecio antes de bufar:

«¿Y estos perros de la Corona a qué vienen aquí? ¿Ahora piensan registrarnos como si fuéramos estafadores? Si nos tienen por un puñado de pueblerinos incivilizados, están a tiempo de volverse a Copenhague a lamerle al rey sus reales posaderas».

No, a los habitantes del ducado no les gustaban los forasteros. Menos si se metían en sus asuntos y los estudiaban con la severidad que había lucido el capitán para la ocasión.

—¿Y? —contestó Victoria. No creía que las trenzas que les había hecho a las niñas y el juego de la muñeca al que Grethe y ella se habían unido tuviesen mayor interés para él.

—Que los chiquillos muchas veces escuchan más de lo que los adultos creen.

—¿Quiere que les sonsaque información?

Søren agachó la cabeza y jugueteó con las bridas.

—Sé que no suena bien. No se lo pediría si no fuese vital. Se me ha ocurrido al verla esta mañana, dado que nadie en este ducado parece dispuesto a hablar conmigo ni ninguno de mis hombres.

Ella emitió un sonido sarcástico.

—¿Por qué será que nadie quiere hablar con usted?

—Siento las circunstancias en las que nos conocimos, pero no soy su enemigo, señorita Holstein. Ni de este ducado. Ahora es mi responsabilidad y deseo de corazón lo mejor para estas tierras y sus gentes. Supuse que estaríamos de acuerdo en ello. Usted ama este lugar.

—¿Por qué está tan seguro? —repuso con la espalda tiesa y la vista al frente, reacia a concederle la razón, aunque la tuviera.

Søren sonrió.

—Porque se le nota. Y la entiendo. El fiordo, este bosque… —Alzó la cabeza para contemplar la cúpula vegetal tras la que el cielo oscurecía. Los zorzales, amantes del anochecer, cantaban—. Poseen un encanto difícil de resistir.

—¿Qué información busca? —lo cortó. No quería tener cosas en común. No quería sentir simpatía. No quería escucharlo alabar su hogar con aquel tono maravillado. ¿Qué sabría él?

Søren se puso serio y sus palabras volvieron a ser las del capitán severo que conocía:

—El príncipe teme que pueda estar fraguándose un motín contra su autoridad.

Victoria se dio cuenta de que, sin pretenderlo, dirigía la marcha hacia el lago, como si no pudiese evitar acudir a su llamada. Frenó a su yegua en seco.

—Por eso regresó con tanta premura, ¿no? —Procuró mantener su expresión imperturbable mientras se mordía la cara interna de los carrillos. Escocía que no hubiese encontrado ningún otro motivo para dejarse caer por allí antes,

115

que de aquel lugar ya solo le importase su sumisión—. Tal vez lo merezca.

—No soy quién para juzgar a su alteza ni sus relaciones con el ducado —terció con amabilidad, evitando posicionarse, pero sin contradecirla tampoco—. Mas si consiguiéramos calmar sus temores descubriendo si se trata de un movimiento organizado o no, cuáles son sus intenciones y quiénes son los principales agitadores, el príncipe cesaría en su deseo de casarnos como solución al problema. Creí que eso le interesaría.

—¡Claro! Pero me parece un motivo insuficiente y egoísta para convertirme en espía de mi gente. —Hizo dar media vuelta a Ofelia para volver a la mansión—. Gracias por el ofrecimiento, pero encontraré otra manera de resolver mis problemas yo sola. Buenas noches, capitán.

Iba a clavarle los talones en los flancos a su montura cuando la voz de Søren la detuvo:

—Lo han asesinado, señorita Holstein.

—¿Qué? —Se giró con un escalofrío.

—Le arrancaron el corazón y abandonaron su cuerpo a la deriva en el fiordo. Ha aparecido varado en la playa. Los consejeros reales creen que se trata de una metáfora de que el príncipe ha perdido u olvidado su corazón y sus raíces. Otros opinan que significa que estas gentes quieren arrancar la capital, como sede de la Corona, de sus vidas. —Su tono era duro; su mirada, opaca—. Elucubran y elucubran y ninguno parece recordar que hablamos de una vida humana con la que acabaron de forma brutal e injusta.

Victoria tragó saliva.

—¿Qui-quién…? ¿Quién…? —titubeó, temerosa de preguntar.

Porque lo supo.

Recordó un trozo de bizcocho sin reclamar, una ausencia entre el resto de chiquillos, el viejo reverendo subiendo las empinadas escaleras para tocar él mismo las campanas.

«¿Qué le habéis hecho a mi muchachito, pobre criatura?», la había acusado el religioso.

Se tapó la boca con un gemido.

—El niño del campanario —confirmó el capitán.

Ella negaba con la cabeza.

«Le arrancaron el corazón».

La información y las palabras reverberaban en su mente.

«Pocos corazones brillan tan puros como el tuyo».

—Es confidencial, por supuesto. —Søren avanzó hasta quedar a su altura—. Lo comparto con usted porque los cauces oficiales están agotados. Nadie le presta atención a un niño callejero. —Agachó la cabeza, apretó la mandíbula. Después alzó la mirada con decisión—. Pero sus compañeros de juegos tal vez vieran algo. Tal vez tengan la pista que nos falta. Por favor, señorita Holstein, ayúdeme a encontrar al asesino de Timy.

Victoria lo miró sorprendida.

—¿Conoce su nombre? —Hasta donde ella sabía, ni siquiera el reverendo se lo había aprendido. Tan solo lo llamaba con un exigente «¡Muchacho!» cuando necesitaba algo.

—Porque me importa. Igual que a usted.

Las sombras habían caído y avanzaban a la par de regreso. La cantinela de los grillos no conseguía alzarse sobre el peso de su silencio.

La voz del capitán fue queda, como si tan solo reflexionase para sí mismo:

—Quizá pensaron que nadie echaría en falta a un huérfano, que la gente lo olvidaría, que no habría represalias, pero se equivocan. No voy a descansar hasta que el desalmado que pudo hacer algo así lo pague.

Victoria asintió. Por una vez, estaban de acuerdo.

—Lo haré. Le ayudaré.

Él se lo agradeció con una inclinación de cabeza.

—Jugamos a nuestro favor con la confianza y simpatía que siente la gente por usted. Será bueno evitar que nos relacionen.

—¿Por eso se ha presentado por la puerta de atrás?

Søren asintió.

—Y sin uniforme. Llamo menos la atención. He dado un rodeo, de todas formas.

«Como cuando trajo a mi hermano», pensó Victoria. «Escondido como un criminal». Que nadie se entere de que Hans murió, que todos finjan que jamás existió. Su nombre había sido borrado de cualquier conversación.

La empalizada se dibujó frente a ellos, picuda dentadura brotando de la tierra negra. Los mastines ladraron a lo lejos y Ofelia relinchó.

—¿Sospecha de alguien?

La sonrisa del capitán fue una mueca tensa.

—Hasta que se demuestre lo contrario, sospecho de todo el mundo.

Victoria observó la cabaña de Ignaz en la linde del bosque. El humo escapaba de su chimenea y el resplandor anaranjado del fuego convirtió en ríos de metal fundido sus cicatrices cuando entornó la portezuela, alertado por los perros. Los observó con medio rostro en penumbra y volvió a cerrar.

Junto a su casita, en el suelo, había un cuenco de comida. Alimentaba a los nisse para que lo protegieran de los peligros del bosque.

En vida, Sophie también les dejaba por la noche un platito con papilla de avena y mantequilla cerca de los establos. Si estaban contentos, no revolverían los arcones y cuidarían de su familia.

«Debemos ser agradecidos con nuestros guardianes», les explicaba a sus hijos a la luz del candil.

Papá, que se había criado en una ciudad en vez de rodeado de granjas y supersticiones, ponía los ojos en blanco, aunque la crédula candidez de su mujer solía arrancarle una sonrisa enternecida.

Mientras que su hermano se escondía y diseñaba trampas para intentar atraparlos de forma incansable, la pequeña Victoria estaba convencida de que era su padre quien vaciaba de madrugada la escudilla para que mamá siguiera soñando con sus duendes.

Otro resplandor en la noche cuando una cortina del segundo piso de la mansión se retiró, dejando adivinar a contraluz la silueta de Ingrid. A ella no la enternecían aquellos «usos paganos e impíos» y alimentar a los nisse se había terminado con su llegada.

Victoria pudo sentir su mirada severa bajo un ceño fruncido antes de que la tela volviese a caer.

«Sospecho de todo el mundo».

Como la cáscara de un huevo, la sosegada paz de su hogar se había quebrado para revelar algo mucho más oscuro. Un nido de termitas en las vigas que una vez creyó robustas.

—¿Y si la asesina soy yo?

La yegua del capitán pasó frente a la suya para dirigirse de regreso al pueblo.

—Entonces me vendrá bien tenerla cerca.

El duende ladrón

Victoria seguía pensando en aquella conversación cuando se metió en la cama y sopló el candil. La luz de la luna llena dibujó la silueta de Hans sentado en el alféizar. Sostenía un libro.

—¿Qué lees?

«Palabras, palabras, palabras»[12].

Irguió la cabeza y ambos se sonrieron con complicidad. La pregunta de siempre, la respuesta de siempre, como un código entre hermanos.

Hans cerró sus palabras, palabras, palabras y se sacudió el cabello.

Al final se ha vuelto a llevar tu guante.

Victoria se observó la mano desnuda. Pálidos dedos de espectro bajo aquel resplandor plateado.

—Cierto.

Hans meneó la cabeza con diversión.

Qué duende de ojos verdes tan ladrón.

—¿Ojos verdes? —preguntó adormilada mientras se acomodaba entre los almohadones.

---

12. En el acto II, escena II, cuando Polonio le pregunta a Hamlet qué lee, él responde igual: «Palabras, palabras, palabras».

Todo el mundo sabe que los ojos de los duendes contienen la magia del bosque en su interior. Hans miraba hacia fuera, al pueblo dormido bajo la bruma de la noche. Sin guardián que la contuviera, descendía por la empinada ladera de las montañas y borraba sus calles.

Tendida de costado, Victoria cerró los párpados. Él se tumbó a su lado.

Lo conseguí, Vi. Sus dientes brillaron al sonreír. *Después de tantos años, al final atrapé al nisse.*

La respiración de su hermana se había vuelto regular. Le acarició la mejilla. Suspiró.

O él me atrapó a mí.

LA CANCIÓN DEL FIORDO

El viento recibió a las hermanas con un aullido, horda de demonios caída sobre ellas para tirar de sus faldas y sus peinados. Encogida sobre sí misma, Grethe agarró su sombrero, aquel al que acababa de cambiarle las cintas. Victoria se protegió los ojos con la mano.

Aquella mañana, el mar lucía tan gris como el cielo. El fiordo convertido en pozo de aguas densas y oscuras, celosas de los secretos que se ocultaban en sus profundidades. Su superficie encrespada por mil serpientes submarinas al acecho.

Tropa inquieta de gaviotas, los niños jugaban entre las barcas varadas en la playa de guijarros, esqueléticos caparazones de espectros quejumbrosos que chasqueaban la lengua entre sus astillas.

Sus risas eran la única nota alegre en aquella estampa de tonos desvaídos, como si la muerte hubiese arrastrado por allí su manto, llevándose los colores consigo.

«Le arrancaron el corazón y abandonaron su cuerpo a la deriva en el fiordo».

Victoria reprimió un escalofrío. Sintió que sus pies la habían traicionado al conducirla hasta allí. Igual que la traicionaban cada vez que volvían a dejarla junto a la orilla del lago.

Los cantos rodados crujieron bajo sus pasos. Los niños las habían divisado y las rodearon con sus voces en confuso griterío.

Victoria dejó que secuestraran a Grethe para que los persiguiera con los ojos vendados y aprovechó para acercarse a la pequeña Helle, acuclillada junto a la orilla lejos del resto. Se agachó a su lado y ella le sonrió a través de los mechones rubios y desordenados que le tapaban el rostro. Sus manitas apenas lograban escapar bajo la gabardina demasiado grande que llevaba, gris y raída. Con las uñas mordidas y amoratadas por el frío, buscaba conchas entre las piedras.

—Mire, señorita Holstein. —Le ofreció una de suave color nacarado. Después se restregó los mocos, que le habían dejado líneas resecas sobre los mofletes.

—Es muy bonita —admiró Victoria—. Tan bonita como una niña bien limpia.

Le pasó su pañuelo de lino por la cara para quitarle de paso también las legañas. Helle se resistió entre risas como un gato juguetón.

—Mi mamá nunca me dice que soy bonita porque la arrogancia ofende a Dios —comentó Helle—. Tal vez debería devolverme mi suciedad, señorita. No vaya a enfadarse conmigo.

—Tranquila. No lo hará mientras sigas siendo tan bonita por dentro como por fuera.

Pero a Timy ser bueno no le había servido.

La sonrisa se le congeló a Victoria. Tragó saliva.

—Oye, Helle, no veo con vosotros a Timy. —La voz la traicionó con un temblor al pronunciar su nombre, pero la niña no pareció darse cuenta. Levantó la cabeza para echar un vistazo y frunció el ceño.

—Hace unos días que no viene a jugar.

—¿Entonces no sabes nada de él? —Se odió a sí misma por interrogarla de aquella forma mientras fingía indiferencia y maldijo al capitán por haberla metido en aquel entuerto.

Helle se encogió de hombros mientras volvía a hurgar entre los cantos bañados de sal.

—Tal vez la esté buscando.

—¿El qué?

—La canción.

Encontró una caracola, se la puso contra la oreja y le tapó la otra con su pequeña mano manchada de arena para que pudiese escuchar el lamento de los nøkke, las almas en pena que habitan los océanos.

—Timy decía que la oía desde el campanario. —Mientras la niña hablaba, el viento encajonado en el fiordo rugía contra el oído de Victoria. Rabiaba buscando la salida de aquel laberinto—. Una canción que lo llamaba.

Los dedos de Helle se retiraron y Victoria sostuvo la caracola. Atrapado dentro, el mar lloraba. Sus ojos, teñidos del gris de la mañana, se fundieron con el horizonte al observar la lejanía.

—¿Quién lo llamaba, Helle?

Un grito las interrumpió y Victoria se incorporó de golpe.

En sus juegos, un niño se había caído, y fueron a curarle la rodilla raspada.

Un silbato de plata

Al final, tras conversar con los niños, Victoria pudo ofrecerle al capitán una información más práctica que el asunto de la canción, que no los llevaba a ningún sitio y no compartió con él. Sabía lo que opinaban los habitantes de la capital de las leyendas de un ducado de leñadores y granjeros como aquel: impías y ridículas historias de paletos. Tampoco ella las creía, pero no le habría gustado verlo reírse de su gente por oír cantar al bosque o al mar y temer a sus criaturas.

Esa noche iban a reunirse algunos vecinos. «A hablar de tiempos pasados y mejores», repitió un niño cantarín las palabras que le había escuchado a su padre.

El capitán asintió; podía ser interesante.

Victoria tenía claro el plan. Él, no tanto.

—Sigue sin parecerme bien que vaya sola, señorita —negaba junto a la verja de su propiedad, donde se habían citado al caer las sombras.

—Ni usted ni ninguno de sus agentes pueden aparecer por allí si queremos enterarnos de qué hablan realmente.

Mientras ellos discutían en la linde del bosque, Ofelia pisoteó las hojas caídas con impaciencia. Mil sonidos habitaban la oscura maleza. Resopló, escarbando la tierra con la pezuña, y meneó su abundante crin, a la que la luna arrancaba brillos cobalto. Su aliento se mezcló con el de la yegua del capitán.

Cobijados entre ambas monturas y el calor que emanaba de sus cuerpos, Victoria le acarició el cuello para tranquilizarla.

—No van a hacerme daño —insistió, dispuesta a defender a los suyos. Confiaba en ellos—. Sé lo que le ocurrió a Timy. Pero yo los conozco. —Subió de un salto y asió las riendas con decisión—. Le demostraré que nadie de este pueblo pudo hacer algo así. Debe de haber otra explicación.

Conocedor de la cabezonería de la señorita Holstein, Søren también se aupó en la silla y se retiró los rizos negros del rostro, contraído por la preocupación.

—Andaré cerca. —Le puso en la mano enguantada un objeto alargado y estrecho que emitió un brillo metálico cuando Victoria lo examinó. Un silbato—. A la mínima que se vea en un aprieto, tóquelo e iré a buscarla. Le prometo que, si me necesita, allí estaré.

Aquella noche tampoco iba de uniforme. Vestía ropas oscuras y, al recolocarse la chaqueta, la luna se reflejó en su revólver.

—Cuando regrese, la seguiré hasta aquí.

Victoria asintió.

—Para que le cuente cuanto haya visto y oído.

—Para asegurarme de que está bien —la corrigió—. Y, señorita Holstein...

—¿Sí?

Él le sonrió.

—Es usted una verdadera guardiana. No debí ponerlo en duda.

—¿Porque me dispongo a espiar a los míos?

—Porque le importan.

Espoleó su montura y ambos se separaron.

Era la primera vez que Victoria pisaba una taberna. La recibieron el olor a cerveza y la penumbra. Iluminada por un puñado de velas a medio consumir repartidas aquí y allá, se encontraba más oscura que las calles, convertidas en ríos de luna sobre los que las farolas formaban constelaciones.

El suelo estaba pegajoso. Las conversaciones se mezclaban con el par de zanfonas y la gaita que tocaban unos hombres entre risas y tragos. Al fondo del local habían colocado el escudo del ducado, sin rastro de los colores del reino danés.

El corazón de Victoria latía descontrolado. ¿Se le notaría en la cara que había ido allí para espiarlos?

Sin embargo, las miradas la reconocían y le dedicaban una ligera inclinación antes de regresar a sus asuntos. Ningún gesto hostil.

Suspiró con disimulo. Conocía a aquellas gentes. Les compraba el pan, la carne, telas y otros enseres. Iban juntos a misa y jugaba con sus hijos. Se había criado con ellos y se negaba a creer que fuesen asesinos.

Por el rabillo del ojo descubrió un rostro vuelto hacia ella. La observaba y el pulso se le disparó asustado. Hasta que se giró y descubrió a Ignaz acodado al final de la barra. Era su noche libre.

Le sonrió y fue a sentarse a su lado. Él la recibió con un cabeceo.

—¿Probando nuevos ambientes?

—¿Tú también has venido a la reunión? —susurró Victoria con cierto aire conspiratorio.

Ignaz rio y alzó su jarra. Se señaló las cicatrices.

—Los que lucharon por el ducado beben gratis hoy.

—¿Un héroe de guerra?

Él le dedicó un vistazo de medio lado entre el pelo lacio y grasiento.

—Si fuese un héroe, habría ganado. —Llamó a la tabernera con un gesto para que le pusiera otra—. Así que supongo que solo soy un buen bebedor.

—Señorita Holstein —la saludó la mujer con una corta inclinación. Después le trajo el vaso más limpio de todo el local y le sirvió una bebida oscura—. Preparo el mejor gløgg[13] en hectáreas a la redonda. Es dulce. Le gustará.

—Gracias. —Lo agarró con mano dubitativa y sus ojos interrogaron a Ignaz. Sabía que el gløgg solía correr en las fiestas del pueblo y todo granjero que se preciara elaboraba el suyo propio, pero ella jamás lo había probado.

Él se encogió de hombros.

—Un vaso no le hará mal.

Cuando horas después volvió a montar sobre Ofelia de regreso a casa, Ignaz la acompañó. Caminaba a su lado, llevando las riendas. La luna proyectaba sus sombras alargadas sobre el empedrado.

Victoria no podría decir si sintió la presencia que los seguía o solo creyó hacerlo. No lo oyó, no lo vio, pero supo que estaba, fiel a promesa.

---

13. Bebida danesa tradicional a base de vino caliente, coñac, regaliz, azúcar y remolacha.

Tocó con disimulo el silbato en su bolsillo. ¿Era aquella la sensación que tenía mamá cuando alimentaba a sus guardianes invisibles?

—Imagino que el capitán viene con nosotros —comentó Ignaz sin volverse ni detenerse.

Victoria retiró la mano del silbato como si quemara y resistió el impulso de girarse para buscarlo con la vista, asombrada con la sagacidad de su guarda, que también había sido capaz de detectarlo.

—¿Me guardarás el secreto? —preguntó avergonzada.

Él continuaba avanzando imperturbable con su característica cojera. Encorvado ogro en la noche que ocultaba una mirada siempre atenta tras su larga, aunque escasa, melena enmarañada.

—Llevo años guardando los secretos de los Holstein.

¿Como cuáles? Un repentino miedo a preguntar.

—Ya baja la bruma. —Ignaz observó el bosque que vestía la montaña y meneó la cabeza. Apretó el paso y volvió a centrarse en la calle frente a ellos—. Si el príncipe teme un levantamiento, puede tranquilizarlo. Dígaselo al capitán. Somos viejos nostálgicos, pero en el fondo a todos nos gusta la paz. —Se mesó la barba, interrumpida de cicatrices—. Solo alguien que no ha vivido la guerra se permite el lujo de despreciar la paz.

LA VÍBORA EN CASA

«Viejos nostálgicos». Ignaz había resumido bien su impresión de aquella velada, y así se los describió al capitán.

—Han contado batallitas y recuerdos de juventud. Han cantado baladas tradicionales, reído, bebido y afirmado que el príncipe se ha vuelto un presuntuoso urbanita que ha olvidado sus raíces. Pero ni media insinuación de disputarle el poder.

Se calló que en ese momento la tabernera había gritado «¡Debería casarse con nuestra señorita Holstein!» mientras alzaba su jarra hacia ella y todos vitorearon la propuesta y brindaron contra su vaso de gløgg.

La noche era fría, por lo que habían subido en silencio a la salita de mamá. El capitán, todavía arrodillado, avivaba las llamas de la chimenea, y Victoria le dio la espalda para esconderle su rubor al recordarlo.

«¡Ella sí que le sacudiría tanta tontería de encima en un santiamén!», apostilló la anciana mujer del zapatero antes de beber a su salud.

—El príncipe debería escuchar más a su pueblo —comentó con la vista huida por la ventana, siguiendo la danza de los árboles bajo la luna y el viento—. El Johann que conocíamos lo habría hecho. —Se abrazó los hombros, reviviendo sin querer el tacto de sus labios antes de marcharse. La promesa que había olvidado.

«Se rumorea que pretende cortejar a una princesa sueca», había dicho alguien. Una punzada en el pecho. Su apellido palidecía contra una corona.

Se sobresaltó cuando Søren le puso su chaqueta. No había sido consciente de estar frotándose los brazos. Se quedó rígida. Aquel olor que la rodeaba a jabón, madera y cuero debía de ser el suyo.

—Pronto notará el calor —prometió él, disculpándose con una sonrisa.

Victoria asintió con la cabeza para no confesar que el frío que sentía nada tenía que ver con la falta de fuego.

—Tiene usted un hogar poco atemperado —bromeó Søren.

—Demasiadas habitaciones sin uso.

Demasiada soledad y demasiado vacío. Su mansión era un mausoleo a las ausencias, que terminarían por aplastarla bajo su peso. Sus vigas crujían prometiéndole que la sepultarían.

«Cuando el bosque se alce», recordó las palabras de Hans.

Por eso las golondrinas se habían marchado, porque la muerte ahuyentaba sus cantos.

—¿Se encuentra bien?

El capitán continuaba a su lado. La cabeza ladeada para estudiarla. Medio rostro en penumbra. En la otra mitad, un ojo fijo en ella que brilló como una esmeralda al reflejar las llamas.

«Todo el mundo sabe que los ojos de los duendes contienen la magia del bosque».

Victoria retrocedió.

Se apartó de él. De la ventana. De la foresta en cuyo centro latía un lago helado.

—En fin, no les gusta que el príncipe pretenda construir la nueva línea de ferrocarril en mitad de los pastos. Preferirían otro trazado menos dañino, pero no se oponen a ella ni al progreso. —Se quitó la chaqueta del capitán y la dejó sobre el respaldo del canapé francés—. Han redactado una petición formal. Iban a elegir a los más indicados para presentársela, pero me han pedido a mí que se la entregue en su nombre e interceda por ellos. —Una sonrisa amarga. Si supieran lo poco que el príncipe estimaba su opinión. Le ofreció el documento—: Tal vez usted tenga más suerte. —Ella prefería evitarse cualquier encuentro con Johann.

Søren tomó asiento para examinarlo.

—¿Ve? —preguntó Victoria tras dejarle tiempo para leer—. Es un mensaje claro y directo. No necesitan asesinar a un niño para expresar su malestar.

Él se guardó el papel con cuidado y se frotó la mandíbula.

—Sin embargo, alguien lo hizo.

Victoria agachó la cabeza. Le habría gustado poder negarlo. Poder arrancarse la desconfianza y la sospecha que anidaban en su corazón.

—Seguiremos atentos —prometió Søren—. Daremos con el culpable y evitaremos que se repita.

Pensó en las manitas de Helle rebuscando entre las piedras y reprimió un escalofrío.

—Por favor.

Tras su súplica rota, el silencio fue denso y sombrío.

Como si debiera encargarse de toda causa perdida y todo espíritu doliente, el capitán intentó distraerla:

—Veo que ha disfrutado la noche.

Cierto. El alcohol le había coloreado las mejillas y sentía el ánimo más liviano.

—He ganado a las cartas —confesó. Se le escapó una sonrisa orgullosa y notó cómo el calor le subía de nuevo—. De hecho, he arrasado.

Él lo celebró con una breve carcajada.

—Me alegro. Ganar le sienta bien. O arrasar. —Le guiñó un ojo.

—¿Sabe? Usted también podría disfrutar. Tomarse la molestia de mezclarse con estas gentes, conocerlas en lugar de idear artimañas para espiarlas.

—Sí.

Victoria volvió a pensar que, sin el uniforme, se le veía más cercano y relajado. Bajo los tirantes vestía una camisa de lino que se había remangado para encender la chimenea. Al sentarse, se había inclinado hacia delante hasta apoyar los codos en las rodillas. Los músculos de los brazos se le marcaban y un par de mechones rizados que solía echarse hacia atrás le caían sobre la frente. A través de ellos, sus ojos la observaban.

—Empiezo a entender. Gentes orgullosas, herméticas y difíciles de tratar al principio. Pero, tal vez, merezca la pena esforzarse para llegar a conocer lo que hay detrás.

Bajo la intensidad de su escrutinio, Victoria se removió incómoda. Las pupilas del capitán brillaban divertidas.

—¿Qué? —exigió saber.

—Oh, nada. —Él se lamió los labios para silenciar una sonrisa—. Acabo de descubrir que lo suyo no es mal humor, tan solo abstinencia. Debería tomarse cada mañana un vasito de la medicina que le hayan recetado en la taberna. Todos

133

en el ducado le quedarán agradecidos. —Se tocó la mejilla, aunque el arañazo ya se le había curado.

El gesto de digna ofensa de Victoria se fue al traste cuando se le escapó una risa contenida. Se cruzó de brazos, obligando a sus labios a dejar de bailar. Como sus mastines, parecían más leales al capitán que a sí misma.

Contestó a su sonrisa cómplice con una mirada altiva.

—Usted y yo seguimos sin ser amigos —le recordó y se recordó.

Una risa grave hizo bailar la garganta de Søren.

—Por supuesto, por supuesto. —Levantó las manos en señal de inocencia—. Tan solo aliados contra la injusticia. —Y tuvo la osadía de volver a guiñarle un ojo.

Al echarse hacia atrás, su revólver reflejó la luz del fuego. Victoria se fijó en el arma, oyó un disparo rasgando la mañana y ya no tuvo que fingir su animadversión. Se preguntó si no acababa de meter ella misma a la víbora en casa. Aquel hombre quería hacerle dudar de sus vecinos, pero allí el único asesino era él.

Søren reparó en la dirección de su mirada y en cómo sus ojos se tornaron opacos tras su muro de hielo. De nuevo el gesto hosco y desconfiado al que lo tenía acostumbrado. Se apresuró a ponerse en pie antes de que le sugiriera marcharse.

—Siento lo de su hermano.

Victoria apretó los puños. No quería sus disculpas, pero él no había terminado y se apresuró a continuar:

—Quiero que sepa que no fui yo quien lo mató.

—De hecho, sí —repuso con frialdad.

—¿Sabe cómo funcionan las ejecuciones, señorita Holstein?

Ella negó con la cabeza, aunque su expresión no decía que estuviese demasiado dispuesta a escucharlo.

—Se preparan tres fusiles y se disparan a la vez. Solo uno está cargado con munición real. Los otros dos llevan balas de fogueo. Pero nadie sabe cuál es cuál.

—De esa forma no puede decirse que ninguno de los tiradores lo matara porque nunca se sabrá quién fue. Así se limpian las manos, ¿no? —aventuró Victoria con sarcasmo—. Al menos sobre el papel. Responsabilidad compartida, responsabilidad eludida.

—Es la idea, sí.

—Ya. Así que, como disparó a la vez que dos más, usted no lo mató porque...

—Porque no apreté el gatillo.

Aquella repentina confesión pilló a Victoria desprevenida. Parpadeó, con la réplica que tenía preparada muriendo en sus labios entreabiertos.

—Siento que no fuese mi bala la de verdad. —Søren se pasó una mano por los rizos—. Antes de su irrupción en mi despacho sabía que no había posibilidad de absolver al señor Hans Bastholm-Holstein porque ya lo había intentado. Una vez lo detuvimos, escribí a la capital, que es desde donde llegó su orden de ejecución, directamente desde palacio, intercediendo por él. Se le veía buen muchacho y su "crimen" era una estupidez. Sin embargo, el mandato se mantuvo claro. De nuevo, traía el sello real. —Victoria recordó los dos sobres, uno encima del otro—. Hans debía morir.

—¿Por qué tantas molestias? —reflexionó Victoria en voz alta—. ¿La Corona implicándose en un asunto tan insignificante?

—Eso mismo me he preguntado yo. No soy amigo de elucubraciones, pero me atrevería a aventurar que su hermano involucró a quien no debía, señorita.

Victoria cerró los ojos y se frotó la frente.

¿Qué hiciste, Hans? Siempre tan soñador y ajeno al mundo terrenal, a sus rumores, sus peligros y sus líneas rojas. Recordó al muchacho que había retratado decenas de veces en su cuaderno. *¿Quién era él? ¿Quién te condenó para salvar su honor?*

—Yo acababa de ocupar mi puesto, siendo más joven que los hombres bajo mi mando. —La voz de Søren la devolvió al presente—. La orden era clara. No podía permitir que me juzgaran débil ni fallar a la confianza puesta en mí. —Se retorcía los dedos con la cabeza gacha, avergonzado. La levantó para mirarla a los ojos—. Y, sin embargo, cuando estuve frente a él, no fui capaz de hacerlo. —Apretó la mandíbula con rabia—. No me alisté para dispararle a un compatriota desarmado con expresión de chiquillo. Debí haberlo evitado y le pido disculpas por mi cobardía.

Para su propia sorpresa, Victoria negó con amargura.

—Lo habrían destituido y el siguiente en la línea de mando se habría encargado de cumplir lo ordenado.

—Sí. Pero yo dormiría mejor por las noches. —Resopló—. Tras lo ocurrido, fui a presentarle al príncipe mi dimisión. Nos interrumpieron para avisarnos del asesinato de Timy. Por eso sigo aquí.

Ella le dedicó una sonrisa triste y cansada, sin nada más que añadir. Él recogió su chaqueta.

—No espero que me perdone, pero quería que lo supiera. Cuando esto se resuelva, planeo dejar mi cargo. Me marcharé y usted no tendrá que volver a preocuparse por mí. —Se despidió con una inclinación de cabeza.

Al dirigirse a la puerta se detuvo junto al piano que presidía la estancia.

—Muy hermoso. ¿Lo toca usted?

—Mi madre. —Victoria sonrió con orgullo—. Toda una artista, igual que mi hermano.

—¿Usted no?

—No, no. —Sacudió la mano—. Yo no tengo ningún arte ni talento.

—Bueno, plantar al príncipe como lo hizo… a mí me parece que requiere mucho talento.

Compartieron una sonrisa divertida y Victoria se mordió el labio para evitar reírse al recordar el rostro estreñido de Johann ante su rebeldía. Lo mejor de la velada, sin duda.

—Le robó uno de sus puros…

—… «importado desde España con el mejor tabaco de las Américas» —lo imitaron al unísono, pavoneándose como él lo hacía.

Compartir una carcajada fue inevitable. Con los colores subidos, ella se cubría la boca justo cuando la puerta se abrió.

—Victoria. —Ingrid y el príncipe la llamaron a la vez.

Søren y ella se quedaron rígidos, como niños pillados en medio de una travesura.

—Su alteza. —Lo saludaron con una reverencia.

—Tienes visita. —Habló su madrastra—. No sabía que ya estuvieras atendiendo a una.

Sacada de la cama, se cerraba la bata sobre el camisón. Algunos mechones escapados de sus rulos enmarcando la mirada reprobatoria y suspicaz que alternó entre uno y otro. Se parecía mucho a la que Johann les lanzaba. Más encendida esta segunda.

Søren se adelantó.

—Señora. —Se inclinó ante Ingrid con caballerosidad—. Siento lo tardío de mi presencia en su hogar. Su hija me ayudaba con…

—Ella no es mi madre —cortó Victoria con sequedad—. Si apenas me saca nueve años.

El príncipe no le dio tiempo a enmendar su error:

—Me alegro de que el cargo que le otorgué le deje tiempo para el recreo y la pernoctación, capitán Andersen. ¿Mañana piensa acudir a su puesto o preferirá quedarse de galanteo?

—Ya me iba. Alteza. Señora. —Le dedicó un asentimiento a cada uno. Después besó la mano de Victoria y, como si ninguno de los dos hubiese esperado aquel gesto repentino, sus ojos se encontraron sorprendidos—. Gracias por su ayuda, señorita Holstein.

En el silencio que dejaron sus botas sobre la madera al abandonar la estancia, Victoria le sostuvo a Johann la mirada airada que le dedicaba.

—Creí que habías dicho que detestabas a mi capitán.

Ingrid tampoco estaba contenta e intervino antes de que hubiese opción de respuesta:

—Con todos mis respetos, alteza, pero, dado que este es un hogar habitado por damas respetables sin más varón que la siempre presente compañía de Cristo y su Padre, usted también debería marcharse. Vuelva a una hora decente, previo aviso, para que podamos recibirle como corresponde.

A pesar de ir acompañado de una humilde reverencia, su tono fue firme y Victoria alabó su templanza. No era una mujer que se dejase amedrentar.

Johann asintió.

—Por supuesto, señora. Deme tan solo un segundo. —Avanzó hasta Victoria y le tomó la mano. Su pulgar le frotó el dorso, como si quisiera borrar el rastro de aquel beso demasiado presente para ambos sobre su piel—. Ven a cenar mañana conmigo. Y con mi madre, claro —añadió con un vistazo apurado a Ingrid.

Después caminó de espaldas para no soltar sus ojos hasta haber cruzado la puerta y Victoria contuvo una sonrisa y un hormigueo lo que duró aquel contacto.

Cuando desapareció, se volvió hacia el fuego sonrojada mientras se mordía el labio. Después tomó aire, se alisó la falda y recuperó la compostura.

—No he oído que llamasen.

—No. Ese imbécil estaba tirando piedrecitas a tu ventana. Me ha despertado el ruido convencida de que teníamos ratones.

Ambas apartaron el rostro al compartir una carcajada y se pusieron serias, desdeñando la complicidad surgida. Ingrid se cruzó de brazos.

—Ratones reales —anotó con una mofa de reverencia antes de salir ella también.

Dos son multitud

El hombro del príncipe chocó contra el de Søren cuando lo adelantó bajando la escalera de la entrada. La puerta se había cerrado tras ellos.

—Curiosas horas para andar de visita —comentó.

—Lo mismo digo, su alteza.

Apretó el ritmo para alcanzarlo y ambos descendieron pegados, con sus recias espaldas disputándose el espacio, como si lucharan por echar al otro fuera.

—Victoria es una buena amiga de la infancia —replicó Johann.

—También mi prometida por decreto real, ¿no?

El príncipe apretó la mandíbula y montó sobre Faraón, su impresionante semental de un blanco impoluto.

Bajo su mirada asesina, Søren abrió los brazos con gesto inocente y se marchó hacia la parte trasera de la mansión, envuelto en la niebla que avanzaba entre crujidos, agitaba los árboles y ponía nervioso al caballo de Johann.

Lo último en desaparecer entre la penumbra y la bruma fue aquella sonrisa gatuna que le dirigió, tan brillante como el verde silvestre de sus ojos, y Johann deseó borrársela de un puñetazo.

La noche había sido extraña y Victoria suspiró entre los almohadones de su cama. Hans se había tendido a su lado. Sus esbeltos dedos de artista jugueteaban con un silbato de plata igual que en tantas ocasiones habían hecho con sus lápices de colores mientras pensaba.

Ten cuidado. La señaló con él. *A los duendes les atrae la plata. Suelen robarla. Les gustan las cosas que brillan.* Se lo devolvió. *Guárdalo bien.*

Victoria puso los ojos en blanco.

—Tú y tus duendes.

Se hizo el silencio y ella cerró los ojos para dormir.

Yo lo perdono.

—¿Al príncipe?

Rezó porque su expresión no hubiese sido tan propia de una niña tonta y entusiasmada como había sonado su voz. ¡Cenarían juntos al día siguiente!

Su corazón no dejaba de recordárselo. Su corazón también quería perdonarlo. Todo el mundo tenía derecho a arrepentirse.

Al capitán. Hans sonrió con picardía. *¿Qué?* Se defendió de la mirada asesina de su hermana. *Nos ha pedido disculpas. Es guapo y tiene un trasero muy mono.*

Victoria sintió ganas de reír y llorar al mismo tiempo antes de rendirse al agotamiento.

Apartando apenas una rendija la cortina de su ventana para evitar ser descubierta, Margrethe observaba a los dos hombres abandonar la mansión. Tenía las mejillas sonrojadas y el pulso disparado. Tras oír voces y abrir la puerta de su cuarto, se había topado con el capitán. En camisón, ella se había encogido con pudor y una sonrisa inocente y él la había saludado con una inclinación, tan elegante y caballeroso como en el baile.

—¿Lo has visto? —Las manos de su madre la sobresaltaron al posarse sobre sus hombros.

Ella asintió acalorada y se peinó el cabello rubio. ¿Él la habría encontrado hermosa? ¿Con su tez suave y pálida teñida de rubor y el camisón claro revelando la forma de su cuerpo? ¿Habría deseado desenvolver aquel cándido presente? El vientre le cosquilleó y bajó la vista, avergonzada.

—Tu hermana solo puede casarse con uno —continuó Ingrid. Miraba por la ventana y sonreía. Margrethe notó sus dedos presionarle las clavículas—. Tendremos que ayudarla a elegir.

Tejedora de promesas

Al día siguiente, Victoria se levantó tarde y aletargada. En sus sueños se habían sucedido las conversaciones de la noche anterior a la vez que oía la música de la taberna y las cartas se iban descubriendo sobre una mesa que no dejaba de girar. En frente, su adversario, envuelto en sombras, tenía los ojos verdes como el bosque al atardecer y sonreía antes de mostrarle su última mano. Una jugada maestra escondida. No llegó a verla, pero supo que había perdido. Oyó un disparo y despertó.

«A los duendes les gusta la plata». Un silbato frío entre sus dedos.

Antes de abrir los párpados vio aletear a un pájaro de hielo. Había escapado de la carta que ella aún sostenía. La última que había guardado para intentar ganar.

La luz del sol derramándose en haces sobre las sábanas revueltas barrió sus ensoñaciones. Las campanas de la iglesia daban las doce. Cada uno de sus repiqueteos le martilleó en las sienes mientras marcaban sus pasos descalzos sobre la tarima. *Dong. Dong. Dong.* Los estrechos pasillos de su hogar en penumbra se sucedían interminables. Familiares y extraños a la vez. El gløgg ya no se le antojaba tan divertido.

Retrocedió al pisar algo suave. Una larga tela alfombraba la sala de estar. Sentada junto al fuego, Ingrid cosía.

Clac. Clac. Clac. Sus tijeras seccionaban los segundos. Su eco le hormigueó en la mente. Se agachó para acariciar el tejido y creyó seguir soñando. Reparó en que el tono iba perfecto con su piel.

—Qué bonita —alabó. Su textura era exquisita.

—La he comprado esta mañana —contestó Ingrid sin levantar la vista de su labor—. Estos días he estado orándole a Dios para que Margrethe encuentre un buen marido. Anoche soñé con mi madre. Sus manos sangraban como las de Cristo, para que supiera que Él la enviaba y era visión divina y no brujería. Me dijo que debía ir al mercado y elegir la tela más hermosa. Con ella haré un vestido de novia y, el mismo día que lo acabe, mi hija se prometerá. —Sus ojos y su tono brillaban sin perder la concentración—. Al verla, no me ha cabido duda de que era esta. Como si mi madre me la señalara.

—Es un buen sueño. —Arrodillada, Victoria recogió la tela sobre su regazo para salvarla del suelo. La precisión de los movimientos de Ingrid la hipnotizaba y relajaba a la vez—. Margrethe tiene suerte.

Sabía que Ingrid no descansaría hasta lograr un trabajo excelente. Aunque quizás su intención había sido tan solo pensarlo y no expresarlo en voz alta. Por eso su madrastra irguió la cabeza para mirarla con cierta sorpresa. Tal vez los estragos del alcohol la ablandaban, porque había sonado demasiado parecido a un halago o un cumplido.

Victoria se fijó en un detalle:

—No llevas el broche que papá te trajo de su primer viaje después de casaros. —Solía lucirlo con orgullo. Su marido se lo había regalado la noche que le anunció que estaba embarazada, cuando pensaba que la felicidad perfecta y duradera la había acogido en sus brazos.

Ingrid regresó a su tarea. Las tijeras de nuevo en movimiento.

—¿A cambio de qué crees que he conseguido la tela?

—¡¿Qué?! —Victoria se incorporó con brusquedad y las sienes le martillearon—. Adorabas ese broche. Fue un regalo de papá. ¡¿Cómo has podido?! Tenemos dinero. Margrethe y tú podéis tomar lo que necesitéis. ¿Por qué no me lo has pedido?

Ingrid no se inmutó. No se arrepentía. Se quitaría hasta la comida de la boca con tal de ver feliz a su hija.

—No quiero deberte nada, Victoria.

—¿Cómo puedes ser tan orgullosa?

Ingrid levantó la vista lo justo para dedicarle una mueca socarrona.

—¿Lo preguntas tú, princesa?

Victoria bufó y caminó en círculos nerviosos por el cuarto, incrédula y cabreada. Se detuvo al reparar en algo que había dicho.

—Ingrid, ¿tu madre está muerta?

Ella sostuvo un alfiler con los labios mientras respondía.

—Hace dos años. Llegó una notificación oficial.

—No lo sabía.

Se quitó el alfiler y la miró con él en la mano.

—¿El qué? ¿Que no eres la única huérfana del mundo? —Lo clavó en la tela—. Lamento estropearte tu teatro de víctima incomprendida.

Victoria decidió ignorar su pulla. Definitivamente, el capitán tenía razón y el gløgg amansaba su ánimo.

—No dijiste nada.

—¿Y qué de haberlo hecho? ¿Quién me habría consolado? ¿Tu padre desde la otra punta del reino? ¿Tú? —Enarcó una ceja con sorna.

—Podría haberte ofrecido enterrarla también en el jardín —bromeó Victoria, quizás para sacudirse de encima el regusto amargo de reconocer que nunca se había molestado demasiado por los sentimientos de su madrastra.

El gesto de Ingrid fue de absoluta ofensa.

—Se enterró en tierra sagrada como la buena cristiana que siempre fue.

—Sí, claro. Mi madre también lo era. Pero pensamos que le gustaría más estar cerca de nosotros. Amaba esta casa, el bosque...

La mirada de Ingrid acalló su voz y le heló el cuerpo. Supo que no quería escuchar lo que fuese a decir. A ella no le importó:

—Tu madre está ahí porque se le negó la sagrada sepultura —espetó—. Igual que a su hijo. Por eso ni descansa en paz ni nos deja en paz a los demás. —No confesó que, de noche, veía su fantasma rondando por el bosque, cerca de la propiedad.

Victoria se obligó a soltar una carcajada, aunque tenía la garganta seca.

—Eso es ridículo. —Negó con la cabeza—. ¿Por qué iban a hacer algo así? —Otra risa forzada.

—Por suicida y pagana.

—¡Cuida tu lengua de serpiente! —Victoria apretó los puños. Nada, imposible llevarse bien ni aunque lo intentase—. ¡Mamá se cayó al lago!

—Sí. —Ingrid no se inmutó—. Después de apuñalarse el corazón en mitad de la noche.

—¿Quién te dijo eso? ¿Fue papá?

—El reverendo Häusser. —Trazó una línea con el carboncillo—. Al contrario que otros, se mostró amable y agradecido de mi llegada. Confiaba en que pudiese enmendar vuestras almas tras su ponzoñosa influencia. —*Clac. Clac. Clac.* Sus tijeras volvían a avanzar y Victoria deseó abofetear su adusto rostro concentrado—. Ya era hora de que lo supieras. Ese amor al que tanto te has aferrado… —Meneó la cabeza—. Tal vez en definitiva no os quisiera tanto.

—¡Ja! El reverendo. —Recordó su trato deplorable y enajenado—. Lengua tan viperina como la tuya. A mí también me dijo algo, ¿sabes? Que esta casa estaba habitada por brujas. No se equivocaba, porque tú eres la peor bruja de todas cuantas hayan podido existir —escupió con rabia—. No me extraña que papá haya preferido hundirse en el mar antes que regresar a tu lado.

Dicho lo cual, le ofreció la espalda para marcharse. En el umbral de la puerta se detuvo.

—Por cierto, he saldado sus deudas. No le debéis nada a nadie.

Y se fue con un portazo.

EL TESORO DE LA SELKIE

Victoria necesitaba alejarse de casa y la bruja que la habitaba, pero sabía que si tomaba a Ofelia acabaría yendo al bosque, y el bosque la llevaría al lago. Siempre lo hacía. Por ello, tomó una cesta y se dirigió a pie al pueblo.

Sin prisa ni excesivas ganas de cruzarse con nadie, caminó a paso tranquilo por las calles secundarias y se dejó caer por la tienda de empeños. Había un broche en el escaparate por mucho menos de lo que valía. Lo compró.

Al salir, se topó con una montura, inconfundible por su pelaje a motas desordenadas, atada a un establecimiento cercano. Miró a ambos lados con disimulo y se detuvo mientras fingía soltarse el dobladillo de la falda hasta que su propietario salió. Echó a andar para alcanzarlo y el capitán y ella caminaron a la par callejón arriba, la suficiente distancia y su yegua mediando entre ambos para evidenciar que no iban juntos.

—¿Sigue con sus investigaciones? —murmuró con la vista al frente.

Él tampoco la miró para contestar:

—Por supuesto.

—¿Y ha encontrado algo?

—Nada por el momento. ¿Usted?

—No.

El silencio los acompañó el resto del trayecto. En la esquina, donde nuevas calles se abrían, se detuvieron, demorando una despedida. Sus ojos se encontraron. Los de Victoria se desviaron sin querer al dorso de su propia mano, donde él la había besado. Søren siguió la dirección de su mirada. Se acercó un paso.

—Me dijo que no dominaba ningún arte, pero yo la oí cantar.

—¿A mí?

—Sí. Anoche, cuando fui a buscar mi yegua a la parte trasera de su propiedad. Tal vez cantaba usted desde el balcón. La bruma y la oscuridad me impidieron verla. Parecía…

Cantar para mí.

—Yo no cantaba, capitán. —Victoria se alejó. No tenía claro que él fuese a tomarle la mano, pero la apartó de todas formas—. Nunca he cantado.

Una risita los interrumpió. Helle asomaba tras unos barriles amontonados, con el rostro tan sucio como de costumbre, el cabello revuelto, las mejillas coloreadas por sus juegos y la ropa holgada con los botones mal abrochados.

—Señorita Holstein, el caballo de su novio está muy sucio. —Señaló la yegua del capitán—. ¿A él también lo querrá Dios?

Søren se acuclilló para quedar a su altura.

—Ven, acércate, ¿quieres acariciarla? Es una chica.

Helle asintió y abandonó su escondite para avanzar con la manita extendida y temblorosa. Él la aupó para que llegara al cuello del animal.

—Tranquila. Es muy buena. No te hará daño.

Helle hundió los dedos en su crin y volvió a reír. Søren la sentó en la silla y ella dio palmas y botes, imaginando que cabalgaba.

—¡Arre, arre!

La yegua no se inmutó y, cuando se cansó, Helle dejó de brincar. Miró el uniforme de Søren y tocó sus botones dorados.

—Es el nuevo capitán.

Él asintió.

—Y no es mi novio —aportó Victoria.

Ambos la ignoraron. Helle alargaba ahora las manitas codiciosas hacia su gorra y Søren se la puso. Al estarle grande, se le caló hasta la nariz, cegándola, y le arrancó otra carcajada. Sujetó la visera para levantarla y Victoria se fijó en el anillo que llevaba.

—¿De dónde has sacado eso, Helle?

Bajo las capas de herrumbre, aún podía reconocerlo.

—Lo encontré en el fiordo, señorita Holstein. Entre las conchas y las piedras. ¿Cree que pueda ser de alguna selkie[14]? ¿Debería quitármelo para que no me arrastre a las profundidades con ella?

—No, Helle, no pasa nada. Puedes quedártelo. Es muy bonito.

No pertenecía a ninguna selkie. Lo sabía bien porque era suyo. Había sido su joya favorita de niña, hasta que una primavera se le cayó al lago y lo perdió bajo sus aguas.

—¡Arre! ¡Arre! —Helle probó a darle toquecitos con los talones a su montura y movió las riendas en el aire. La gorra volvió a caer, tapándole los ojos.

_____

14. Criatura marina que puede mostrarse con forma humana o con cuerpo de foca.

Søren sonrió, se la subió de nuevo e hizo avanzar a la yegua a paso tranquilo mientras ellos dos caminaban a su lado.

—Quiero ir a enseñarle a Timy el anillo —confesó la niña—. Si es que ha vuelto ya. Estos días nunca está.

Victoria tragó saliva y calló. El capitán se aclaró la garganta.

—¿Y sabes de dónde podría volver tu amigo? ¿Había algún sitio al que…?

—¡De buscar la canción!

—¿Una canción?

—Sí. Decía que la oía cantar, llamándolo.

—¿A quién? —insistió Victoria.

La niña le sonrió y sus palabras la dejaron helada en el sitio:

—A usted, señorita Holstein.

Yo no canto, quiso repetir, pero le dio la sensación de que una segunda vez sonaría a mentira.

—¡Helle!

La voz autoritaria de su madre la llamó y Søren la agarró al vuelo cuando se tiró de un salto. Ella rio en sus brazos y se quitó la gorra para colocársela medio torcida a su dueño.

—Gracias, capitán. —Una vez en el suelo, echó a correr. Después se giró y sacudió la mano—. Adiós, caballito. Otro día jugamos más.

—Y, así, acaba de robarme a mi mejor amiga —bromeó Victoria para fingir que no estaba nerviosa.

—¿Celosa?

—Por supuesto.

Siguieron caminando en silencio. Juntos pero separados. Un interrogante en el aire los ataba:

—¿Sospecha de mí? —preguntó al fin, con menos aplomo del que le gustaría.

Él se tomó su tiempo para contestar.

—No.

—El reverendo Häusser lo hace.

—Lo sé. Vino a verme.

—¿Y cómo está? La última vez... hubo un pequeño accidente con los cirios.

—Afirmó que usted intentó quemarlo vivo.

—¿En serio? No me diga. —Su tono fue amargo, pero no sorprendido—. ¿Y le creyó?

—Yo creo que, si usted hubiese querido quemarlo, no habría tenido oportunidad de presentarse en mi despacho.

Victoria rio.

—Veo que tiene un elevado concepto de mí.

Søren se encogió de hombros.

—Soy un hombre impresionable.

—¿Por un rifle descargado?

—Por la expresión con la que lo sostenía.

Victoria agachó la cabeza para camuflar una pequeña sonrisa ante el cumplido y golpeó una piedra en su camino.

—En fin, me alegro de que el reverendo se encuentre bien. —No debió marcharse sin comprobarlo—. Imagino que le diría más lindezas sobre mí.

—Una larga lista. Tiene clara a su sospechosa.

—¿Y usted no? —Con dos testimonios en su contra, se sentía vulnerable.

—Las acusaciones de brujería no son mi estilo.

Se sacó del bolsillo interior un papel y se lo tendió. Dibujados por Sophie y con una esquina difuminada y arrugada por el agua, Victoria y Johann sonreían de niños. El reverendo lo había rescatado del charco al intentar perseguir a la bruja y se lo presentó como prueba de la obsesión de aquella mujer con el príncipe, seguro de que sería el ingrediente esencial de un maleficio dejado a medias.

Al verse juntos de nuevo, a Victoria le faltó la respiración un segundo. Recordó que aquella noche compartirían una cena y las mejillas se le colorearon mientras tomaba con cariño el dibujo.

—Creo, señorita Holstein, que usted no conspiraría contra el príncipe.

Y su mirada le dijo, antes de que sus caminos se separaran, que ambos sabían por qué.

UNA INVITACIÓN

De camino a palacio, Victoria comprobó que la nueva vivienda del capitán continuaba pareciendo deshabitada. El señorito estaría buscando más criados con los que aumentar su servicio para que la pusieran a punto antes de instalarse.

Llegó con tiempo para aprovechar la calidez de la media tarde paseando del brazo con la duquesa por sus jardines mientras el príncipe atendía sus obligaciones.

—Ay, mi dulce niña. —Le palmeó ella la mano con afecto y un hondo suspiro—. Ojalá tú le hagas comprender a mi hijo amado.

—¿El qué, duquesa?

—Que de nada sirve ser rey si has de arrancarte el corazón por el camino. —Meneó la cabeza con disgusto—. Sería bueno que lo entendiera.

—No tiene buena cara, duquesa. —Victoria reparó en las ojeras de la pobre mujer, tan consumida por la pena desde que Johann fue llamado a marcharse de su lado.

Ella volvió a suspirar.

—Ya sabes, querida, el insomnio.

Merendaron en compañía del entrañable doctor Ørsted, quien se mostró muy contento de reencontrarse con

Victoria y se les unió también a las cartas sin dejar de amenizar la partida con sus abundantes conocimientos sobre la historia del país y sus anécdotas. Había recorrido muchos de sus rincones.

Así, cuando el capitán se presentó en su mansión –esta vez por la puerta delantera–, hacía muchas horas que Victoria se había marchado.

Se quitó el sombrero para saludar a Ingrid. En la mano izquierda traía unas flores recogidas por el camino, a cuya linde crecían tan adustas y rodeadas de frío como aquella a quien pretendía obsequiárselas. Con la derecha tanteó su bolsillo hasta dar con un sobre.

—La señorita Holstein me ha citado para cenar. —Le tendió la invitación. Cuando la mujer la tomó, sus dedos libres y nerviosos se dieron toquecitos contra el muslo. No sabía qué esperar de aquel encuentro ni los motivos del mismo, pero tampoco se le habría ocurrido rechazarlo. Quizás hubiese descubierto algo.

La señora Bastholm le dedicó su mejor sonrisa de fingida compasión mientras arrugaba la carta y se la guardaba. Sin prueba, no había delito.

—Cuánto lo siento, capitán. Victoria no está.

Qué triste e inesperada casualidad.

—Vaya. —Søren parpadeó confuso.

—Pero pase, por favor. —Le franqueó la entrada. Le tomó el sombrero y casi le arrebató la chaqueta—. Tras haberse tomado la molestia de venir hasta aquí, no me perdonaría no ofrecerle al menos un refrigerio a un guardián de nuestro ducado tan esforzado como usted.

Echó a andar pasillo adentro llevándose sus pertenencias y Søren, tras abandonar las flores en el aparador y sentirse absurdo por haberse detenido a recogerlas por el camino, no quiso quedarse solo en un rellano ajeno con aquel estúpido ramo sacándole la lengua.

—Pero la señorita Holstein...

—Ha acudido a la llamada del príncipe —explicó la mujer sin aminorar el paso.

—¿El príncipe?

—Imagino que ante semejante eventualidad es normal que se haya olvidado de usted. No se lo tenga en cuenta. Ya sabe cómo son los asuntos del corazón.

Søren trotaba tras ella para poder seguirle el ritmo y casi chocaron cuando se detuvo para confesarle con candidez:

—Es por todos conocido que el príncipe y mi hijastra han estado enamorados desde que eran unos críos. Los rumores de matrimonio recorren el ducado; pregunte donde quiera.

—Entiendo.

Ingrid soltó una risita.

—Imagino que ese ha de ser uno de los asuntos que ha traído de vuelta a nuestro príncipe de forma tan repentina y apresurada. Serán muy felices juntos, ¿no cree?

Søren asintió con la mandíbula apretada.

—Por supuesto.

—Ah, no hay nada como nuestro amor de la infancia.

Una melodía llegó hasta ellos.

—Vaya, parece que mi hija está ensayando. —De nuevo, una fortuita casualidad—. La señorita Margrethe Bastholm. ¿La conoce? Venga, se lo ruego. Tener público le irá bien para ganar confianza. Es una muchachita muy reservada.

Abrió las puertas del salón principal, donde una joven dama unía su voz a las notas que arrancaba a las cuerdas del arpa. Al terminar la canción, se detuvo y se giró hacia ellos con un gesto de inocente sorpresa redondeando su boca entreabierta.

—Oh, capitán. —Inclinó la cabeza y se alisó la falda del precioso vestido azul cielo de Sophie. Lucía también un rico camafeo y unos discretos pendientes de perlas. Su cabello recogido resplandecía como el oro. Agitó las pestañas pintadas y un dulce rubor se unió al colorete de sus mejillas—. No esperaba visitas. Perdone que me encuentre tan descuidada.

Él le devolvió la inclinación y avanzó para recoger la mano que ella le ofrecía y besarle el dorso.

—No se preocupe; está usted tan bella como la noche del baile.

Margrethe se tapó los labios al soltar una breve y musical risita.

—No creí que lo recordara.

Su sonrisa era tan sincera y gentil que Søren no pudo menos que corresponderla y a Margrethe le bailó en el pecho el brillo de sus ojos encendidos.

—Por supuesto.

Ingrid se acomodó en el sofá con un bordado a medias y le ofreció a su invitado el sillón que quedaba junto a Margrethe mientras su hija pasaba las hojas de sus partituras.

—Dígame, capitán, ¿tiene alguna balada preferida?

Fuego y cobalto

Al caer la noche, las criadas de la duquesa acicalaron a Victoria hasta que se vio resplandeciente con un vestido dorado de hombros descubiertos. Un lacayo la condujo al observatorio, bajo cuya cúpula acristalada habían dispuesto una mesa iluminada por un candelabro para cenar. Le retiró la silla para que tomara asiento y la dejó sola, esperando.

En cuanto se hubo marchado, Victoria se levantó y recorrió sin prisa la habitación circular con la cabeza echada hacia atrás y la vista perdida en la insondable altura. No había nubes ni más luz que las velas de la mesa y las constelaciones brillaban nítidas. Fuego danzando en un mar cobalto. Le recordaron a los faroles de los pescadores regresando al fiordo. La inmensidad haciéndola empequeñecer mientras la deslumbraba con su belleza.

Unos pasos a su espalda. No se giró. Se mantuvo quieta mientras se acercaban. El pulso acelerado.

—Antes solíamos venir aquí, golondrina. —Johann se situó tras ella y su aliento le cosquilleó en el cuello desnudo.

Victoria se tambaleó sobre los talones; si tan solo diese un paso atrás, podría apoyarse contra su pecho.

«Golondrina». Quizás por eso el vestido que había elegido para ella tenía un adorno de tul negro sobre la falda dorada, como dos alas plegadas a la espera de abrirse, listas para volar.

Cerró los párpados. Sus pulmones luchaban contra el corsé para encontrar el aire. Por un momento había temido que sus obligaciones le impidiesen acudir, que la olvidase.

Otra vez.

Su corazón se debatía entre la desconfianza y la añoranza. Quería que él la convenciese para perdonarlo, que volviesen a ser ellos, borrar la distancia y las afrentas.

—¿«Antes»? —preguntó por el simple placer de seguir escuchándolo hablar, de seguir sintiendo sus palabras contra la piel. Quizás también para que le explicase por qué ese «antes» se había terminado y cuál sería el camino de regreso.

—Antes. Cuando todavía no era un serio y aburrido heredero al trono.

Victoria dejó escapar una exhalación divertida y la mano de Johann se escurrió dentro de la suya. Se la llevó a los labios y sus ojos se encontraron y no se soltaron lo que duró aquel dilatado beso. Después, la vista de Johann recorrió su rostro y sus clavículas y descendió por su escote antes de regresar a su cara.

—Esta noche te has propuesto robarles a las estrellas todo el protagonismo. —La hizo girar para que describiera una vuelta bajo el firmamento que se abría solo para ellos y las sombras que desprendía el candelabro se columpiaron en sus faldas.

La condujo de vuelta a la mesa, donde tomó asiento enfrente tras retirarle la silla.

—¿No esperamos a la duquesa? —recordó Victoria.

A Johann se le escapó una sonrisa; ambos eran conscientes de que allí tan solo había dos juegos de cubiertos preparados.

—Se encuentra indispuesta. Un percance de última hora.

—Qué lástima. —Dos criados bien acompasados les sirvieron el primer plato y retiraron la campana de plata que lo cubría—. Confío en que se recupere pronto. ·

—Descuida.

La noche oscurecía el marrón de los ojos de Johann hasta tornarlos negros. Se le antojaron dos abismos tan insondables como irresistibles mientras se seguían el juego.

¿Por qué estamos aquí?, quiso preguntar. ¿Era una cita? Lo parecía.

Johann también se lo preguntaba. Por qué la negativa de Victoria a plegarse a sus deseos lo había enfurecido y obsesionado. Por qué había salido de la cama movido por la imperiosa necesidad de verla, escudándose en que lo único que buscaba era exigirle su obediencia. Por qué al encontrarla con Søren no había sonreído satisfecho, sino que sus planes viraron y la invitó a cenar.

Para convencerla, se decía. *Para retomar nuestra amistad.*

Sin embargo, aquellas respuestas venían envueltas en un eco falso y afilado. Porque anhelaba con desesperación quitarse la corona al menos por una noche y poner por encima sus deseos a las necesidades del reino.

Como eran interrogantes peligrosos, se ocuparon con otros temas más sencillos y triviales y dejaron de lado la corona y el acuerdo matrimonial pendiente. Por una noche, serían tan solo una dama y un caballero charlando.

Y gustándose.

Porque, conforme avanzaba la velada, Victoria notó cómo su tono se modulaba, su risa sonaba ligera y sus pestañas aleteaban. Estaba coqueteando. Su cuerpo y sus palabras lo hacían por ella sin necesidad de que su razón les diese permiso.

Los gestos de Johann también lo delataban. Se inclinaba hacia delante para acortar la distancia que los separaba. Con cada trago, volvía a devorar sus hombros y su escote por encima del borde de su copa. Entonces sonreía de medio lado y se mordía el labio. Se tocaba el pelo rubio mientras fanfarroneaba de su experiencia en el ejército y las cualidades de su caballo.

Tonta, tonta, tonta, le repetía su cerebro. Pero sus latidos resonaban más fuerte. Demasiados años soñando con un momento como aquel. Johann estaba ahí. Para ella. Y la contemplaba como un niño que sigue embelesado los movimientos de un mago.

Y eso la hacía sentirse poderosa y deseada, confiada en que ganaría esa batalla, en que lograría mostrarle el valor de cuanto tenía delante de las narices y él recordaría sus verdaderos sentimientos. Esos por los que le pidió que lo esperase lleno de desesperación. Sabía que ese Johann seguía ahí. Tan solo necesitaba ayudarle a salir.

De postre les sirvieron rollitos de canela recién horneados. Su olor tentaba incluso al estómago más saciado y Victoria se comió uno con gusto. Se le escapó un gemidito al notar su sabor caliente en la boca. Había bajado los párpados. Cuando los levantó, se topó con los ojos de Johann. Oscuros, hambrientos. Sus pupilas se dilataron para atrapar la forma en la que Victoria se lamió el regusto a mantequilla azucarada de los dedos. Tragó saliva, muy serio. Su manera de mirarla le disparó el pulso y le produjo un cosquilleo expectante.

El príncipe realizó un gesto para despedir al servicio, que se marchó con presteza tras una reverencia. Una vez solos, le ofreció la mano para invitarla a levantarse y la condujo hasta un rincón de estilo árabe con elegantes alfombras y mullidos cojines sobre los que tumbarse para contemplar las estrellas. El candelabro quedó en la mesa. Un faro lejano que tornaba ambarina la oscuridad que los rodeaba.

Por un instante, Victoria se puso nerviosa. Estaba a solas con un hombre, de noche, en mitad de sus frondosos y vastos jardines, y ella nunca había llevado un vestido tan atrevido. Se palpó los hombros. Se había dejado el chal en la mesa y se sintió expuesta. Ingrid la habría reprendido, escandalizada. Después se dijo que se trataba de Johann, que confiaba en él y no querría marcharse de su lado bajo ninguna circunstancia. Así que le sonrió cuando le ofreció una copa y se la llenó del champán que aguardaba en una cubitera.

—Mi padre mandó construir este lugar para mi madre —comentó Johann sirviéndose su propia copa antes de acomodarse a su lado. Dio un trago y rio—. Y luego oí cuchichear a una doncella que fue aquí donde me concibieron.

Victoria probó la bebida para camuflar su rubor al pensar en concebir principitos. Otro trago para el rubor todavía mayor al reconocerse que mal plan no le parecía. La voz de su conciencia sonó similar a la de Ingrid para recordarle que las cosas debían llevar su correcto y marital orden.

Johann alzó su copa hacia ella para brindar juntos.

—Champán de Aquitania. El mejor que puedas probar.

Victoria rio.

—Puros españoles, champán francés... Para ser nuestro futuro soberano, no tienes en mucha estima el producto nacional.

—Bueno, las ostras eran de estas mismas costas. —Se defendió con una sonrisa—. Y tú. —La sonrisa se transformó. Sus ojos volvieron a perderse en el trazado de sus clavículas desnudas. Su tono descendió—. Tú también eres de aquí.

—Pero a mí no me has probado esta noche.

Sí, estaba decidida a apostar. Porque iba a ganar.

Johann bajó el rostro. Silencio. Vació su copa y se sacó un puro del bolsillo interior de la chaqueta. Así tendría algo con lo que ocupar las manos y la atención.

Pero ella no iba permitirle escabullirse con tanta facilidad. Verlo azorado estimulaba su valentía. Se acercó un poco más.

—Aunque una vez me besaste.

El fósforo prendió e iluminó las burbujas de oro líquido que sostenía Victoria, a juego con los adornos de su vestido.

Él no la miró. Asintió con las orejas coloradas.

—Espero que puedas perdonar mi insolencia. Era solo un chaval.

Se llevó el cigarro a la boca, pero Victoria lo interceptó antes de que llegase a rozarla. Entonces sí, Johann elevó los ojos para enfrentarla, con los rostros apenas separados por el parpadeo fugaz de una estrella en lo alto.

—A mí me gustaba ese chaval —confesó antes de ocupar con la suya esa boca que había quedado a la espera.

Los labios de Johann sabían a champán. Victoria empapó los suyos en su regusto húmedo y el gemido gutural que él exhaló antes de apretarla contra sí y devolverle el beso le reverberó en el vientre.

—Lo único que no te perdono es que no volvieras a hacerlo —susurró sin aliento.

Él asintió, se movió para acomodarla en su regazo, enredó los dedos en su peinado y compensó aquella falta atrapando su boca con la brusquedad de quien da su primera bocanada de aire en mucho tiempo.

—Victoria. Victoria —gimió contra su cuello cuando también lo regó de besos desesperados. Ella ladeó la cabeza con los ojos cerrados y él tomó entre los dientes el lóbulo de su oreja y trazó la línea de su mandíbula con los labios antes de regresar a su boca—. Victoria. —La plegaria y el lamento de aquel tortuoso penitente que al fin arribaba a tierra santa. Dispuesto a conquistarla, a juzgar por cómo sus manos la aferraban y la exigencia de sus besos ansiosos.

Se separaron un instante. Se miraron. La conciencia de lo que estaban haciendo los azotó y se rieron tontamente antes de apartarse, ruborizados. Victoria volvió a sentarse a su lado. Sus hombros se rozaban. Sus respiraciones agitadas llenaban el silencio.

Él le tomó la mano, le acarició el dorso con el pulgar y después la besó. Ella le sonrió.

—Victoria, Victoria. —Meneó la cabeza, vencido a sus pies. Sus ojos la alabaron al observarla, brillantes y extasiados—. Dios no te privó de nada al crear dama tan bella y rica.

—Bueno… —Una carcajada tensa—. Lo de rica no lo dejó bien atado. —Por más que intentase no pensar en la posibilidad de que un pariente desconocido la despojase de todo cuanto poseía, era una preocupación que no la abandonaba. Un zumbido molesto tras la oreja y una opresión en el pecho. No solo su futuro, sino también el de su hermana peligraban.

—¿Y eso, golondrina?

—Ya sabes… —Desvió la vista a sus faldas y fingió alisárselas—. Hilos sueltos. Uno en concreto.

Johann meditó durante unos segundos antes de asentir.

—No estás casada —comprendió. Porque el mundo no funcionaba igual para hombres y mujeres.

Victoria asintió y el trago de champán le supo amargo. Después lo miró de aquella forma que avivaba el fuego entre ellos.

—Tal vez su alteza pudiera ayudarme con ese detalle.

—Sí. —Él ya se lanzaba de nuevo a por sus labios y las constelaciones volvieron a bailar al ritmo de sus besos desatados. ·

Victoria quedó tendida y la boca de Johann volvió a trazar el sinuoso perfil de su cuello.

—Victoria. Mi Victoria —murmuraba febril, aspirando su olor—. Mi Victoria.

Y siguió descendiendo por su escote hasta el nacimiento de sus pechos. Ella soltó un jadeo y, aunque su cuerpo tan solo le pedía aflojarse las ropas y rogarle que siguiera tomando cada centímetro de su piel, se forzó a apartarlo con suavidad.

—Johann… —Se mordió los labios, hinchados por sus caricias—. Soy una dama respetable.

—Sí, por supuesto, por supuesto. —Se quitó de encima, se recolocó la camisa y tomó un par de inspiraciones profundas para recuperar la compostura. Después le tendió la mano—. Permíteme que te acompañe a tu alcoba.

Ella se encogió con una sonrisa.

—Con mucho gusto.

Cruzaron los jardines regados por la luna agarrados de la mano, sin hacer ruido para no ser descubiertos, compartiendo aquella última travesura entre miradas y sonrisas cómplices en las que brillaba el firmamento entero. Cuando se encogió con un escalofrío, él le puso su chaqueta sobre los hombros y Victoria sintió que la felicidad estaba tejida con su calidez y su olor.

Johann, su Johann, su amor, había vuelto. Merecía la pena perdonarle que hubiese estado algo confuso. Comprensible con tanto estrés y responsabilidades sobre sus hombros.

La condujo por una puerta del servicio para que nadie los viera y ella rio como una niña. Sus últimos besos los compartieron sobre aquella escalera estrecha que no dejaba de crujir y unía las dependencias de los criados con el ala de los dormitorios.

Al dejarla en su puerta, Johann se despidió con un casto beso en la mano y una mirada que prometía regresar a por más. Porque sus ganas de continuar besándose eran compartidas.

Victoria se dejó caer en la cama envuelta aún en su chaqueta. Se mordió los labios, llena de nervios, de mariposas y de expectación. Suspiró y su corazón brilló. Porque ella le había hablado de matrimonio y él había dicho «sí».

Y con ese pensamiento y su olor abrazándola se quedó dormida.

De moscas, perros
y hombres

La despertaron unos toques en la puerta.

Victoria parpadeó. La luz inundaba la habitación. La chaqueta con la que se arropaba y su propia piel olían a Johann. Sonrió y se acarició los labios, buscando la huella de los besos compartidos.

Volvieron a llamar.

—¿Señorita Holstein?

Se metió con rapidez bajo las sábanas para ocultar su vestido de fiesta.

—Adelante.

Una doncella entró con la bandeja del desayuno.

—El príncipe quiere verla en su despacho cuando esté lista —anunció—. ¿Desea que la atienda?

Victoria, que apenas pudo contenerse para no salir corriendo, supo que no sería capaz de permanecer sentada al tocador mientras la aseaban.

—Tranquila. No será necesario. Puedes retirarte.

Se despidió con una inclinación y la dejó sola con el latido de su corazón. Soltó un gritito, poniéndose en pie. Johann la citaba en su despacho.

Ella le había hablado de matrimonio y él había dicho «sí».

Era el momento de zanjarlo. Esta vez no le fallaría. Sus besos se lo habían prometido. Confiaba en el ardor de sus labios. Ese fuego no podía fingirse ni ignorarse.

Quiso obligarse a tomar algo, pero tenía el estómago cerrado por los nervios, así que obvió el desayuno y se miró en el espejo. La criada había traído también un aguamanil y Victoria lo vertió en la palangana para lavarse la cara. Después se pellizcó las mejillas para darse color y se arregló el peinado con prisas. Por suerte, apenas se había movido durante la noche y no necesitó más que recolocar algunas horquillas. A pesar de las ojeras después de dos días seguidos trasnochando, sus ojos brillaban con el azul pálido de un cielo de invierno despejado. Viendo la alegría que reflejaban, se dijo que estaba preciosa. Él sabría apreciarlo.

Dudó si cambiarse el vestido. Al recordar cómo la vista de Johann había devorado sus hombros y sus pechos apretados por el corsé, decidió dejárselo. Él lo había elegido para ella. Negras alas de golondrina y el dorado de las estrellas. Tan alto como la primera quería volar y tan bonita como las segundas parecerle.

Se recolocó las faldas y el escote y se puso el chal a juego por encima para no ir tan descubierta.

Un último vistazo al espejo. No estaba perfecta. Su aspecto era algo apresurado, pero también exultante de felicidad. Seguro que Johann se encontraría igual, nervioso y expectante. Esa niña que lo amó sin reservas y todavía habitaba en ella fantaseó con que tal vez incluso se hubiese levantado temprano para recorrer el ducado en busca del anillo ideal y se preguntó si se habría detenido a recoger flores para ella en la linde de los caminos. Un ramillete de falsas ortigas color lila o tal vez unas celidonias tan cálidas como el sol. Sin extravagancias, sencillas habitantes de su hogar dispuestas a desafiar el frío de finales de febrero. Bravas en su belleza invernal. Le recordaban un poco a sí misma, sobreviviendo al borde del acantilado.

No quiso hacerle esperar más y salió del cuarto. El corazón le martilleaba.

Ella le había hablado de matrimonio y él había dicho «sí». Entre millones de besos, caricias y constelaciones.

Se anunció con dos toques y Johann le dio paso.

La aguardaba sentado tras su escritorio. Sí que había tenido tiempo de arreglarse y lucir el aspecto pulcro y serio de un príncipe atendiendo asuntos oficiales.

—Victoria.

Su nombre ya no sonó como la ardorosa plegaria de un corazón desesperado, sino a distante saludo formal. Su mirada le confirmó que el tiempo de los besos había pasado. Sus «golondrina» huidos por la ventana. ¿Volverían, como en aquel poema que una vez le dedicó?

Johann frunció el ceño tras estudiarla y Victoria se cerró el chal todavía más. Bajo su severo escrutinio se sintió inapropiada y fuera de lugar. No era esa la apariencia que Johann esperaba de ella. Había pedido encontrarse con Victoria Holstein, señorita recatada y formal. Obediente. No con una jovenzuela alocada. Se encogió, pequeña y avergonzada.

Él se reclinó en su asiento y empujó un documento sobre la mesa. Victoria se acercó con el corazón detenido.

—¿Una carta?

Un sobre cerrado. No quería conocer qué ocultaba. Últimamente no le traían nada bueno.

Johann asintió y sus siguientes palabras apuñalaron su confianza por la espalda:

—Para Christian Lars von Holstein, en Elsinor.

Un latigazo frío recorriendo su espalda.

—¿Qué? —Apenas le salió la voz.

—Ya sabes… Un hilo suelto. El único en concreto por el que una rica heredera soltera podría sentirse amenazada.

Se preguntó si, al hundirse en el lago, su madre había sentido algo parecido a las cuchillas congeladas que le desgarraban la carne en aquel momento.

No pudo hablar.

—Mis funcionarios han sido diligentes cotejando registros y genealogías desde la madrugada. —Johann tamborileó los dedos contra la madera—. Imagino el regocijo del señor von Holstein al enterarse de la suculenta herencia que le corresponde. ¿Cuánto crees que tardará en presentarse a las puertas de tu querida mansión para reclamarla? Una fortuna así da alas a cualquier hombre.

Victoria era incapaz de pensar. Tan solo se veía a sí misma en bucle dejándole entrever un poco de su preocupación entre caricias y champán.

«Hilos sueltos».

«Uno en concreto».

A su amigo, a su amor. Para no sentirse tan sola, para ahuyentar el miedo, para permitirse un segundo de debilidad en el que ser arropada.

Yo se lo dije. Las lágrimas le oprimían aquella garganta traidora que había dado voz a su secreto.

El azul de sus ojos, hielo a punto de quebrarse, lo escudriñaba. *¿Por qué? ¿Por qué?*

El marrón de los suyos, aquel que solo unas horas atrás había ardido mientras la adoraba, callaba.

«Jamás confíes en la promesa de un hombre».

¿Cuánto había sufrido Ingrid para hablar con semejante amargura? ¿Cuántos tragos de champán entre estrellas seguidos de la decepción más absoluta?

—Tu madrastra, tu dulce hermana y tú. Sin nada. —Se frotó el mentón, pensativo—. Margrethe andaba a la caza de marido, ¿no? Me temo que en la calle, sin joyas ni bonitos vestidos prestados, le resultará algo complicado. Pobre muchacha. Tan joven y risueña… —Suspiró con lástima.

Victoria apretó los puños y consiguió que su voz tuviera el aplomo que a ella le faltaba:

—¿Cuál es el precio?

—Te casarás con el capitán Andersen. Tal y como ordené. —Su sonrisa no fue alegre, tan solo una mueca—. Y olvidaremos este pequeño asunto.

Metió la carta en un cajón.

—¿Todavía quieres que me case con el capitán? —Las lágrimas que acudían a sus ojos hicieron temblar sus palabras.

Por cada beso con el que Johann había marcado su piel, un *No lo entiendo* acuchillaba su mente y su corazón.

No lo entiendo. No lo entiendo. No lo entiendo.

—¿Es por esa princesa sueca? —Odió sonar tan desvalida, tan rota, como si acabara de postrarse a sus pies para suplicarle.

A Victoria Holstein le habían arrebatado la herencia, el amor y el orgullo. Solo le quedaba un desgarro preñado de vergüenza.

«Muéstrale a un hombre tus sentimientos y solo habrás conseguido humillarte». Ingrid de nuevo.

Humillada era como se sentía al recordar sus sueños y su comportamiento. Sucia en cada centímetro de piel que le había entregado y en cada beso que le permitió. Ridícula en aquel despacho con ese estúpido vestido que le apretaba los pechos y apenas le permitía respirar. Ridícula con sus ojeras y su peinado rehecho sobre la marcha, vestida de oro para creerse una estrella frente a alguien para quien solo era una mota de polvo que barrer bajo su alfombra de importación. Como el tabaco, el champán y la esposa que ambicionaba.

«Los hombres son como los perros: solo responden al desprecio».

Sí, Johann era un perro, por eso sus palabras mordían. También su indiferencia al contestar:

—Sí y no. Es por el reino.

—Y yo no soy nadie para él. Tienes en esa carta el poder de demostrármelo.

—Puedes no ser nadie o puedes serle útil. Tú eliges.

«Útil». Eso era cuanto ella valía para Johann. El entretenimiento de una noche. Un despojo de su pasado.

A pesar de tener la evidencia abofeteándola en la cara, no quería creerlo. Dio un paso al frente. El último de aquella funambulista que se había quedado sin alambre y sin red. Tan solo vacío al que caer.

—¿De verdad quieres que me case con otro? —De nuevo, sonó a súplica y a derrota.

Johann resopló exasperado. Sus ojos la reprendieron.

—Somos adultos, Victoria.

Por eso él sabía qué era lo que más le convenía. La noche anterior, tan solo una prórroga antes de regresar a la realidad. La despedida de un niño caprichoso que debía dejar atrás. Así que camufló su escozor de enfado, de la rabia que le provocaba no ser capaz de librarse de esa quemazón ni de la molesta presencia que la avivaba. Le dedicó una última mirada autoritaria y palmeó el cajón en el que guardaba la carta.

—No me gusta que se me desobedezca. No volveré a repetírtelo.

Ella aún tuvo la osadía de sostenerle la mirada. Dolor vestido con coraza de hielo.

—Puede retirarse, señorita Holstein. —La despidió con un gesto, y Victoria se sintió tan insignificante como una mosca que Johann apartara agitando la mano.

Y, tan silenciosa como una mosca, se marchó.

CUANDO EL HIELO SE QUIEBRA

Permanecer un segundo más en palacio habría resultado bochornoso. Así que huyó con lo puesto y sin despedirse de un lugar donde no se la quería. Igual que el día anterior había huido de su propio hogar. Victoria Holstein comenzaba a quedarse sin refugios a los que acudir.

Le dolían la espalda y el pecho oprimido y ya no había nadie para quien fingirse hermosa ni recatada, por lo que sus dedos fueron desanudándose el vestido bajo el chal según descendía las escaleras. Volver a respirar no alivió su malestar ni se llevó sus ganas de llorar.

Conforme las lazadas se soltaban, sintió que ella misma se deshacía en jirones. Trozos de su ser que iba dejando atrás con cada paso.

Si mamá se llevó un pedazo de su alma y otro Hans, Johann le había arrebatado el último. Ya no le quedaba nada. Hueca.

—¿Victoria?

Despegó la vista del suelo y parpadeó para recordarse que seguía en el mundo. El capitán, uniformado y con pintas de andar con prisa, la miraba sorprendido.

—¿Se encuentra bien? —Sus ojos repararon primero en su aspecto demacrado; después la estudiaron mejor y su expresión mudó. De la preocupación a la reserva. Alzó una ceja—. ¿Ha pasado la noche aquí?

«¿Con el príncipe?». No lo dijo, pero los dos lo oyeron. Se quedó flotando en el aire como una acusación, porque Victoria sabía lo que veía: un atrevido vestido de fiesta arrugado y con los lazos sueltos, un peinado deshecho, la huella del maquillaje sobre unos ojos que no habían dormido mucho. En definitiva: una mujer sin honor ni vergüenza.

Por eso su tono fue frío cuando giró sobre sus talones y le hizo una seña ordenándole seguirlo.

—La acercaré a casa.

«El juguete usado del príncipe», le escupieron las líneas tensas de su espalda. Para qué negarlo si era así como se sentía.

—No hace falta. Me valgo sola para caminar —replicó, airada porque fuese él precisamente quien la descubriese en su momento de mayor humillación. El capitán Andersen, siempre tan oportuno testigo de su desgracia. Todos sus males habían comenzado con su llegada y su presencia transformaba su dolor en rabia.

Él se detuvo y la observó con incredulidad.

—Cruzar el pueblo de punta a punta, ¿quiere decir? ¿Así? —También parecía enfadado. La señaló y ella apretó los puños y se mordió los carrillos, escocida—. ¿Cuánto cree que tardará todo el ducado en enterarse?

De su aspecto. De que la señorita Holstein no había dormido en casa ni venía de acompañar a la duquesa, precisamente.

Rumores prendiendo como un rayo caído en mitad del bosque. Su reputación convertida en cenizas.

Su orgullo quiso alzar la barbilla y gritar que le daba igual. Que su propia gente la repudiara, ¡de acuerdo! ¿Qué importaba ya? Pero su cabeza le recordó que arrastraría consigo a su hermana y sus aspiraciones de encontrar marido.

Aceptó con un asentimiento sin mirarlo, derrotada, y fue tras él hasta su yegua. Deseó apartarlo de un furioso manotazo cuando la agarró por las caderas para auparla, pero con aquel vestido no habría podido hacerlo sola. Así que dejó que la sentase sobre la grupa como a una niña desvalida. Una humillación más. Søren montó delante con agilidad.

—Se caerá si no se agarra —avisó, dado que ella rehuía su contacto, tiesa y orgullosa.

Volvía a tener razón, y Victoria se apretó contra su espalda al sentir que se desequilibraba cuando él agitó las riendas sin concederle tiempo para rechistar.

Cerró los párpados para negarse que aquello estuviera ocurriendo, para no ver pasar el paisaje, las sendas secundarias que él tomaba para ocultar la falta de la señorita Holstein a sus vecinos. ¿Era el mismo rodeo que describió la carreta al llevarle a su hermano de vuelta, oculto de miradas indiscretas?

Cuando llegaron, una mancha salada empapaba la chaqueta del uniforme del capitán allí donde la mejilla de Victoria se apoyaba. Imposible que no la notara, igual que los espasmos del llanto que la habían sacudido, pero él no dijo nada y ella se secó las lágrimas con rapidez antes de que Søren desmontara y le ofreciese la mano para ayudarla a bajar.

Ella se sorbió la nariz. Él fingió no ver sus ojos rojos.

La había conducido hasta la puerta trasera de la propiedad. La puerta para no ser vistos. La puerta de los ajusticiados. La puerta de la vergüenza. Desembarco de cadáveres y rameras.

Se aferró a su chal como si fuese la última tabla en mitad de un naufragio mientras Søren introducía un palo entre las rendijas de la valla para trastear con el cerrojo hasta que consiguió abrirlo.

—¿Una habilidad de su noble formación militar?

Él sonrió.

—No. Esto lo aprendí por mi cuenta. Allí donde me crie.

Los mastines llegaban a la carrera entre ladridos y Victoria se agachó para corresponder a su saludo. Al abrazarlos estuvo a punto de romperse. Hannah y Trasgo no la juzgaban entonces y no lo harían nunca. Aquel era todo el amor que le quedaba.

Las lágrimas manaron y Trasgo le lamió la mejilla para atraparlas. Victoria lloró más fuerte.

Ya no puedo más.

Con los párpados apretados, vio a mamá hundirse en el lago. Una mueca de horror en su rostro, el hielo roto bajo sus pies.

Vio a papá tendido bocabajo a la deriva entre los restos de un naufragio.

Vio a Hans sonriendo como un niño con una flor escarlata brotando de su pecho.

Vio a Johann besarla y después mostrarle la carta que contenía su sentencia y su traición.

Oyó un disparo. Su eco jamás terminaba.

No puedo más.

Sus hombros se sacudieron, abrazada a sus fieles guardianes. Su debilidad al descubierto.

No puedo más.

Estaba harta de aguantar.

Un trueno partió el cielo. El bosque se estremeció.

Victoria lo oyó desde muy lejos, desde las profundidades de un lago congelado.

Después levantó la vista hacia su hogar. El cariño de un par de perros y una vieja mansión plagada de fantasmas de los que no quería desprenderse. Eso era cuanto poseía. Enraizada a aquella tierra desde que su madre y su hermano la habitaban. Desde que de niña aprendió a confundir el latido del bosque con el suyo. Lo temía y lo amaba por igual.

No podía perderlo también. No tenía elección. Con su destino iban unidos el de Ingrid y su hermana.

—Capitán.

—¿Sí? —Søren montaba de nuevo, dispuesto a marcharse. Oteaba el horizonte, preguntándose de dónde habían salido los nubarrones que cercaban el cielo si la mañana había amanecido despejada.

Victoria no se volvió a mirarlo. Tragó saliva.

—Dígale a su alteza que acepto. —En el último segundo se giró, recuperando algo de su habitual determinación—. Pero modificará la ruta de la nueva línea de ferrocarril para respetar los campos de cultivo y los pastos.

Truena

—Hay un nuevo desaparecido. —El capitán Andersen se plantó frente al escritorio del príncipe con la lluvia columpiándose en sus rizos—. Peder Nyerup.

Johann se tomó unos segundos para pensar y después regresó a los planos que estaba estudiando.

—No me suena. —Los nombres sin influencia no le interesaban demasiado.

—Luchó por el ducado en su juventud. —Y se encontraba entre los integrantes de la reunión a la que la señorita Holstein había acudido. Aquella era la última ocasión en la que fue visto—. Pescador de profesión. Según los testigos interrogados suele dormir en su barca y bajo el pórtico de la iglesia cuando llueve.

Johann alzó la vista.

—Søren, ¿me estás hablando de un borracho?

—Ha habido comentarios sobre su alcoholismo, sí. También sobre que tocaba la armónica como nadie. —Se vio en la necesidad de compensar la balanza.

—Ya. ¿Y has creído conveniente venir a informarme de que se ha perdido un borracho?

—Dados los sucesos previos y que tanto la iglesia como el fiordo son lugares comunes en ambos relatos, sí.

Johann miró por la ventana. El cielo tronaba y las nubes fagocitaban la luz. La tempestad había llegado con rapidez y sin avisar. Y él que había pensado salir a montar a caballo... Resopló para sus adentros.

—Vuelve cuando tengas un cadáver que traerme. O al asesino. Tal vez hasta lo felicite por limpiar mi reino de vagabundos sin provecho.

Søren apretó la mandíbula.

—Timy no era un vagabundo.

—¿Quién?

—El niño.

—Bueno, tampoco es que tuviese un hogar, que digamos.

—Tal vez su príncipe debería haberse encargado de procurárselo. No es justo afirmar que alguien no es nadie sin haberle ofrecido antes la oportunidad de serlo.

Su tono hizo que Johann parpadease. Su gesto fue lo más parecido al arrepentimiento que un príncipe podía mostrar.

—Søren, yo... No he querido insinuar... Ya sabes.

No gozaba de demasiada experiencia pidiendo disculpas y su amigo no quiso escucharlas.

—La señorita Holstein me ha pedido que le comunique que acepta. —Cambió de tema con rostro impasible, dispuesto a demostrar que nada afectaba al capitán. El temporal dificultaría las misiones de búsqueda y borraría rastros y huellas. Mejor ponerse en marcha cuanto antes—. Pero que la nueva línea de ferrocarril deberá respetar los campos de cultivo.

Johann soltó una carcajada.

—Victoria Holstein, peleona hasta el final. —La sonrisa divertida, la mirada brillante de admiración—. Está bien, de acuerdo. Así se hará. —Arrugó el plano que tenía sobre el escritorio y lo lanzó a la papelera—. Victoria Holstein —repitió para sí, meneando la cabeza.

Sería una buena reina.

Lástima que solo se tratase de una niña rica sin alcurnia.

«¿Los Holstein son nobles como nosotros?», le había preguntado de pequeño a su madre.

«No. Los Holstein son guardianes».

«¿Guardianes de qué?».

La joven duquesa se encogió de hombros.

«Es lo que decía mi padre. Guardianes de la niebla».

Se puso serio y sus ojos se enfriaron. Observó al hombre que tenía frente a sí.

—Felicidades, vas a casarte con toda una belleza danesa. —La breve sonrisa que le dedicó antes de regresar a sus documentos no fue cálida. Los dientes le rechinaron. ¿Podía un príncipe envidiar la suerte de nacer sin corona?

«Cásate conmigo». Esa misma noche había deseado aporrear la puerta tras la que acababa de dejarla descansando para gritárselo, para suplicárselo arrodillado. «Cásate conmigo ahora mismo».

Antes de que la cordura regresara. Antes de que recordara el rostro de su abuelo recibiendo al nieto criado en el campo y preguntándose si estaría a la altura de sus expectativas. Las suyas. Las de toda la chismosa corte. Las del reino entero.

Muchos creían que era un paleto de la campiña, que no sabría reinar ni tomar las decisiones adecuadas. Y casarse con Victoria no era una de ellas.

—Imagino que nunca soñaste con apuntar tan alto. Necesitarás que te deje un traje, claro. —Jamás un ofrecimiento de ayuda sonó tan pretendidamente ofensivo.

—Sabré apañármelas. —Una inclinación y Søren se dispuso a abandonar el despacho, que se había llenado de sombras en aquella mañana convertida en noche.

—Espero que sea mejor que el que llevaste al baile.

Aquel comentario y el bufido burlón que lo siguió detuvieron al capitán con la mano en el pomo. Le dedicó un vistazo triste a aquel que había sido su hermano mientras compartían raciones de comida y marchaban bajo las estrellas por caminos polvorientos.

—Johann. —La confianza de llamarlo por su nombre para apelar a la camaradería que los unía—. ¿Estás seguro de que es conmigo con quien quieres que se case Victoria?

Él no se quitó la máscara de príncipe adusto y ocupado y no le permitió continuar al dar un manotazo contra la mesa.

—Victoria Holstein no es nadie —zanjó el asunto con rabia y severidad.

Aquel era el mantra que se repetía.

—Para no ser nadie, le ocasiona muchos desvelos a su alteza.

—Tan solo porque no pienso tolerar desacato ni insulto alguno a mi autoridad. Espero que haya quedado claro —le advirtió su mirada.

Sus palabras lo despedían. Søren asintió.

—Me gustaba más cuando estábamos en el frente.

Al recordarlo, el príncipe sonrió, su ceño se destensó y, por un momento, volvió a ser el Johann que había conocido entre tiendas de campaña y hogueras al raso.

—Lo dices porque allí lo único tan infinito como la tierra a nuestros pies era el vino.

—Y la amistad. También la amistad.

Un rayo le contestó.

Flores marchitas

Rodeada por la bruma, con la que su aliento se confundía, no había más que blanco a su alrededor. El hielo crujió bajo sus pies y Victoria reconoció dónde estaba. Antes o después, sus pasos siempre la conducían allí, ya fuese en sueños o despierta.

Por más que lo intentes, no puedes resistirte a mí. La escarcha sonreía afilada.

La brisa sonaba. Transportaba el eco de una melodía. Una voz. Como si del lago naciese una canción a cuyo son no pudiese evitar bailar.

Una barca surcó la niebla sobre el lago, sin remos ni viento. En su interior, un hombre con una desgastada gorra de marinero y cabello cano tocaba la armónica. Una popular tonadilla infantil que los muchachos del pueblo repetían mientras saltaban a la cuerda.

—¿Peder?

Lo conocía; comprarle pescado se había convertido en un acto de caridad. Pero él no la miró, feliz y abstraído en su trayecto. La bruma se lo tragó.

Un golpe de aire y su gorra cayó a los pies de Victoria. Triste y hueca sin la cabeza que solía portarla. Se estremeció.

—¿Peder?

No hubo respuesta. Quiso avanzar, pero su cuerpo no se movió.

Dibujada en la niebla, se vio a sí misma rota de dolor al regresar aquella mañana a su mansión. Se quebraba entre gemidos mientras lloraba. Sintió lástima y quiso abrazarse.

No puedo más. Se oyó como un disparo que le atravesó los pensamientos y el corazón.

Ven, contestó el lago. El hielo vibró. *Ven, mi niña.* Dulce voz que le prometía consuelo.

Se secó las lágrimas que no era consciente de estar derramando y miró al frente.

No puedes resistirte.

El frío siempre fue buen remedio para el dolor.

Victoria. Había algo familiar en sus palabras que la reconfortaba. Ya había oído antes esa voz. *Tráeme tu maltrecho corazón. Yo lo cuidaré. Los hombres no saben amar.*

Caminó hacia la niebla. Un paso. Dos.

Suicida. Sin ser invitada, la acusación de Ingrid irrumpió en su mente. Opaca y real. Su ceño fruncido. Sus brazos cruzados. *¿Tú también la seguirás?*

Ingrid olía a comida cocinándose en la olla, a costura frente al fuego. A su hogar. En comparación, todo lo demás pareció mero espejismo translúcido. Ingrid era calidez, enemiga del hielo. Por eso la bruma siseó y la llamó con más fuerza.

Victoria giró, confundida entre la lumbre anaranjada y el frío azul.

Una melodiosa risa captó su atención.

¿Mamá?

La neblina se abrió. Allí estaba ella, esperándola en el centro del lago, vestida con etéreos velos de escarcha, coronada como una reina. Su belleza inmarcesible, tal y como la recordaba.

Mi niña, le sonrió.

Y Victoria echó a correr a su encuentro.

—¡Mamá!

Al pasar por su lado, Ingrid gritó y la golpeó.

Victoria abrió los ojos con un sobresalto. Miró a su alrededor, desubicada. Todo estaba oscuro. El frío persistía. También la humedad bajo sus pies. Un rayo partió el cielo y ella parpadeó.

En camisón y sin zapatos, se hallaba en la puerta principal de la mansión, a punto de cruzar el umbral e internarse bajo la tormenta que la rociaba de agua y pugnaba por colarse dentro. Se abrazó los hombros.

¿Qué hago aquí?

El viento y la lluvia bailaban en la negrura. Tronaban en sus oídos. Tras ellos le pareció escuchar una lejana voz. Una dulce canción.

—¿Mamá?

Debía seguirla. Hacia el bosque. Debía encontrarla para traerla de vuelta.

Se volvió para cerrar la puerta tras de sí, dispuesta a marcharse. Un atisbo de color le llamó la atención por el rabillo del ojo. La curiosidad la detuvo.

La melodía la reclamaba, impaciente, pero ella había descubierto algo sobre el aparador del rellano y fue hasta allí.

¿Flores?

Tomó el ramo. Falsas ortigas color lila rodeando un brillante corazón de celidonias amarillas como el·sol. Valientes moradoras de los caminos en invierno. Comenzaban a marchitarse, pero Victoria acarició sus pétalos con cuidado y sonrió. Supo que las había deseado, aunque no recordó cuándo. Tal vez en un sueño.

Estrechó sus frágiles tallos contra el pecho y cerró la puerta para resguardarlas de la tormenta. Las llevó consigo a su cuarto y, tras dejarlas sobre la almohada, se tumbó de lado para observarlas, inesperado abrazo bajo la tormenta. Sus lágrimas las regaron mientras volvía a quedarse dormida.

A la mañana siguiente, habían florecido.

El anuncio

Fuera, la tormenta parecía tan infinita como el dolor que podía llegar a padecer un alma humana. El cielo tan oscuro y embravecido como el profundo océano más allá del fiordo. Su faro, una estrella errante sin barcas a las que guiar. Una triste polilla aplastada por la inmensidad.

Tras la ventana, también el bosque se había convertido en un mar de sinuosas olas. El viento bramaba una canción salvaje entre las copas. Era el lamento de los nøkke, alejados de su húmedo hogar.

«Cuando el bosque se alce, el señor de la fortaleza caerá». Eso decía la tragedia que Hans le había contado.

Y el bosque ya despertaba. Victoria podía ver su furia. La sentía crujir, sacudirse en sus raíces.

Un trueno. Las vigas de la mansión gruñían, zarandeadas en su vejez. Un relámpago. Con el próximo fogonazo, los árboles se alzarían sobre la espalda de mil gigantes y todo sucumbiría a sus pies.

Dentro, el silencio reverenciaba a la tempestad y devoraba el leve tintineo de los cubiertos. Ingrid, Margrethe y Victoria comían. De nuevo las tres. De nuevo solas. Secuestrada cada palabra por sus fantasmas, no les quedaba nada de qué hablar. Las confesiones pesaban y ellas se habían cansado de hundirse. Las heridas sin sanar después de todo lo que se había roto. Demasiados «Lo siento» sin pronunciar.

Como siempre, el toque de color lo ponía Margrethe con su alegre vestido y sus mejillas sonrojadas sin necesidad de pintura. Soñaba despierta con el capitán, recordando con un hormigueo la velada compartida. Su humildad, sus caballerosos modales. Su mirada verde fija en ella mientras la escuchaba cantar y sus frecuentes sonrisas cuando no pudo rechazar la invitación de mamá de quedarse a cenar.

Sabía que había lucido radiante con las joyas y las ropas de la madre de Victoria. Toda una princesa de cuento. A su hermana no le gustaba que tocaran las cosas de Sophie, clausuradas en armarios cerrados con llave, pero Margrethe siempre había sufrido por el desperdicio de prendas y adornos tan hermosos y la ocasión bien merecía la pena.

Su madre la animó. Igual que a deslizar la pluma sobre el papel para enviar una invitación en nombre de otra persona sabiendo que ella no se encontraría en casa para atenderlo.

Ingrid no ambicionaba pertenencia alguna de Sophie para sí, pero no soportaba que a su hija se la privase de nada. Poseía tanta sangre de Edvard en sus venas como Victoria. Nada en el hogar de su padre debería serle negado.

Con una punzada de culpabilidad, Margrethe abandonó sus ensoñaciones sobre cuándo y cómo volvería a encontrarse con el capitán para echarle un vistazo a su hermana. No se le daba bien guardar secretos. Mejor confesar. Ella la perdonaría. Como siempre. Más aún cuando compartiese con ella su felicidad.

Pero al mirarla se quedó muda. Victoria tenía el rostro macilento y las cuencas hundidas. Si algo había admirado siempre de ella era su fortaleza, su capacidad de mostrarse tan impasible como los árboles del bosque, que el viento azotaba sin que emitieran un solo quejido. Tan dura como el hielo que habitaba su mirada y guardaba los secretos del lago. Aquel al que Margrethe tenía tanto miedo de acercarse y, sin embargo, por cuya orilla había descubierto a su hermana paseando en numerosas ocasiones, perdida en su silencio en busca de respuestas. Verla tan rota la asustó.

—¿Vi? —La voz le tembló. ¿Qué monstruo cargaría sobre su espalda? No quería verlo.

Ella alzó la vista y Margrethe se estremeció, porque sus pupilas le mostraron las arrugas de su alma cansada. Hastiadas de tanto guardar, se convertían en grietas sobre la escarcha y temió aquello que fueran a liberar cuando terminaran de quebrarse.

—Me ha contado Karen, la panadera, que esta mañana encontraron al viejo Peder muerto en el fiordo —comentó Ingrid, interrumpiendo sus pensamientos. Un tema tan sombrío como el ánimo que sobrevolaba la mansión.

—¡Oh, pobre alma! —se compadeció Margrethe con un jadeo—. Hoy lo tendré en mis oraciones para que encuentre el camino hasta nuestro Santo Padre.

Ingrid no se mostró tan indulgente:

—Era un borracho.

Victoria recordó una barca entre la niebla y una gorra a sus pies.

—¿Muerto o asesinado?

Ingrid la miró antes de contestar. ¿Con desconfianza, quizás? ¿Cómo iba Victoria a saberlo?

—Asesinado —confirmó—. Le habían arrancado el corazón.

Margrethe ahogó una exclamación. Victoria asintió. Había vuelto a ocurrir. Por eso Johann quería tomar medidas y tenía clara su jugada. Para recordarle su parte, le había llegado la invitación a su propia boda. Le quemaba en el bolsillo.

Fuera, seguía lloviendo.

Dentro, pensó que era el momento. Reconocerlo en voz alta para aceptar su ineludible verdad. Clavó la vista en el bosque. El bosque que se alzaría para devorarlos.

—Me caso.

Los cubiertos se detuvieron.

—¿Con el príncipe? —El rostro de Ingrid resplandeció de orgullo y Victoria parpadeó confundida. Casi parecía que se alegrase por ella.

Margrethe soltó un gritito entusiasmado y aplaudió.

Victoria apartó la vista y miró de nuevo por la ventana.

—No. Con el príncipe no.

—¿Con quién entonces?

—Con el capitán Andersen.

—¿El capitán? —A Margrethe le falló la voz.

—Sí. —Si Victoria no hubiese estado tan ocupada en fingir entereza, tal vez hubiese reparado en el rostro lívido de su hermana—. ¿Lo recuerdas? Estuvo en el baile.

Se hizo el silencio. Largo, pesado, en pena.

Margrethe tragó saliva. ¿Podría evitarse aquel enlace?

Al mismo tiempo, Ingrid se aclaró la garganta.

—¿Y quién te llevará al altar?

—Nadie.

—Tal vez yo…

—No. No quiero que vengáis.

No quería más testigos de su humillación.

Su madrastra apretó la mandíbula.

—Por supuesto, princesa.

ENLACE DE SANGRE
Y NIEBLA

El día de su boda, Victoria se levantó temprano y observó amanecer sobre el bosque entre la niebla bajo aquel cielo de tormenta eterna que ahogaba la presencia del sol.

Tienes la mirada de una anciana, le susurró su hermano.

Por eso hablo con fantasmas, le contestó ella.

Siempre prendida de un horizonte de nostalgia. Crees mirar al frente cuando tan solo estás viendo el pasado.

Me gustaría seguir viviendo en el pasado. Allí donde tú y mamá estabais conmigo.

Hans le tiró del mechón rizado que escapaba de su moño.

Pero las flores solo se abren en el presente, hermanita. El invierno se marcha para que pueda llegar la primavera.

Victoria le dio la espalda al balcón acristalado y a la voz que la acompañaba, de regreso a las sombras de una mansión que naufragaba. Se notó el interior de los muslos calientes y, cuando pasó la mano, sus dedos regresaron manchados de sangre. Echó cálculos y asintió. Con los últimos acontecimientos había olvidado el paso de los días.

Bien, pensó. Dejaría que empapara sus enaguas, rosa escarlata regada por su dolor, y el capitán sentiría tanto asco como ella misma se tenía al verse vendida de aquella forma y no la tomaría esa noche. Aún no podría llamarla su esposa y esa sería su pequeña y efímera venganza.

Un carruaje llegó a buscarla. Margrethe no apareció por allí, imaginó que todavía dormía, e Ingrid tan solo le dedicó una mirada desde el fondo del pasillo en penumbra antes de que las fauces oscuras de la carroza la fagocitaran. *Clac.* La portezuela se cerró. Victoria llevaba demasiado tiempo conviviendo con el sonido de un disparo como para no reconocerlo.

Atravesando el bosque aguardaba la ermita sobre la colina. Coronaba un pedregoso sendero que aquella mañana se llenó de voces festivas y alegres pisadas. Con el tiempo y el abandono, sus paredes se habían ido desmoronando. «Los nisse», respondían los aldeanos, encogiéndose de hombros. Los duendes haciendo de las suyas mientras, misteriosamente, los hogares del pueblo crecían con sillares santos. En algún momento, parte del techo de la ermita se derrumbó, la morada de Dios quedó a la vista y muchos pudieron permitirse una ampliación.

Aun así, el lugar continuaba consagrado y allí se dieron cita los invitados al enlace, bajo un claro en las nubes en cuya persistencia pocos confiaban y por el que los querubines parecían querer asomarse, derramando su gracia en largos dedos de luz ambarina que se prometían tan consistentes como el arcoíris.

Pájaro de hielo encerrado, nada podía ver Victoria del cielo y sus ángeles mientras esperaba en una capillita adyacente.

Se retorcía los dedos, nerviosa, de pie junto a un altar frente al que no pensaba postrarse, aunque dejarla caer era lo único que sus piernas querían. Doblar las rodillas, vencida.

El velo nublaba el mundo a su alrededor. Recordó las leyendas que su madre le contaba antes de dormir sobre novias raptadas por seres feéricos y deseó ser una de ellas. Desaparecer en una brisa de aire. Dejar todo atrás y danzar descalza en un círculo de setas hasta olvidar.

Marcharse. Desvanecerse. Huir.

Arrancarse del pecho el corazón para dejar de sentir.

A su alrededor olía a piedra y humedad, a cera consumida y flores marchitas. Olía a felicidad pasada. Porque fue allí donde Sophie y Edvard unieron sus almas.

Victoria se había imaginado cientos de veces ocupando su puesto. El rostro de Johann extasiado al verla ir hacia él ataviada con el vestido de novia de mamá. Después, sus brazos entrelazados camino de la salida tras jurarse amor eterno.

La realidad se parecía mucho a sus sueños: el ducado reunido en la ermita tras el bosque; ella iba de blanco y Johann irradiaba elegancia con su traje. Pero no llevaba el vestido de mamá, sino el de la duquesa, y la dirección y el orden no fueron los correctos: papá no estaba allí y el príncipe abrió la puerta para acompañarla hasta el altar, no para regresar juntos. Su mirada no le dijo lo hermosa que le parecía; tan solo fue breve y autoritaria.

Llámame golondrina una última vez, suplicó su corazón.

Pero él se había propuesto no cumplir ninguno de sus deseos.

Sus brazos se entrelazaron, no para amarse, sino para sujetarla, guiarla y entregarla a otro hombre. No buscarían juntos la salida. Su agarre se le clavaba, impidiéndole huir.

Y así avanzó la novia: pasos reticentes un segundo por detrás de los del príncipe. El viejo rosetón que vertía lágrimas de colores sobre su blanco atavío. La vista gacha, tan perdida como su mente, desconectada para ausentarse de allí.

—¿Victoria?

Parpadeó. Søren la observaba inquisitivo; pretendía descifrar su expresión bajo el velo. Habían llegado a su lado.

El oficiante le chistó, celoso defensor de su monopolio de la palabra. No se trataba del reverendo Häusser y Victoria se preguntó de dónde habría sacado Johann un pastor dispuesto a casar a aquella bruja. De la capital, imaginó. Todos sus males provenían de allí.

La ceremonia comenzó como un zumbido incomprensible que pasaba de largo sus oídos cerrados.

—Victoria, ¿estás bien? —susurró el capitán, inclinándose hacia ella.

—Søren. —Esta vez, el encargado de reprenderlo bisbiseando su nombre con dureza fue el príncipe, que continuaba flanqueando a la novia.

El religioso también le dedicó un vistazo furibundo y él se impacientó.

—¿Se me permite hablar un instante a solas con mi futura mujer?

Un murmullo sorprendido entre el público cuando, sin esperar respuesta, la agarró del brazo y la condujo fuera por una puerta lateral. Su salida ahuyentó a dos palomas, que emprendieron el vuelo hacia los acantilados.

Victoria se retiró el velo para evitar tropezar como una estúpida con piedras y ramitas, pues Søren no aflojó el ritmo hasta haberse alejado de la ermita lo suficiente como para poder conversar sin ser escuchados.

—He visto corderos camino del matadero más alegres —dijo al fin.

Victoria se abrazó los hombros, rehuyendo sus ojos, y no contestó.

El silencio se alargaba. Él resopló frustrado y se plantó frente a ella en dos pasos. Le tomó la barbilla para obligarla a levantar la vista.

—Victoria, ¿por qué estás aquí? ¿Por qué has aceptado? —Sus ojos la escrutaban. Parecía igual de enfadado que la mañana que la sacó de palacio en circunstancias tan inapropiadas.

Pues, si quería enfadarse, ella no iba a ser menos. Le respondió con una mueca obstinada y más silencio mientras cerraba los puños.

Søren soltó el aire, exasperado.

—Johann es mi amigo y me gustaría seguir pensando que no es la clase de hombre que compromete a una mujer para después obligarla a casarse con otro.

Victoria supo que «compromete» era una forma amable de decir «mancilla» y, muy posiblemente, «embaraza».

Si al final la boda se suspendía por incomparecencia del novio, nadie podría acusarla a ella de no cumplir su parte, así que se abrazó la tripa y se balanceó sobre la punta de sus pies con inocencia.

—Entiendo que no quieras cargar con un bastardo.

—Lo que no quiero es entrar ahí a amoratarle la cara y masajearle el higadillo a su alteza real delante de sus súbditos. Me temo que en esta ocasión no iban a aplaudirme entre vítores y apuestas, como en el campamento militar.

—¿Le pegaste?

A Søren se le escapó una sonrisa.

—Se estaba pasando de niñato mimado.

Victoria también sonrió.

—Espero que le zurraras bien.

—Mis postores quedaron muy complacidos con mi desempeño. Brindaron por el primer día en el que la Corona les hizo ganar dinero en lugar de quitárselo.

Consiguió arrancarle una carcajada. Después apretó los puños, porque Victoria no quería reír. Quería odiarlos a todos. Quería gritar. Arrancarse el vacío del pecho, la vergüenza de la piel, el dolor de las entrañas. Y que el mundo entero pagase por él.

Las palmas le dolían. Se estaba clavando las uñas.

Rezaba. Imploraba. Invocaba. Y no sabía a quién.

A quien pudiese calmar tanto daño lacerándola.

Un pajarito los sobrevoló y trazó círculos sobre sus cabezas. Piaba nervioso. Parecía una advertencia.

A contraluz, dueño del insondable azul del cielo, le pareció que sus alas tenían los colores del amanecer y Victoria agachó el rostro. No quería pensar en Hans.

Avanzó hacia las vistas de las hipnóticas aguas añiles del fiordo y Søren caminó hasta situarse a su espalda.

—Victoria… —No la tocó, aunque su cercanía sí lo hizo.

Se oyó un grito y ambos se giraron hacia la ermita.

Sueño de una mañana de invierno

Mientras ellos hablaban, la niebla había trepado colina arriba desde el bosque y se colaba espesa como un manto entre las oquedades del santuario. Tupido velo que todo lo borraba a su paso. Dentro se escuchó alboroto. Personas que chocaban; un banco cayó al suelo. Fuera, los novios se quedaron sin saber qué hacer, y la niebla también los cubrió.

Victoria apenas alcanzaba a ver la punta de sus dedos extendidos en busca de un asidero mientras un frío húmedo reptaba sobre su piel y se enredaba en su pelo. Diminutas manos invisibles que tiraban de ella. ¿No había pedido ser llevada? Sola y ciega en un mundo blanco, descubrió que podía sentirse atrapada en un espacio abierto.

Victoria, susurraba la bruma en sus oídos.

—¿Søren? —Una llamada de auxilio desesperada.

—Estoy aquí. —Su voz sonó firme.

—No te veo. —El pánico temblaba en su garganta. Giró sobre sí misma, desorientada.

Tanteó el aire con demente frenesí. Una mano fue al encuentro de la suya. Aliviada, Victoria se aferró a ella y unos brazos la rodearon. La sensación de mareo, de estar desvaneciéndose, desapareció cuando él la ancló a la tierra de nuevo.

—Estoy aquí. —Søren la estrechó contra sí al notar su respiración desacompasada y Victoria se dejó arropar por el tacto cálido y suave de su uniforme de gala y la seguridad de su abrazo—. Tranquila.

—No se ve nada —insistió—. Nos despeñaremos por los acantilados.

La risa de él le reverberó en el pecho.

—No vamos a caernos. Ven. Tal vez en la cima esté despejado.

Victoria no pensaba soltarse y él la guio sendero arriba con paciencia y un sentido de la orientación envidiable hasta donde el mar de nubes en el que habían naufragado se abría en deshilachados claros. Aunque seguía sin distinguir el suelo y tropezaba con los guijarros, como si la bruma se hubiese enraizado en la tierra, al menos agradeció sentir en el rostro de nuevo la escasa luz tras el cielo encapotado.

Echó un vistazo atrás y torció el gesto solo de pensar en regresar a aquella oscuridad blanca. Søren leyó su mueca.

—Esperaremos a que se disipe. Hay un refugio de montaña cerca.

Una vez más, no se equivocaba y pronto llegaron a una cabaña. Con los pies doloridos por aquellos estúpidos zapatos que le habían puesto a juego con el vestido, Victoria se sentó en el catre desvencijado que aguardaba dentro, haciéndolo crujir. Søren se acomodó en un poyete interior de no mucho mejor aspecto pegado a la ventana, desde donde vigiló el movimiento de la niebla. Un amplio tablero astillado y el sonido de sus respiraciones los separaban.

—Nuestro matrimonio ha empezado tan malogrado como el techo bajo el que pretendían casarnos —bromeó ella. Era su forma de mostrarse agradecida.

Søren sonrió y se encogió de hombros.

—Tenía buenas vistas.

—Imagino que era el lugar ideal para el mensaje que quería transmitir el príncipe de renovación en el seno de lo antiguo.

Suspiró y se preguntó si sabría o le importaría que también era el lugar que ella habría elegido, porque fue donde se casaron sus padres. Hablar de Johann le provocaba una cerrazón en la garganta y una punzada en el pecho. Tomó aire para alejarlo de sí.

—Hoy es mi cumpleaños —confesó sin levantar la vista ni el tono. ¿Otro dato que acaso él recordaría?—. Una solterona de veinticinco años.

La risa de Søren la pilló desprevenida.

—Entonces yo, que tengo veintiocho, ¿qué soy?

Victoria desdeñó su comentario con un bufido.

—Los hombres no envejecen. No mientras tengan dinero.

—Así que el 27 de febrero.

Victoria asintió.

—Entonces tú también eres una flor de invierno. —Søren se abrió la chaqueta para que viera asomar un humilde galanto en el ojal de su camisa—. La última.

—O la primera de la primavera. —Sonrió ella, recordando su discusión.

Se acercó y Søren le ofreció el galanto.

—Siento no tener más presente que este. Belleza gélida y talle altivo.

—Lo guardaste. —Acarició sus pétalos. ¿En qué momento habían comenzado a tutearse? Imaginó que compartir altar justificaba ciertas confianzas—. ¿Es el mismo?

—Sí.

—¿Cómo puede seguir fresco? —Victoria le daba vueltas entre sus dedos.

Él lo tuvo claro:

—Porque brotó de tu cabello. —Enredó el índice en uno de los rizos que escapaban de su recogido y lo deslizó hasta liberarlo.

Victoria notó que se sonrojaba y de golpe fue consciente de que estaba a solas con un hombre en medio de ninguna parte. Se alejó un par de pasos y mantuvo la vista huidiza mientras jugueteaba con la florecilla.

—No estoy embarazada, por cierto. Ni he yacido con el príncipe, a pesar de lo que pueda parecer. —Se recordó con el vestido de fiesta suelto, el pelo revuelto y el maquillaje corrido. No tenía muchos argumentos a su favor.

—Te pido perdón si mis palabras han dado a entender tal insinuación y si te he insultado. No lo pretendía. Es solo que... —Se frotó el rostro con un resoplido cansado. Sus ojos la recorrieron—. Una novia tan bonita no debería parecer tan desdichada.

Ella aceptó el cumplido con una sonrisa triste y le restó importancia con un encogimiento.

—No seré la primera ni la última.

Por un breve y sorprendente instante, pensó en Ingrid. ¿Habría lucido radiante cuando caminó hacia el altar allá, en el pequeño pueblo donde nació y Edvard la conoció y desposó durante uno de sus viajes? Nunca le había preguntado. Ni si había sido feliz después. No lo parecía.

Cayó en ello de golpe y también en que jamás le había importado.

—Sí la primera con la que yo tenga algo que ver. Me gustaría saber cómo te ha convencido el príncipe. Saber en qué estoy colaborando.

Victoria volvió a encogerse. No iba a repetir el error de revelar el talón de Aquiles de su herencia. La confianza ya le había costado cara una vez.

—¿Qué más da?

—Que sigues enamorada de él.

Aquel dardo no lo esperaba. Soltó el aire como si hubiese recibido un puñetazo y el galanto casi se le cayó.

—Yo...

Sus ojos la observaban, atentos y sagaces, y no fue capaz de negarlo, aunque lamentó resultar tan obvia en su estupidez.

—Él tiene a una princesa sueca. —Apartó la vista y se tragó las lágrimas que se agolpaban en su garganta.

—Si te sirve de consuelo, Johann tampoco parecía hoy especialmente feliz.

—¿Más o menos que cuando le pegaste?

Søren soltó una carcajada y Victoria se dejó contagiar para alejar el llanto.

—¿Sabes? Esto se parece a la comedia que una vez me representó mi hermano con guiñoles por mi cumpleaños. Era de un autor británico que él adoraba. Solía citarlo.

—¿Y qué pasaba en esa comedia? —Søren se dispuso a escuchar, inclinándose hacia delante con los codos apoyados en las rodillas.

—Pues había un bosque con niebla encantado por las hadas y dos parejas perdidas entre la maleza. ¡Y un duende! —explicó con la mirada brillante y voz emocionada, como lo habría hecho Hans, pues recordarlo conseguía en ella el mismo efecto que el arte provocaba en él—. Pero las parejas están todas mal porque nadie quiere a quien tiene que querer y es todo un lío de amores equivocados. —Sonrió al evocar las graciosas marionetas yendo de un lado para otro, entre riñas, por el bello decorado con los azules plateados del bosque dormido que su hermano había pintado con acuarelas—. Era una noche de verano bajo la luna.

Søren también sonreía, enternecido ante su inesperado entusiasmo.

—¡Y hay una planta mágica del amor! —Victoria alzó el galanto—. Las hadas se la pasan por los ojos. —Søren continuaba sentado y ella se sitúo entre sus piernas para acariciarle los párpados con sus pétalos—. Así. —Él se dejó hacer, cerrándolos con suavidad—. Y, cuando los vuelven a abrir —el capitán lo hizo, sus espesas pestañan volaron y sus ojos se alzaron hacia ella—, comprenden que —su brillo como el rocío sobre la vegetación salvaje en primavera. ¿Siempre habían sido tan luminosos e insondables?— la persona que tienen enfrente es...

Søren se incorporó y Victoria se encontró pegada a él. Su turno de elevar el rostro para observar las líneas marcadas de su mandíbula, su nariz recta, la forma en la que la nuez se le marcó al tragar saliva. ¿Por qué estaban tan juntos de repente? ¿Cuándo había ocurrido? ¿Por qué le faltaba el aire mientras lo miraba?

El capitán tomó la flor de su mano y le acarició con ella los párpados, provocándole un cosquilleo.

—¿«Es» qué? —susurró, invitándola a terminar.

Sus dos hermanos le habían advertido que era guapo, y ahora lo creía. Ahora lo veía. Tacto mágico de flor invernal.

Dudó. Se mordió el labio. Aquellos malditos ojos no le dejaban pensar.

—Es.

Sus miradas no se soltaban.

—La persona que tienen enfrente. Esa es.

Søren le apoyó la palma contra la mejilla con mimo y Victoria no se retiró cuando se inclinó para buscar sus labios.

—¡Vi! —Un golpeteo en la puerta y un respingo los interrumpió—. ¡Vi, ¿estás ahí?! —Fuera, alguien lloraba sin aliento.

—¡Por Dios, Grethe, sí!

Corrió a abrirle y su hermana se echó en sus brazos, temblando de miedo y desconcierto.

—No se veía nada. Estaba sola y perdida —hipó estrechándola con fuerza—. Creí que jamás saldría de ahí.

—Cariño... —Victoria le acarició el pelo contra su pecho hasta que su llanto perdió intensidad. Después se separó para estudiarla y comprobar que no tenía daños—. Pero ¿qué hacías por ahí sola? ¿Cómo has podido encontrar el camino?

—Necesitaba hablar contigo. Cuando llegué no estabais en la ermita. La gente decía que habíais salido y fui a buscaros y la niebla lo cubrió todo. Y yo... —Se estremeció al recordarse completamente perdida. Se frotó los hombros; el vello se le había erizado.

—¿De qué querías hablar?

—Mamá dice que no nos dejas ir a tu boda porque te avergüenzas de nosotras, de que ella nació pobre. Pero yo sé que tú no eres así. —Le tomó las manos y sus labios temblaron en un puchero—. Es porque cené con tu prometido, ¿verdad? Yo lo siento muchísimo. No lo sabía. Lo juro.

—Espera, espera. Más despacio. —Costaba seguirle el ritmo. Se giró hacia Søren—. ¿Cenasteis juntos?

Él asintió.

—¡Pero yo no sabía que ibas a casarte con él! —insistió Grethe—. No me odies, por favor. No lo soportaría. —Sus ojillos le imploraban.

Victoria parpadeaba confusa.

—Tranquila. Yo… —Sacudió la cabeza—. Yo tampoco lo sabía.

—¿Que ibas a casarte con él o que cenamos juntos?

—Ambas, en verdad. —Se le escapó una mueca entre triste, incrédula y divertida por lo absurdo de la situación. Después resopló—. No quería que vinierais para que no me vierais casándome por obligación. Me siento tan humillada…

—¿«Por obligación»?

Desde su llegada, Margrethe había ignorado la presencia del capitán con despechada actitud, pero ante aquella información sus ojos volaron hacia él con un nuevo brillo esperanzado.

—El príncipe nos lo ordena —explicaba su hermana—. Si no, me arrebatará la casa y el dinero de mi herencia. Estaríamos las tres en la calle, sin nada, y yo no podía haceros eso.

A su espalda, Victoria oyó a Søren exhalar. Al fin tenía su respuesta. La única razón por la que ella estaría dispuesta a aceptarlo.

—¡Oh, Vi! —Grethe ahogó un gritito horrorizado—. ¿Y por qué no nos lo dijiste? No tienes que ser siempre una fortaleza de roca, ¿sabes?, y guardártelo todo para ti.

Ella fue a replicar, pero su hermana no le dio tiempo:

—A Hans se lo habrías contado —añadió dolida—. ¿Por qué a mí no?

—Grethe, yo…

—Querías protegerme. Como siempre. Del príncipe y sus amenazas. De la verdad. Igual que mamá. Pero no soy tan frágil como os creéis. Ni tú estás sola, ¿te enteras? —Su turno de apretarle las manos mientras un par de lágrimas la traicionaban—. Lo sabrías si dejaras de rodearte de tus fantasmas para mirar a las personas de carne y hueso que seguimos a tu lado. Nosotras también te queremos. Nuestro cariño es real y existe aquí y ahora. Aunque para ti no valga lo mismo.

—Ya se disipa —anunció Søren tras mirar por la ventana, seco y directo. Un capitán transmitiendo información. Aquello que hubiese estado avivando la niebla se había calmado—. Regresemos.

Margrethe se entusiasmó con la noticia y fue la primera en salir. Los restos deshilachados de bruma se arremolinaron alrededor de sus faldas cuando giró sobre sí misma, apreciando los colores del exterior como si hubiese creído no volver a contemplarlos jamás.

Victoria se quedó atrás mientras recapitulaba. Søren le sostenía la puerta abierta con cortesía y ella se detuvo a su lado.

—El ramo del aparador… ¿lo trajiste tú? —Las flores que le habían regalado esperanza y compañía en una noche de tormenta.

—Sí. —Avergonzado de aquel presente tan espontáneo como estúpido para quien nunca quiso recibirlo, su respuesta fue cortante antes de agacharse para pasar bajo el dintel y abandonar la cabaña.

Victoria lo observó alcanzar a su hermana. Margrethe le dedicó una radiante sonrisa y su mano se extendió en el aire en su dirección, aunque no llegó a tocarlo, invitándole a acompañarla. Ambos caminaron a la par. Søren dijo algo. Ella rio como una golondrina en pleno vuelo.

Para mi hermana, comprendió Victoria. Søren había llevado las flores para Grethe al acudir a su cita.

Ellos charlaban con complicidad; ella sobraba. Y ahí estaba de nuevo el vacío en lugar de sus latidos. Sus pasos se rezagaron, tan pesados como su pecho confundido.

Y la niebla la rodeó.

En el lago helado

—Me he fijado en que todavía no se ha instalado en la propiedad Ingeborg, capitán. —Margrethe bajaba el sendero con paso alegre. Esperanzada de nuevo. Los ojos prendidos de su interlocutor—. ¿La casa no es de su agrado o es este lugar el que no le agrada y acaso piensa dejarnos?

—En verdad, me gusta este sitio. Me sentiría afortunado de poder echar raíces aquí. —Søren se pasó una mano por el pelo con humildad—. Ocurre tan solo que la mansión es muy grande para mí. No sabría con qué llenarla.

—¿Compañía es lo que le falta, entonces? —Grethe danzó a su alrededor. Resplandecía—. ¿Una esposa, quizás? Capitán.

Batió las pestañas y, observándose el uno al otro, los encontró la partida de rastreo encabezada por el príncipe.

—¿Y Victoria? —exigió.

Ambos giraron la cabeza, convencidos de que venía justo detrás. Pero Victoria no estaba.

Primero hubo desconcierto en sus rostros. Después, preocupación y, por último, culpabilidad.

El príncipe volvía a abrir la boca para exigir una respuesta cuando un agudo silbido rasgó el silencio.

Søren irguió la cabeza.

—Victoria. —Recordó el silbato de plata—. Está en peligro.

El sonido provenía del bosque y hacia allí espoleó el príncipe a su caballo sin dudar. La guardia real lo siguió. Atrás quedaron los cuatro agentes que los acompañaban. Uno traía consigo la yegua del capitán.

—Comprueben que todo el mundo ha regresado sano y salvo, busquen a los rezagados y acompañen a la señorita Bastholm a su hogar, por favor —ordenó Søren antes de montar de un salto e internarse él también al galope entre los árboles.

El repentino abrazo de la niebla la dejó muda de estupor. Parpadeó y, cuando volvió a mirar, su hermana y Søren habían desaparecido. Tan solo el frío quedaba a su alrededor.

Giró sobre sí misma, la superficie bajo sus pies crepitó y Victoria cerró los ojos.

No, por favor.

No era la primera vez que estaba allí, en el lago helado, rodeada de blanco. En todas las ocasiones anteriores, el resultado había sido el mismo:

¿Quién va a morir hoy?, se preguntó hastiada y abrió de nuevo los ojos con resignación, a la espera de que la bruma le revelara la respuesta. Pero tan solo le mostró la orilla vacía, lejos de su alcance, allí donde ella solía situarse mientras el condenado ocupaba el centro del lago.

Con un escalofrío, miró en rededor. Esta vez no era un sueño, esta vez estaba sola. La orilla desnuda observando en silencio y ella en el centro.

El hielo crujió bajo su peso y Victoria lo comprendió.

«¿Quién va a morir hoy?».

—Yo —se contestó en un susurro.

Sintió miedo y, al apretar los puños, sus dedos notaron un tacto metálico y alargado. Un silbato de plata en su palma derecha. Hans le había pedido que lo guardara y el capitán le había prometido que la protegería.

«Tóquelo e iré a buscarla. Si me necesita, allí estaré».

Tuvo el tiempo justo de llevárselo a los labios en un desesperado grito de auxilio cuando el suelo cedió.

Las aguas heladas le cortaron la respiración. Con un gemido de dolor, el aire escapó de su boca convertido en un alarido de brillantes burbujas que buscaron la superficie mientras ella se hundía. Su vestido, revoltijo de algas blanquecinas danzando a su alrededor, cegándola en una oscuridad creciente, arrastrándola hacia abajo, tan pesado como el sueño de un cadáver.

Holstein, saboreó el frío tentando su corazón. *Al fin, mi pequeña niña, regresas a casa.*

Victoria se había equivocado: aquel no era el día de su cumpleaños, ni siquiera el de su boda; era el día de su muerte.

Sintió un pinchazo en el pecho, el frío la atravesaba. Antes de perder la consciencia, le pareció que el lago cantaba.

NOVIA DE HIELO

Un impecable semental blanco y una yegua manchada cruzaban raudos el bosque. Se alcanzaron, dejando atrás a la guardia real, y sus jinetes se observaron sin un ápice de amistad. Una lucha por ser el primero en llegar.

Pero ¿a dónde?

Extinguido el silbido, no había más senda ni dirección que la que el ruido de su galope trazaba. Aminoraron la marcha y otearon entre los árboles, buscando cualquier pista.

—¡¿VICTORIA?! —llamó el príncipe.

Ambos aguardaron en silencio una respuesta.

Al callar los cascos de sus monturas, pudieron oírlos: dos perros ladraban inquietos.

Las bridas restallaron y los caballos volvieron a galopar.

Cuando llegaron al lago, una joven yacía sobre el hielo. Su vestido de novia, tan pálido como su piel, rasgado en marchitos pétalos a su alrededor.

Mientras los mastines lo apremiaban con su vocerío nervioso desde la orilla, Ignaz reptaba sobre la delicada capa de hielo tirando de ella.

Príncipe y capitán descabalgaron. Sin poder hacer más que mirar para no comprometer la estabilidad del hielo, Søren fue hasta el árbol donde Ignaz había amarrado la cuerda que llevaba atada a la cadera y supervisó el nudo. Johann paseaba intranquilo, a la espera.

Cuando por fin quedaron a su alcance, el príncipe se arrodilló sobre el barro y tomó a Victoria por los hombros hasta tenerla apretada contra sí. Søren le ofreció la mano al guarda para ayudarlo a ponerse de nuevo en pie.

—Respira —anunció Johann. La muchacha temblaba contra su pecho—. Victoria.

Le acunó el rostro, regalándole el calor de sus caricias y su aliento. Ella batió las pestañas para dedicarle una breve mirada perdida.

—Johann. —Un susurro tan débil como el latido de una luciérnaga con la llegada del amanecer. Luz convertida en cenizas que los rayos del sol consumían.

Sus párpados volvieron a caer y su cabeza se relajó entre aquellos brazos que una vez le prometieron no fallarle jamás. Él besó su frente.

—Aguanta —le pidió.

Volvió a montar y se lanzó a la carrera mientras la aferraba contra su cuerpo, preciado tesoro que se negaba a perder.

Los cascos de su semental escupieron tierra sobre los hombres que quedaban atrás.

—¿Se encuentra bien? —se interesó Søren por Ignaz.

Sin más percance que la humedad gélida de sus ropas, él asintió con un gruñido seguido de un cabeceo con el que le dio permiso para marcharse también. Sabría cuidarse solo.

PREMONICIÓN

in invitación al enlace, Ingrid se había inclinado ante Sophie Holstein, una vez más, para limpiar su piano con un paño. Le echó un vistazo a su retrato en lo alto, desde donde sonreía complacida.

Tan arrogante como tu hija, le espetó. La hija que le había negado acudir a su boda, avergonzada de su origen humilde mientras ella desfilaba como un pavo hinchado frente a la duquesa. La princesita no quería que la niña de granja arruinase su gran día.

Mientras frotaba con tanta ira como sentía, como si en lugar de retirar el polvo tratase de arrancar una arraigada mancha, un golpeteo contra la ventana la había distraído. Un pajarito de colorido plumaje piaba y chocaba contra el cristal, lastimando sus delicadas alas.

Cuando lo miró, el ave echó a volar hacia el bosque e Ingrid fue repentinamente consciente del silencio que atronó sus oídos con un mal presentimiento. Ráfagas heladas que hicieron temblar su espíritu.

—¿Margrethe?

Los lamentos del viejo suelo de madera bajo sus pasos volvieron más densa la ausencia de ruido enredada en sus faldas mientras la buscaba por la mansión e

Ingrid se cerró el chal sobre los hombros con un escalofrío.

Ignaz la vio acercarse a la carrera, peleándose con su pesado vestido. Su pierna deformada y su espalda llena de nudos y huesos hastiados se quejaron cuando se irguió y se limpió el sudor de la frente para esperarla. Sus dedos aferraban el mango del hacha con la que estaba cortando leña para alimentar las chimeneas de la mansión.

—¡Las niñas! —le gritó la mujer—. ¡Tráeme a mis niñas!

Una repentina necesidad de tenerlas cerca y vigiladas le agitaba el corazón. Temor de madre, de esos que corrían bajo las venas y no podían explicarse.

Él dudó. No estaba seguro de haber entendido bien. La granada que le dejó el rostro besado de cicatrices también había dañado sus oídos. Una muesca más en aquel tronco caído.

—¿A la señorita Bastholm?

—Y a Victoria también —le suplicó—. Llévate a los perros y búscalas. Dime que están bien.

El guarda se puso en camino y su mirada estudió el horizonte.

—La niebla acecha —musitó, y se ajustó el cinturón, tras colgarse el hacha, antes de internarse en el bosque.

El olfato de los mastines hizo el resto.

Y, con la misma inquietud con la que había dado aquella orden, aguardaba Ingrid paseándose de un lado a otro junto a la cerca de la propiedad cuando un jinete blanco emergió de entre los árboles con la muerte en sus brazos y la mujer se tapó la boca con un gemido espantado.

—Se cayó al lago —explicó el príncipe mientras descendía de un salto con Victoria abrazada—. Debe entrar en calor.

Ingrid lo condujo hasta la sala de estar, allí donde solía coser; la estancia más cálida de toda la casa. El capitán también había llegado y la ayudó a retirar la mesa, cubierta por un vestido nupcial a medias de confeccionar al que había planeado dedicar el resto de la mañana. Johann se arrodilló para depositar con cuidado a Victoria sobre la alfombra junto al fuego. Mientras él le colocaba un cojín bajo la cabeza, Ingrid avivó las llamas. Después agarró las ropas gélidas y acartonadas de su hijastra con la decisión afilando sus tijeras.

Se detuvo un instante para dedicarles un vistazo severo a los hombres que seguían plantados en su salón. Hombro con hombro, como si no hubiese suficiente hueco para los dos ni estuvieran dispuestos a permitir que uno quedase más cerca de Victoria que el otro.

—¿Es la esposa de alguno de ustedes? —preguntó.

—No, señora —contestó Søren, y ambos agacharon la vista.

—Pues entonces ya están tardando en largarse. —Los señaló con la punta de sus tijeras y el metal reflejó el fuego—. De madrugada salió de esta casa una preciosa joven por desposar y vosotros me traéis de vuelta un cadáver. Y aun así os tendréis por distinguidos caballeros. ¡Fuera!

Como chiquillos amonestados, realizaron una inclinación antes de darse la vuelta y dos pares de botas bajaron las escaleras de regreso al jardín. Allí, el príncipe pilló desprevenido a Søren cuando lo agarró por las solapas de su chaqueta y lo estampó contra la pared de la cuadra.

—¡Maldito bastardo! ¡Ella estaba contigo, deberías haberla cuidado! —le ladró con los rostros pegados—. ¿Cómo acabó en el lago?

—No lo sé.

—¡Claro que no lo sabes! Estabas muy ocupado con su hermana cazamaridos. —Lo soltó con un gesto brusco y una mirada de repugnancia—. Te entrego a la mujer más bonita e inteligente de toda Dinamarca y tú te permites perderla.

Søren no tenía argumentos con los que justificarse, así que aguantó en silencio el odio que sus ojos le dedicaban.

Johann meneó la cabeza.

—Da igual cuántos títulos o propiedades te otorgue, sigues siendo un pobre donnadie que no sabe distinguir el oro de la paja. —Se apartó un paso—. Además, ¿de dónde ha salido la hermana? No estaba en la celebración. ¿Es que acaso fue volando con la niebla? —se burló.

—Aunque no posea apellido ni patrimonio, la señorita Bastholm es rica en gentileza y tan digna como su hermana. No merece desprecio alguno. —Se sintió en la necesidad de defenderla. Y calló que, si bien no sabía si había ido volando con la niebla, sí que con su llegada se había disipado.

Johann le ofreció la espalda para regresar a su montura.

—Pues cásate con ella.

RECUERDOS DERRETIDOS

Una vez que Victoria estuvo desnuda frente al fuego, Ingrid comprobó que seguía teniendo pulso y le masajeó el cuerpo con fuerza para favorecer el riego sanguíneo. Después se despojó de su ropa ella también y se tumbó a su lado, apretándola contra sí bajo un par de mantas para ofrecerle su calor.

Mientras cobijaba su rostro contra el resguardo de su pecho, le desenredó el cabello con un cepillo que se hundía en aquel manto ébano con delicadas y tiernas pasadas.

El crepitar de las llamas y el rítmico sonido del cepillo la adormecieron. Y en el limbo entre el sueño y la vigilia se vio a sí misma años atrás. Sus manos trenzaban con cariño un largo pelo negro, regándolo de pequeñas flores.

La niña se había quedado muy quieta, rígida, cuando se arrodilló a su espalda. El peluche con el que jugaba detenido en su regazo.

La misma niña que había divisado desde la ventana del carruaje cuando su marido la condujo a su nuevo hogar. Ya le había anunciado que tenía dos hijos y ella ardía en deseos de conocerlos. Su corazón le dio un vuelco al verla. Tan preciosa y con aquella mueca triste. Muñequita de piel de porcelana y grandes ojos de cristal vestida de negro. Una huérfana necesitada de palabras dulces y sonrisas.

La amó en ese mismo instante, como solo una muchacha de dieciséis años recién desposada puede amar.

«Quiero muchas hijas». Y ella sería la primera. El presente de un Dios que había escuchado sus rezos.

Por eso aquella tarde la buscó con una cesta de flores recién recogidas y el corazón agitado de nervios. Los dedos le temblaban mientras la peinaba y su boca derramaba sonrisas y halagos.

—Eres tan bonita como una princesa de cuento —le susurró—. ¿Te gustan los cuentos? Esta noche podría contarte uno antes de dormir. —Aquella mañana había repasado todos cuantos se sabía para asegurarse de que no se equivocaría ni se quedaría en blanco—. ¿Querrás?

La niña no contestó. Seguía tan quieta que apenas parecía respirar.

—Lista. —Ingrid se alisó las faldas al incorporarse para buscar un espejo y ponérselo delante—. ¿Ves qué guapa estás? —La sonrisa le tiraba en el rostro, las manos volvieron a temblarle. Deseaba con toda su alma su aprobación.

Ella tan solo se dedicó un rápido vistazo antes de deshacerse las trenzas con brusquedad y lanzarle a los pies las flores arrancadas.

—Tú no eres mi madre.

Agarró su peluche y pisó los pétalos al marcharse a la salita en la que su hermano construía barcos de papel, tendido en la alfombra bajo el piano. Ingrid fue tras ella. En su puño, las margaritas aplastadas que pretendía rescatar. La niña le dedicó una severa mirada antes de cerrarle la puerta en las narices.

La puerta que tenía prohibido cruzar. La entrada a un mausoleo de corazones rotos que no se le permitía alcanzar ni sanar.

Fue entonces cuando Ingrid repasó sus cuentos y, en todos ellos, la palabra *madrastra* le escupió su veneno. Bruja, ladrona, asesina, envidiosa.

Ma-dras-tra. Cada una de sus letras bordada de lágrimas y espinas.

En el presente, una Victoria adulta que comenzaba a sacudirse el frío se removió e Ingrid abrió los ojos y parpadeó para ubicarse. Se le había escurrido el cepillo.

Victoria se apretó contra su pecho, mullido y cálido.

—Mamá —susurraron sus labios antes de sonreír, plena y confiada en su abrazo.

Embustera ocupando un lugar que no le correspondía. Eso también era una madrastra.

Ingrid se limpió las lágrimas a manotazos cuando oyó la puerta de entrada abrirse. Le dio tiempo a ponerse un batín y ajustarse el cinturón antes de que Margrethe se asomara con el rostro desencajado.

—Me han avisado de lo ocurrido. —Se agachó junto a su hermana y le tomó el pulso—. ¿Está bien?

Ingrid asintió. Desconfiaba de que su voz fuese a mantenerse firme si hablaba. Le ofreció la espalda para abandonar la estancia.

—Le prepararé una infusión —soltó con rapidez, sin darse tiempo a desfallecer.

Cuando Victoria abrió los ojos, le habían puesto un camisón y Grethe le ofrecía una bebida caliente con sabor a miel.

—Gracias por cuidarme. —Le sonrió—. Por luchar contra el frío a mi lado.

Y volvió a dormir sintiéndose afortunada por las manos que la habían arropado.

En la biblioteca, una madrastra lloraba mientras lanzaba al suelo, con rabia, todas las historias en las que ella nunca sería querida.

CLAVELES EN LAS

CICATRICES

El capitán les echaba el aliento a los botones de su uniforme, colgado en el perchero, antes de frotarlos con un paño.

—¿No son lo suficientemente dorados para usted?

Se giró hacia la intrusa y sonrió.

—¡Vict...! —Cambió la sonrisa por una inclinación formal—. Señorita Holstein. —Después se encogió de hombros con inocencia—. Me gustan las cosas que brillan. Y me alegro de verla recuperada.

Bajó la vista al suelo. Aunque se había informado para saber si se encontraba bien, no se había atrevido a pasarse a saludarla.

Ella estudió el cuarto que ocupaba el piso superior de la comandancia. Un catre estrecho arrinconado por el batallón de cajas con pertenencias de antiguos moradores, armas obsoletas y documentos antiguos. Algunos libros amontonados en el suelo junto a la cama, un aguamanil sobre la pileta, un humilde armario, un tablero sobre dos caballetes que hacía las veces de mesa, un par de cazuelas y una chimenea con un hervidor de té. Nada más.

—Creí que ya se habría mudado a la propiedad Ingeborg —comentó. Aunque limpio, aquello no parecía un hogar. Las sábanas blancas tan impolutas y estiradas como si nadie las hubiese usado jamás—. ¿Demasiado trabajo o demasiada pereza para una mudanza? —Hizo girar la cantimplora que colgaba del pomo de la puerta—. ¿Qué va a pensar su familia cuando venga a visitarlo?

—No tengo.

—¿Familia? —Dejó de analizar el lugar para centrar la vista en él—. ¿Ninguna?

Søren negó.

Ella rio.

—Vamos. ¿Quién no tiene al menos una vieja tía loca, un primo entrometido...?

El capitán no decía nada y Victoria se rindió.

—¿Entonces no debo tomarme como algo personal que no viniese ningún familiar suyo a la boda? —bromeó.

—Tampoco había ninguno de su parte.

Y los dos sabían por qué.

Victoria carraspeó y, visto que iniciar conversaciones amables no era su fuerte, se centró en lo importante. Mientras su cuerpo luchaba por sacudirse las garras del frío, había tenido un sueño.

Muchos, en realidad. Mezclados.

Primero aparecía Helle. Reía saltarina sobre el lago. Ella corría para pedirle que regresara a la orilla, que se alejara del peligro, y la niña extendía la mano para enseñarle en su palma sucia el anillo que una vez le perteneció.

Después ya no era Helle, sino Timy, quien lo sostenía antes de internarse en la bruma, silbando hasta desaparecer.

El hielo se rompía. Victoria caía y recordaba los velos de su vestido agitándose fantasmagóricos a su alrededor como brazos cadavéricos, y entonces lo comprendía:

—El lago tiene corriente.

El capitán levantó una ceja y sopesó sus palabras.

—¿Una corriente de agua subterránea?

Victoria asintió.

—Y me atrevería a sospechar que desemboca en el fiordo.

Por eso un anillo perdido en las aguas del lago había terminado varado en su orilla.

Su segunda certeza era más bien un presentimiento. Uno estúpido e infundado. Tanto como la seguridad de que él la creería.

—Sé que quizás no tenga sentido, pero apostaría a que ni a Timy ni a Peder los mataron en el fiordo. Fue en el lago. Estamos buscando en el sitio equivocado.

Patrullas constantes vigilaban los movimientos en la playa. Pero habían olvidado el bosque.

Un bosque que le pertenecía y cuyo sendero de acceso su mansión controlaba. Tragó saliva.

La tercera certeza se la guardó para sí. El pensamiento que la había golpeado a la vez que el frío bajo aquellas punzantes aguas negras:

No estoy sola. Había alguien con ella.

Søren recapitulaba la información. Se daba golpecitos con el dedo sobre los labios y Victoria se quedó mirándolos, hipnotizada por el tacto suave que se adivinaba enmarcado por la perilla oscura.

Por eso los vio dibujar las palabras antes de oírlas:

—Si no se sienten seguras en su hogar, tan apartadas del pueblo, podrían…

—No. —Su respuesta fue tajante. No se irían de casa. Ya la habían amenazado con arrebatársela una vez. No abandonaría el hogar que atesoraba las sonrisas de mamá y los sueños de Hans. Sus tumbas. Sus recuerdos. Las vistas que Sophie amaba y la promesa de que las golondrinas regresarían.

Victoria se sentía atada a aquel lugar.

—Estamos bien —sentenció.

—De acuerdo. Tendré en cuenta lo que me ha explicado, señorita Holstein. Necesitaré su permiso para investigar el bosque y quién lo transita.

Se lo concedió con un asentimiento.

—Mi guarda controla las personas que acceden a él. Tal vez pueda ayudarle.

El capitán también asintió y se quedaron sin nada más que decir. Søren se metió las manos en los bolsillos de sus pantalones de pana, sujetados con los tirantes sobre su camisa blanca. Rodeada de silencio, Victoria pensó que Hans tenía razón: solo se le daba bien hablar con fantasmas del pasado. Y con el orgullo que la caracterizaba decidió cambiar eso.

—Tiene muchas insignias. —Señaló con la barbilla el uniforme colgado y las medallas que lo adornaban—. ¿Cuántos inocentes ha fusilado para conseguirlas?

De acuerdo: no, no era su fuerte.

Pero Søren quiso ayudarla y sonrió con la misma ironía que ella había usado en su tono. Caminó hasta la chaqueta y rozó uno de los galardones.

—Esta le interesará.

—¿Sí? —Victoria se cruzó de brazos con un «Lo dudo» dibujado en el rostro.

—Me la dieron por salvarle la vida al príncipe.

Los brazos de Victoria cayeron.

—Sucedió en una refriega contra Prusia, en la frontera. Fue donde compartimos servicio militar. —Sonrió al recordarlo—. Una bala le alcanzó y yo cargué con él ocho millas hasta que pudieron atenderlo. —Le guiñó un ojo—. De ahí la horrible cicatriz que luce en el vientre.

Victoria ocultó una sonrisilla maliciosa tras su mano.

—No le diré a su alteza que esa información me ha sido revelada. —Se acercó y tocó otra medalla—. ¿Y esta?

—Rescaté a dos niños de un incendio.

Victoria lo escuchó tan solo de pasada porque, por alguna razón, Søren había comenzado a desabrocharse la camisa.

—De esta historia fui yo quien salió con cicatriz.

Le mostró el hombro desnudo. Una quemadura indeleble e irregular marcaba su omóplato.

—Debería acompañarla el recuerdo de unos latigazos por desobedecer la orden de mi superior de quedarme quieto y a salvo. —Søren seguía hablando y Victoria apartó el tirante de pinza para apreciar la cicatriz en su totalidad—. Pero no queda bien amonestar a los héroes. Así que por clamor popular me cambiaron los latigazos por una medalla. —Una risa interrumpida a mitad cuando los dedos de ella le rozaron la piel.

Sus músculos se tensaron. Victoria apartó la mano. Él había vuelto el rostro y, como si se encontrasen de nuevo en aquella cabaña rodeada por la bruma, se preguntó por qué el brillo de sus ojos verdes estaba tan cerca, llenándolo todo.

Su cuerpo quedó atrapado entre el del capitán y el armario cuando Søren terminó de girarse, y ella tragó saliva al mirar sus labios.

Después regresó a sus ojos, que sonrieron cuando él también lo hizo, con timidez. Victoria correspondió a su gesto. Se mordió el labio y luego alzó la mano para posarla contra su mejilla, como él había hecho en la cabaña, y se puso de puntillas. Quizás no fuese una gran conversadora, pero su boca era valiente.

—Capitán. —Dos golpes en la puerta—. Capitán, informan de... —El agente se detuvo al descubrirlos.

Victoria abrió los ojos para toparse de nuevo con aquellos que tenía enfrente, hechos de rocío sobre el musgo, y recordar que pertenecían a Søren.

Apartó la mano como si quemara. Se echó hacia atrás. Porque los ojos que deberían estar allí cuando ella abriera los suyos tendrían que ser marrones, ¿no? Demasiados años aferrada a esa certeza.

El oficial farfulló algo que sonó a que no era tan urgente y que lo hablarían más tarde mientras se le enredaba la lengua con una disculpa y una despedida a la vez.

Søren seguía mirándola tan solo a ella. Victoria no. Pasó por su lado gélida como un témpano de hielo.

—Yo ya me marchaba —le indicó al agente, que se apartó con una inclinación para despejarle la entrada.

Victoria se volvió tan solo un segundo:

—Llantén.

Søren parpadeó sin comprender.

—Para el picor de una cicatriz por quemadura.

Una vez fuera de la comandancia, Victoria soltó el aire.

—Estúpida. —Se dio a sí misma un capirotazo y acto seguido camufló el gesto peinándose el pelo con una sonrisa inocente para la tía de la duquesa, que pasaba en su faetón y la escudriñaba con sus anteojos.

Cuando quedó fuera de su vista, siguió manteniendo la tirante sonrisa unos segundos más antes de girarse hacia Ofelia y pelearse con el nudo que ataba sus riendas al poste al mismo tiempo que se peleaba con su interior.

¿En qué puñetas estaba pensando? ¿Cómo había ocurrido?

Su corazón todavía latía desbocado y ella no lo entendía.

Notó una punzada en el pecho y tosió. El frío no remitía. Se subió a la silla de un salto y se ajustó el pañuelo a la garganta.

Y tan ocupada iba increpándose sobre lo ocurrido con el capitán que tuvo que ser Ofelia la que parase en seco, tras haber recorrido apenas unos metros, para no chocar con la carroza descubierta que se había interpuesto en su camino.

Fue a soltar una maldición cuando unos ojos marrones capturaron los suyos. Unos ojos marrones que parecieron brillar solo para ella y a los que había jurado fidelidad. Los mismos a los que, por un breve instante, había deseado traicionar. Por eso agachó el rostro cuando el príncipe le sonrió.

—Victoria. —Sus labios acariciaron su nombre.

Los mismos que ella había besado en sueños tantas veces, jurándose que jamás probaría unos distintos.

Él se quitó el sombrero y su pelo rubio reflejó la luz del sol. Se rascó la nuca, cohibido.

—Iba a buscarte.

De ahí la carroza de asientos de terciopelo rojo y pasamanos de oro. Descendió por la escalerilla y Victoria desmontó para hablar juntos desde el suelo. El uno frente al otro.

—¿Ah, sí? —preguntó. No podía remediarlo, el tono se le volvía coqueto en su compañía.

Una voz en su mente quiso recordarle que debería odiarlo. Olvidarlo. Alejarse. Pero él la miraba con una intensidad que le impedía pensar, le encendía el pulso y coloreaba sus mejillas. Volvía a ser la estrella más bonita danzando en el firmamento. Aquella era la magia de Johann: auparla hasta las alturas.

Su corazón trinaba cuánto lo había amado desde siempre. Las malas costumbres resultan difíciles de soltar.

Él avanzó. Sus cuerpos un paso más cerca un par menos de los que deberían mediar entre una dama y un caballero.

—Sí. —Le besó la mano sin desprender los ojos de los suyos—. Quería saber cómo te encontrabas y pedirte perdón.

—¿Por qué?

—Por todo. —Le ofreció un generoso ramo de flores—. Me siento avergonzado y arrepentido.

Victoria tomó las flores y aspiró su olor con los ojos cerrados.

—Ummm. Claveles dobles. —Inconfundibles por su forma y sus llamativos colores. La duquesa y Sophie habían compartido el gusto por las plantas y solían pasar largas horas en los invernaderos de palacio. Por eso Victoria sabía que, importadas de la China, aquellas flores solo podrían prosperar en el clima danés con cuidados específicos y entrega. También lo que significaban.

«Amor ardiente», recordó la voz de su madre guiñándole un ojo mientras se las señalaba.

¿Johann lo sabría? Algo en el brillo de sus pupilas le dijo que sí y Victoria sintió una punzada de culpabilidad. Aquel era el Johann que ella conocía. El que le escribía poemas en sus cartas y prometía regresar. Un Johann enamorado al que había estado a punto de traicionar.

Pero estaba aquel otro Johann que...

Soltó un gritito cuando él la alzó por la cintura y sus pies se despegaron del empedrado. Le hizo describir una vuelta en el aire antes de depositarla sobre la carroza.

—Así no te me escapas. —Le entregó las riendas de Ofelia a un lacayo y subió él también—. Ya no hace falta que vaya a tu casa a preguntarte si quieres venir a almorzar conmigo mientras tu madrastra me dedica una de sus terroríficas miradas.

Fingió un escalofrío y Victoria rio. Fue a decir algo. Tal vez a negarse y recuperar su dignidad. Pero su mirada se topó con la de Søren al final de la calle. Había salido tras ella con la esperanza de poder alcanzarla. Tenían un asunto pendiente. No lo había oído llamarla porque una carroza la asustaba en ese instante. Después, un imponente ramo en sus manos, mientras giraba dueña del cielo en brazos de otro, lo disuadía de volver a intentarlo.

Su expresión volvía a mostrar aquella seriedad vacía y formal que solía vestir a juego con su uniforme. El príncipe le había tomado la mano mientras la invitaba a sentarse a su lado y ella le negó la mirada al capitán. El capitán que confundía sus deseos y la convertía en una extraña ante sí misma. El capitán que guardaba un galanto en la solapa, pero le llevaba flores a su hermana. Su cercanía la asustaba. Si volvía a mirarse en sus ojos, se perdería.

Le ofreció la espalda y se acomodó en su asiento.

—A palacio, pues —dijo, forzando una sonrisa.

Un puñado de sal

—Vaya, no le ocultaré que albergaba la esperanza de poder visitar su mansión. —El doctor Ørsted se encontraba sentado frente a ella en la carroza. Entre su estatura menuda y la presencia obnubilante de Johann, Victoria no había reparado en él.

El príncipe rio.

—Una vez ha sabido que me dirigía a buscarte, no ha habido forma de evitar que viniera.

El anciano hizo un mohín decepcionado antes de recolocarse las gafas y a Victoria le ablandó el corazón su expresión de niño desilusionado. Aquel hombre era pura candidez.

—Bueno, quizás debiera cambiarme de vestido para estar a la altura de compañía tan distinguida.

Al doctor se le iluminó la mirada. El príncipe sacó su reloj de cadena del bolsillo y consultó la hora.

—Supongo que hay tiempo para una visita —concedió de buen humor, y dio la orden pertinente al cochero.

El afable cronista del reino contuvo su alegría arrellanándose en el asiento y abrazando su bastón.

Tras guardarse el reloj, la mano de Johann fue a reposar en el banco junto a la de Victoria. Tan solo la tela de su guante mediando entre ambos meñiques en contacto. La miró de soslayo con una sonrisa y ella apartó la vista, sonrojada, fingiendo no percatarse, pero dejó la mano donde estaba. El corazón le danzaba y sus ojos eran incapaces de centrarse en el paisaje. Cuando regresaron, los suyos seguían ahí, a la espera, pendientes de su rubor.

—Basta. —Le dio un golpecito con el abanico que llevaba colgado a la muñeca—. Su alteza es peor que un niño. Deje de jugar.

Lo extendió con un coqueto toque y se abanicó para alejar el calor concentrado en su pecho y tener algo que interponer entre ambos. Johann lo desvió con un dedo para que los ocultase de la vista del doctor y acercó el rostro.

—Me gusta —le susurró con su aliento cosquilleándole junto a la oreja.

—¿El qué? —La boca de Johann, tan cerca de la suya, había capturado su atención. Los ojos le brillaban y ella tragó saliva.

—Cuando me llamas «alteza».

Y le dio un beso en la mejilla antes de apartarse y mirar fuera de la carroza como si allí no hubiese ocurrido nada, con la brisa enredándose en su cabello rubio.

Muy a su pesar, Victoria sonrió. Se mordió el labio y rozó de forma sutil allí donde la boca de Johann se había posado sobre su piel. Notó el tacto del guante. Llevaba esos puestos porque seguía faltándole uno del otro par que usaba para sus salidas cotidianas.

Søren.

Lo recordó plantado al final de la calle. Una punzada de culpabilidad. Al acordarse de su cercanía en la comandancia, los claveles le quemaron en el regazo y el beso de Johann en la mejilla. Traidora por partida doble.

¿Qué demonios había estado a punto de ocurrir y por qué? ¿Y en la cabaña de la colina? ¿Qué fuerza se había apoderado de ella, si ahora tenía a su lado al único hombre que juró amar y desear?

Pero ¿es que acaso era ella la traidora cuando uno la vendía como si no valiera nada y el otro le robaba sonrisas a su hermana?

Un pinchazo en el corazón. Agujas de hielo que se le clavaban. Se tocó el pecho y tosió.

—¿Estás bien? —se interesó Johann con preocupación a la vez que el doctor le tendía, solícito, un pañuelo de tela con el que cubrirse. Se lo agradeció con una sonrisa.

—No es nada. Un poco de frío.

Johann la atrajo contra sí para ofrecerle su calor, pasándole un brazo por los hombros, y Victoria se dejó acunar mientras intentaba obviar la garra de escarcha que le asfixiaba el corazón.

—He oído que se cayó al lago. —El doctor se recolocó las gafas para observarla con interés y parpadeó como un topo viejo hasta que logró enfocarla—. Una experiencia horrible, imagino. Pero es sabido que este tipo de sucesos conviene compartirlos para que no se enquisten dentro. —Le dio unas afectuosas palmaditas en la mano—. Ahora está en buena compañía, si quiere desahogarse. ¿Vio algo en el lago?

«No estoy sola». Alguien la acompañaba bajo la superficie. Una voz que cantaba.

Victoria negó con la cabeza.

—No. No vi nada. Tan solo agua y oscuridad.

—Claro, claro. —Él le sonrió con ternura—. ¿Y cómo acabó usted allí, querida? Todos la vieron abandonar la capilla en compañía de nuestro esforzado capitán.

Los brazos de Johann se crisparon a su alrededor.

—Caminando —contestó. Un príncipe y un erudito. No eran público apropiado para confesar cosas que ni ella misma entendía—. Quería regresar a casa y me perdí entre la niebla. En verdad, es una historia de lo más anodina.

El doctor Ørsted suspiró.

—En fin, mi dulce muchacha, doy gracias al cielo de que todo quedase en un susto. —Se quitó las gafas para limpiarles la humedad y su vista cansada se perdió en el horizonte difuminado por la bruma—. Aciagos días vivimos. —Meneó la cabeza—. Dos cadáveres más se han encontrado esta mañana en el fiordo.

Victoria se irguió.

—¿Dos muertos más?

Hacía apenas un rato que había estado con el capitán y no le había informado. Al instante supo por qué: *No confía en mí.*

Recordó sus palabras y su tono: «Sospecho de todo el mundo».

Apretó los puños. Bien, porque ella tampoco confiaba en él. No desde que su cercanía la confundía.

La carroza se detuvo frente a la mansión y ella no se atrevió a preguntar por las nuevas víctimas para no parecer más interesada de lo que a una dama le correspondía en un asunto tan escabroso.

—Hermoso, muy hermoso.

Se encontraban en el salón principal y, con la cabeza echada hacia atrás en una postura en la que Victoria temía que fuese a partirse el cuello, el doctor alababa el artesonado del techo.

Johann lo señaló con la barbilla y le dedicó a Victoria un levantamiento de cejas entre burlón y enternecido por su entrega. Después se acercó para susurrarle y sus manos volvieron a rozarse:

—Me temo que mi ilustrísimo profesor no sabe nada de la verdadera hermosura.

Le guiñó un ojo y Victoria se concentró también en las alturas para no tener que contestar. ¿A qué jugaba Johann?

Oyó un repiqueteo y aprovechó la excusa para alejarse hacia la ventana y huir de las tretas del príncipe, incapaz de comprenderlas. Echó un vistazo con disimulo y frunció el ceño. Encaramada a una escalera de dudosa estabilidad, Ingrid clavaba herraduras sobre las puertas de la cuadra y el almacén de grano. Después la vio santiguarse y lanzar puñados de sal con una invocación, todavía subida a los peldaños de madera.

Pero ¿qué...?

—Todavía no hemos visto el jardín —recordó el doctor.

Victoria se apartó de la ventana y dejó caer la cortina.

—Me temo que se nos ha hecho tarde. Mejor otro día.

Otro día en el que no fuesen a pillar a su madrastra haciendo el enajenado.

Se dirigieron de nuevo hacia la carroza. Victoria se rezagaba. En la calle había deseado huir del capitán y la invitación del príncipe era la salida más a mano. Ahora no tenía tan claro si le apetecía irse con él. Volver a ser un simple peón en su juego incomprensible sobre un tablero de arenas movedizas.

No se fiaba de Johann ni tampoco de su propio corazón, tan dispuesto a traicionarse.

Dio un respingo cuando el príncipe le tocó el brazo mientras Ørsted se adelantaba.

—Respecto a tu padre, he enviado hombres a rastrear el naufragio —le confesó en voz baja en la intimidad del descansillo junto a la puerta. Sus ojos marrones serios—. No puedo prometerte nada, pero, si algo logró salvarse, si alguien sobrevivió… lo encontrarán.

Por un instante, Victoria no supo cómo reaccionar. Notó un nudo en la garganta y los ojos húmedos.

—Gracias.

Él le acarició el dorso de la mano con el pulgar.

—Es lo menos que podía hacer, golondrina. —Después cruzó la puerta y le ofreció la mano para ayudarla a descender los escalones de la entrada—. ¿Vienes?

Ella no pudo menos que asentir.

NADIE

uando regresaron a palacio descubrieron que habían llegado las primas de Johann procedentes de la capital. Nietas del rey, como él, el príncipe les había prometido una visita a su ducado natal y, con los bailes de invierno terminados y los de primavera aún lejanos, habían decidido que aquel era el mejor momento.

—Hemos venido para la celebración de Fastelavn —trinó una—. Johann nos habló de ella, ¿verdad?

—Las festividades rurales resultan entrañables —secundó otra.

Acompañadas por distinguidas amigas, el almuerzo en la carpa junto al estanque, desde donde podía verse el templete en mitad del riachuelo artificial, tuvo menos intimidad de la que Johann había previsto y mucho más colorido con tantas faldas a la última moda luciendo como pétalos caídos alrededor de la mesa.

Se habló de los cotilleos entre la alta sociedad de Copenhague, de los estrenos en el Teatro Real y de qué tendencias se impondrían aquella temporada.

No era que Victoria se sintiese excluida entre la retahíla de nombres que desconocía o que no le interesasen las virtudes de la pashmina frente al tafetán. Simplemente sintió que, mientras comía pato asado con ciruelas rodeada de rumores de embarazo y el bochorno de una voz desafinada sobre el escenario, había gente siendo asesinada en su ducado y Helle y el resto de la tropa correteaban de un lado para otro con sus abrigos demasiado grandes y sus caras sucias preguntándose dónde estaba su amigo y por qué ya no podían jugar en el fiordo. Le pareció que aquel mundo de cubiertos dorados y miserias ajenas que se digerían mejor con una copa de champán de importación no era real. O, al menos, no era el suyo.

Su lugar estaba en un claro junto al bosque donde la niebla hablaba y la madera crujía. En un pueblecito de tejados de pizarra y paredes de piedra gris por cuyas calles se derramaban las canciones de los niños. Un sitio humilde rodeado de montañas y mar donde los aldeanos se emborrachaban con gløgg mientras jugaban a las cartas y dejaban cuencos de comida para los nisse al caer el sol, aunque por la mañana fuesen a rezarle a un Dios que les pedía desterrar sus tradiciones paganas.

Durante los postres, Victoria atendía a Johann dándose aires mientras relataba su última y exitosa salida de caza con su abuelo cuando otra conversación entre abanicos usados de discreto escondite la reclamó:

—¿Tú crees… casarse con ella? —Una de las invitadas la estudiaba con disimulo.

La princesa sentada a su lado rio.

—No seas boba.

—Vale, pero… obvio… gusta —insistía entre un vuelo y otro de la seda coloreada a mano con un paisaje nevado.

—En todo caso su amante. —Fue la respuesta. Afilada, directa. Dos pares de ojos clavados en ella con malicia.

¿Qué hacía una chica sin título ni alcurnia rondando cerca de un príncipe y mirándolo como una tonta embelesada? La conclusión resultaba obvia.

Apretó los puños y se mordió los carrillos con rabia al notar que el bochorno coloreaba sus mejillas. Se recordó abandonando el palacio con un vestido de fiesta desabrochado y el corazón pisoteado. Se odió a sí misma por haberse dejado humillar así. Por regresar una y otra vez para seguir siendo abofeteada. Por aferrarse a un lugar que ya no le pertenecía… si es que alguna vez lo hizo.

Y después odió al príncipe, a sus primas y al mundo. Mejor centrarse en las ganas de estrangular a alguien que enfrentar el profundo dolor que latía debajo.

Un repentino golpecito en su hombro la sobresaltó. La prima menor le sonreía, cándida y amigable. Le recordó a Grethe por su alegría y el oro de su cabello.

—Perdona, he olvidado tu nombre. No tengo mucha retentiva —se disculpó con una sonrisa. Sus grandes ojos turquesa brillaban avergonzados al tiempo que evidenciaban sus ganas de hacer buenas migas con la desconocida—. ¿Quién has dicho que eras?

Victoria dudó mientras repasaba a las presentes. Todas ellas con nobles apellidos. Importantes. Entonces comprendió la verdad que Johann se había esforzado tanto en dejarle clara. Aceptarlo resultó liberador:

—Nadie. —Lo dijo con orgullo y sin pesar—. No soy nadie.

Victoria Holstein era la guardiana de un bosque que la asustaba y un ducado que la amaba. Y allí perdía el tiempo.

Se disculpó y se puso en pie.

—He de regresar con los míos.

A un mundo sin cubiertos dorados, gelatinas de colores para sorber ni claveles de la China, pero un mundo que brillaba para ella. En los ojos entusiasmados de Grethe, en el cabello revuelto de Helle, en las aguas del fiordo y el amanecer sobre la bruma.

Debía investigar y descubrir qué amenazaba aquella riqueza intangible. Protegerla. Protegerlos.

—Espera, espera. —Una mano la retuvo cuando bajaba la escalinata. El príncipe había ido tras ella y Victoria pensó en una muchacha a punto de perder su zapato de cristal—. No me gusta eso que has dicho.

—¿El qué?

—Que no eres nadie. No es cierto.

—¿Acaso no me lo has enseñado tú?

—No. No. —Negó con rabia, deseando tal vez poder borrar palabras y actos pasados—. Tú lo eres todo, Victoria.

—¿Por qué? —Ella se soltó—. ¿Porque me caí a un lago helado y de repente te dio miedo perderme?

Johann no contestó. Sus ojos se desviaron, avergonzados. Victoria se dio la vuelta.

—Preferiría no tener que estar a punto de morir para dejar de ser nadie.

—Espera, golondrina. Por favor —le imploró él.

—No. No me llames «golondrina». —Le dedicó un vistazo por encima del hombro—. No lo hagas si no va a ser de verdad.

Porque su madre amaba las golondrinas y él no tenía derecho a arrebatarles su belleza.

Por eso se marchó sin mirar atrás. Ligera por primera vez en mucho tiempo. Una mano sobre el corazón que comenzaba a acostumbrarse al hielo y sus constantes pinchazos. No fue consciente de que vibraba. Victoria cantaba al caminar. Sin darse cuenta, sin invocarla. Una melodía brotando en su garganta que voló hasta acariciar los oídos del príncipe y le obligó a alzar la mirada, sordo al resto de voces que hablaban y hablaban. Una sugerente llamada.

DOS REVÓLVERES
Y UNA BALA

De regreso al que sí era su lugar y preocupada por los suyos, Victoria caminó decidida hacia el bosque. Llevaba una cesta con la excusa de comprobar si ya habían florecido los lirios. Y el revólver de su abuelo metido en el cinturón del vestido, a la espalda. Una capa de un malva suave para ocultarlo. Botas firmes. Tanto como su determinación de descubrir qué estaba pasando. Si aquella era su propiedad, no iba a permitir altercados.

Hans había sonreído al verla salir.

Eres toda una guardiana, hermanita.

¿Porque llevo un arma que no sé usar?, se burló ella.

Porque te importa.

Trasgo y Hannah brincaban alrededor de sus talones ante la perspectiva de dar un paseo.

Se detuvo primero en la cabaña de Ignaz. Llamó con los nudillos para anunciarse y la puerta gimió cuando la empujó con suavidad. Lo justo para poder asomar el rostro.

—Traigo caldo caliente. De parte de Ingrid.

Parpadeó hasta que su vista distinguió en la oscuridad la figura del guarda, encorvada junto a la lumbre, bajo una manta. Él le dio permiso para entrar con un movimiento de cabeza y Trasgo se adelantó para correr a lamerle la mano y restregar después la cabeza contra sus dedos. Lo había echado de menos.

—Siento que haya enfermado.

Después de salvarme del lago, completó con una punzada de culpabilidad. El hombre se había arrastrado sobre el hielo tras hundir el torso en las aguas gélidas para alcanzarla y ahora el frío lo reclamaba.

Él le restó importancia con un gruñido.

—Una ligera neumonía. Se me pasará.

Una tos flemática estremeció su cuerpo. Si Hans lo hubiese escuchado, se habría reafirmado en que semejante sonido cavernoso solo podía proceder de un ogro. Sin embargo, a Victoria le dio la esperanza de sentirse comprendida:

—¿También siente como agujas de hielo en el pecho? —Una garra que lo oprimía.

Sus ojos la asustaron al volverse hacia ella. El centelleo de las llamas les confería una sombría expresión.

—No, señorita. Lo mío es tan solo una neumonía normal.

Su mirada no la soltaba y Victoria agachó la vista, intimidada.

—Claro.

El taburete sobre el que estaba sentado arañó el suelo cuando se incorporó, apoyándose sobre el palo largo que sujetaba. Lo usó de bastón al acercarse y la madera crujió al son de su andar desacompasado.

Victoria retrocedió, pero él se detuvo lo justo para señalarle el corazón con el índice sin llegar a rozarla.

—Aquí. —indicó, recordándole dónde residía su alma, quién era ella—. No olvide el calor. No lo pierda.

Ante la intensidad con la que sus pupilas se le clavaban, Victoria asintió, por más que no comprendiese. Ignaz retiró la mano y olfateó la cazuela que le traía como si allí no hubiese ocurrido nada. Las cicatrices de su rostro se tensaron en una mueca remotamente similar a una sonrisa.

Sirvió una generosa cantidad en un cuenco y lo roció con trozos de pan duro. Después se lo tendió a Victoria.

—Déjelo fuera, ¿quiere, señorita? —Volvió a toser.

—¿Para los nisse?

—Estos días están hambrientos. La señora Bastholm hace mal en alejarlos.

—¿Y no ha pensado que quizás sean los perros los que están hambrientos? —aventuró Victoria. Trasgo se levantaba sobre los cuartos traseros para olfatear la comida.

De nuevo, aquella sonrisa que el recuerdo de la guerra tornaba grotesca.

—Ellos saben bien dónde no meter el hocico si no quieren perder los bigotes.

Victoria lo dejó tranquilo con su lumbre y, una vez fuera, depositó el cuenco junto a una esquina de la cabaña. Los mastines pasaron de largo.

—Sí, sí, disimulad, que yo os tengo calados. —Entrecerró los ojos y se los señaló antes de apuntarlos para avisarlos de que los vigilaba—. Qué suerte que siempre haya duendes a los que culpar, ¿verdad? —Alzó el tono, dado que ellos ya correteaban maleza adentro—. Y, mientras, vosotros os llenáis bien la panza. Husmos aprovechados.

—¿Hablando sola?

La voz socarrona del capitán la dejó plantada en el sitio. Maldijo por lo bajo.

—¿O les hablaba a los duendes?

Le pidió paciencia al cielo con los ojos en blanco antes de girarse.

—¿Y usted qué hace aquí?

No lucía el uniforme. En su lugar, una camisa crema de cuello abierto en pico hasta el esternón. Victoria se negó a sí misma haberse fijado en sus pectorales al descubierto y el vello rizado que los cubría y desvió la vista hacia su yegua moteada, que traía por las riendas a su lado. ¿No quería Ignaz que buscase el calor? Pues podía quedarse tranquilo, que ya había acudido a su encuentro.

Søren se retiró el flequillo de rizos negros hacia atrás y sonrió con inocencia.

—Llantén. Para el picor de una cicatriz. Me han dicho que antes de arrancar nada debo pedirle permiso a la dueña del bosque.

—¿Y qué ha traído para negociar? —Se cruzó de brazos como un mercader ya curtido dispuesto a iniciar un duro regateo.

Él la sorprendió al mostrarle lo que llevaba en la mano.

—¿Un galanto? —Muy a su pesar, sus dedos se lanzaron a tomarlo, complacidos.

—Una flor por otra. —Søren la miraba—. Parece justo.

—¿Y piensa fingir que no la ha tomado también de mi bosque? —No iba a ponérselo tan fácil.

El capitán se encogió de hombros.

—Tal vez. —Se adelantó un paso—. ¿Puedo? —Se la pidió de vuelta y se la colocó en el pelo con una de las horquillas que le sujetaba el trenzado que caía con sencillez a su espalda.

Victoria contuvo la respiración mientras él maniobraba a su lado. No fuese a ser su olor tan hipnótico

244

como su mirada o la visión de su pecho al alcance de sus dedos.

¿Sabes qué simboliza un galanto, mamá?, quiso preguntarle. Pero no tenía ningún recuerdo que le contestara. Quizás se trataba de una flor demasiado humilde para tener un significado. Poco podía ofrecer contra la suntuosidad de unos claveles chinos.

Sin embargo, acarició la flor cuando Søren se retiró, aceptando el pago.

—¿Acaso sabe cómo es el llantén? —preguntó.

—Debo reconocer que no, señorita.

Ella suspiró como una mártir resignada e hizo girar su cesta vacía.

—De acuerdo, le acompañaré. Es una planta perenne que se da en abundancia durante todo el año, por eso se la recomendé. —Ambos caminaban a la par. La hojarasca crujía bajo sus pasos—. Después machacaremos sus hojas y haremos una cataplasma. Así podrá aplicársela cuando los picores ataquen.

—¿Se lo enseñó la señora Bastholm?

—No, mi madr... —Fue a negar por inercia, pero calló al percatarse de que no era cierto. Parpadeó confusa—. Sí, ella.

Dado que parecía afectada por su desliz, Søren la disculpó con una sonrisa.

—Está bien tener dos madres.

—Ingrid no es mi madre.

—¿Por qué no?

—¿Cómo? —Victoria lo miró sin comprender.

—Quiero decir: a juzgar por la edad de su hermana, ¿cuántos años tenía usted cuando la señora Bastholm se casó con su padre?

—Siete.

—Luego, todavía era muy pequeña. Así que algo debió de influir en la dama que es hoy.

—Lo dudo.

—¿Y por qué tienen la misma forma de fruncir los labios cuando están contrariadas? —La observó burlón.

—Yo no... —Se palpó la cara, como si pudiese tocar aquello de lo que hablaba. Por si acaso, relajó todo gesto.

—Y ahora se ha puesto la mano en la cadera igual que ella cuando abre la puerta. A la espera, pero también a la defensiva. Y querrá hacerme creer que fueron su padre o su hermano quienes la enseñaron a maquillarse o rizarse las pestañas y le explicaron eso que les pasa cuando dejan de ser niñas.

Søren no estaba muy puesto al respecto. Un hombre con muchas hermanas le comentó en una taberna que, de la noche a la mañana, se les desgarraba su agujero entre las piernas y entonces había dolor, llantos y mucha sangre y ya podían ser tomadas. La credibilidad que le concedía a sus palabras era inversamente proporcional al estado de embriaguez en el que se hallaba su informador.

Victoria se recordó llorando en la cama, incapaz de comprender por qué se desangraba y preguntándose si moriría. De aquella zona no podía hablar con papá ni ningún doctor. Entonces Ingrid entró sin anunciarse ni pedir permiso. Cerró de nuevo tras de sí.

«¿Qué haces tú aquí?», le increpó entre lágrimas.

Ella se sentó a su lado, serena. Traía unos paños.

«Vamos a hablar». Porque lo había sabido sin necesidad de contárselo, como tantas otras veces en las que necesitó su ayuda.

Se sacudió aquel recuerdo y bufó.

—Es usted un imbécil entrometido y desvergonzado. Ni siquiera sé por qué le estoy escuchando.

Søren rio.

—Lo que pretendo decirle es que quizás se aferra usted demasiado al pasado. A su dolor. Y le cierra la puerta al presente y a las alegrías que pueda traerle.

Las flores de las que le había hablado Hans, aquellas que solo se abrían aquí y ahora. Victoria guardó silencio.

—Sigue llorando a su madre y, entiéndame, no la critico por ello, pero no le permite a la señora Bastholm ocupar mínimamente el lugar de alguien que ya no lo necesita —continuaba Søren—. Echa de menos a su hermano, por supuesto, pero no le cuenta a su hermana sus problemas ni le permite comprenderlos. Usted lo llamará «fortaleza», «autosuficiencia»... Yo veo un muro.

Victoria tenía la vista clavada al frente para fingir que no le prestaba atención. Søren le tocó la mano tan solo un segundo para expresarle que sus palabras nacían de la amistad. Un gesto de apoyo.

—Y sigue anhelando al príncipe con el que soñaba de niña cuando usted es ya toda una mujer inteligente y decidida que tiene... —carraspeó y bajó la voz— otras opciones.

Victoria se miró la mano allí donde él la había tocado.

—¿«Otras opciones»? —retó, acercándose un paso con la ceja enarcada. A don pechito-al-descubierto se le habían enrojecido las orejas y ella disfrutó de su azoramiento—. ¿Cómo cuáles?

Lejos de amilanarse, Søren también avanzó, acortando la distancia, e inclinó la cabeza hacia ella.

—Como...

De repente, la mano que se había dirigido a su cadera para atraerla hacia sí la empujó para cubrirla con su cuerpo al tiempo que se daba la vuelta con rapidez y amartillaba su revólver listo para disparar.

Justo en la trayectoria de su cañón, Margrethe gritó y levantó los brazos, lívida.

—Señorita Bastholm. —Él bajó el arma de inmediato y volvió a guardarla—. Mil perdones. No son seguros estos parajes y oí un ruido a nuestra espalda.

Margrethe se apretaba el pecho intentando recobrar la respiración.

Victoria también. Y a la vez se reprendió porque el capitán no era el único que llevaba revólver, pero ella ni había escuchado a la intrusa ni sus reflejos habían estado a la altura. De poco le habría servido si se hubiese tratado de una amenaza real.

—Os he visto por la ventana y yo también quería recoger flores —se excusó su hermana con candidez. Una capota rosa palo recogía sus bucles de oro y conjuntaba con el color de sus mejillas en contraste con su piel de porcelana. Se adelantó para acariciar las crines de la yegua y así terminar de calmarse con su suavidad—. ¿Se sabe algo de la boda? ¿El príncipe ha vuelto a insistir?

—Lo cierto es que no —contestó el capitán.

—Oh, no me diga. —Sus labios hablaron con perfecta indiferencia; sus ojos resplandecieron.

Mientras ellos conversaban, Victoria se había agachado junto a unas matas y tomaba unos tallos en su cesta.

—¿Es esta? —Se acercó Søren.

Ella asintió en silencio, ofreciéndole todavía la espalda, y retomó el tema que su hermana había sacado:

—Si el príncipe tarda un tiempo en decidirse, al menos podrá usted confirmar que no estoy embarazada.

Søren rio y le ofreció la mano para ayudarla a incorporarse cuando terminó de arrancar las plantas.

—Ya lo sé.

—¿Porque confía en mí? —Con una ceja enarcada, sonó a ácida burla.

Sin duda, ella no confiaba en él. Søren se lamió la sonrisa maliciosa que se le escapó.

—Porque dije que su majestad tenía una fea cicatriz en la tripa.

—¿Y no la tiene? —Victoria se sacudió la tierra de las faldas.

—Oh, sí, horrible. Pero en el muslo.

—Así que me tendió una trampa.

—Habrá notado que los pantalones ajustados han dejado de estar de moda en la capital.

Victoria no quería reírse. En su lugar, le ofreció la cesta con rudeza y lo fulminó con la mirada. Søren se la sostuvo sin achicarse, sus ojos verdes encendidos, y ella se obligó a decir algo para evitar que una sonrisa la traicionara:

—Conque es usted hombre de triquiñuelas.

—Pero vosotros os alegráis, ¿no? —intervino Margrethe, que se había quedado al margen y los observaba alternativamente—. De que no haya boda. —Su voz dudaba—. Porque ninguno de los dos quiere casarse con el otro, ¿cierto? —Una risita.

Victoria apartó la vista. Søren puso voz a su gesto esquivo:

—No, claro.

—Claro —repitió ella, dando un paso atrás para apartarse. Entre la maleza distinguió el brillo letal de la bruma sobre el lago helado. Sonreía enseñándole los dientes al tiempo que el pecho le punzaba. Se contuvo para no apretárselo y preocupar a sus acompañantes—. Regresemos.

Margrethe giró sobre sí misma y su vestido danzó.

—Se quedará a cenar, ¿verdad, capitán? —Dio unos saltitos a su lado—. Mamá está preparando un estofado delicioso y me temo que ya ha contado con usted.

Él miró a Victoria, que permanecía seria, alejada de ellos más por su actitud hermética que por la distancia en sí.

—Me plegaré a lo que diga la dueña de la casa. No quisiera molestar.

—Un poco tarde para eso —refunfuñó ella entre dientes.

Pero la voz apresurada de su hermana tapó la suya:

—¡No molesta! ¿No es cierto, Vi?

Como no contestaba, sus ojos la apremiaron.

—¿No es cierto, Vi? —repitió, remarcando y alargando la *i*, con el tono molesto de un insecto zumbón.

Victoria resopló y puso los ojos en blanco.

—Sí, puede quedarse —concedió al fin. Como no había sonado del todo convincente, Grethe le pellizcó el brazo y ella se esforzó en dedicarle una sonrisa tirante a Søren, acompañada por una inclinación—. Sería un placer que nos honrase con su presencia, oh, nobilísimo capitán del ducado. Tenga a bien, por favor, aceptar nuestra invitación a cenar.

Él se retiró una gorra inexistente y correspondió a su inclinación.

—No podría rechazar invitación tan sincera y nacida del alma, por lo que me quedaré muy complacido, oh, distinguida ama de este bosque, encantado en las noches de verano, y de sus mágicas plantas. —Alzó la cesta con el llantén, agradecido.

Su actuación le recordó a Hans cuando recitaba y se quitaba un sombrero imaginario a los pies de lady Macbeth. Consiguió hacerla sonreír y cambiar de humor.

—Será agradable contar con usted —aceptó—. Grethe podría cantar después. —Le retiró el pelo de los hombros con una caricia—. Tiene una voz preciosa.

—Sí, lo sé —convino Søren—. La he escuchado.

El gesto alegre se le tensó.

—Por supuesto.

Olvidaba que ya habían cenado juntos, que él le llevaba flores en su ausencia y que seguramente compartían una confianza en la que sobraba que ella hiciese de intermediaria.

Se rezagó. El pecho le punzaba. Sumergido en aguas gélidas, el frío lo reclamaba. Ahogó un gemido. Sacudió la cabeza; una melodía quería hablarle, se mezclaba con las risas cantarinas de Grethe unos pasos por delante, charlando con el capitán. Las palabras fluían con facilidad entre ellos.

Søren se volvió para preguntarle si se encontraba bien. No le dio oportunidad. Pasó entre ambos y le arrebató la cesta.

—Será mejor que vaya preparando esto.

Y apretó el ritmo de regreso a la mansión, dejándolos atrás. Se arrancó el galanto del pelo, avergonzada por su estupidez. La flor se escarchó en su mano y, al ahogarla en el puño, se rompió en esquirlas de hielo que cayeron al suelo.

No notó su frío contra la piel: tenía el cuerpo helado.

De no haber llevado tanta prisa, tal vez hubiese reparado en que, al cruzar la empalizada, Hannah le gruñó y

Trasgo se ocultó tras su compañera con las orejas echadas hacia atrás y el lomo erizado.

Dos revólveres sin disparar y, sin embargo, una bala la había alcanzado.

El filo de una tijera

Para Victoria, la cena fue taciturna e incómoda mientras Grethe se lucía ante el capitán y florecía con sus halagos. Por eso se retiró a leer a la salita de mamá antes del postre. Aunque fue incapaz de concentrarse en las letras y se paseó inquieta con el libro aferrado contra el pecho intentando precisar qué era lo que le molestaba.

Su hermana hacía bien en buscar marido y que Søren se negase a secundar la propuesta del príncipe sería de ayuda para su propia causa.

Aun así... los pinchazos de su pecho no estaban conformes.

Sintiéndose estúpida e irracional, decidió que sería mejor regresar y mostrarse cortés y afable el resto de la velada.

Para su sorpresa, cuando llegó al salón principal, Søren parecía haberse marchado nada más terminar, pues Ingrid cosía el que pronto sería el vestido de novia más hermoso que el ducado hubiese contemplado frente al fuego y Grethe se había quedado dormida con un libro abierto sobre el pecho y soltaba suaves ronquidos en el sofá.

—Necesito unas tijeras nuevas. —Su madrastra alzó los ojos hacia ella mientras la aguja continuaba su danza.

—¿Qué les ha pasado a las tuyas? —Victoria le echó una manta por encima a su hermana.

—Se han roto.

—¿En serio? ¿Cómo? Si las cuidas más que a tu vida —bromeó. Habían pertenecido a su madre, quien tan solo pudo regalarle un humilde costurero como dote y recuerdo antes de dejarla partir con su marido. Solía decir que eran irremplazables por su filo preciso y nunca les dejaba a las niñas tocarlas.

—Me dijiste que te informara cuando necesitase hacer un gasto en lugar de cometer una estupidez.

Victoria asintió y ella continuó:

—Quiero mirar también unos pasadores nuevos para las ventanas y las puertas, que están demasiado viejos. Y hay que reponer los cereales y la sal. Y clavos. De hierro. Se han gastado —enumeró entre puntadas.

—Pues iremos las tres al mercado mañana, que nos harán falta manos. —Atizó la lumbre para avivar el fuego y lograr sacarse el frío de dentro—. Hace mucho que no vamos juntas.

Si es que alguna vez lo habían hecho. Eso le hizo pensar en las palabras de Søren, en lo de no dejarles a las personas que la rodeaban un espacio para acompañarla, la oportunidad de ser una familia. Maldito capitán… Odiaba darle la razón.

Ella se mostró conforme con un gesto y maniobró con la cinta métrica.

—Ingrid.

—¿Hmm?

—Quizás podríamos aprovechar y buscar un par de criadas.

—¿He hecho algo mal? —Detuvo de golpe su trabajo e irguió la cabeza.

—No, no. Es solo que... —Victoria se mordió el labio, buscando las mejores palabras para que aquella propuesta no terminase en ofensa. Conocía el carácter terco de su madrastra—. Ahora que he saneado las cuentas de papá y tengo acceso a la herencia de mi madre, no pasamos apuros. No es necesario que tú...

La expresión de Ingrid continuaba seria.

—Es un pago. No quiero ser una mantenida. Tú nos acoges a mi hija y a mí y yo...

—Tú podrías ser mi ama de llaves —se adelantó—. Vigilar que todo en esta casa se lleve de la forma correcta. Puedes seguir haciendo las comidas; sé que te gusta. Y remendar las cortinas. —Se le ocurrió al fijarse en las ventanas y el costurero heredado abierto sobre la mesa. Después dio un paso al frente, con decisión—. Pero ayúdame a encontrar dos o tres criadas idóneas para limpiar la casa, lavar la ropa y ayudarte en la cocina. No me fiaría del criterio de nadie más.

Ella lo sopesó antes de asentir. Un amago de sonrisa.

—Conque ama de llaves... —intentó refunfuñar.

—Un momento.

Victoria abandonó la estancia y su madrastra la oyó corretear por los pasillos como el más ruidoso de los ratones antes de regresar en un suspiro.

—Como ama de llaves, te pido por favor que dejes hueco en el cuarto de las criadas para las que vendrán y ocupes un dormitorio acorde a tu puesto.

Ingrid la miró por el rabillo del ojo. De nuevo su gesto severo intentando imponerse sobre el deseo de sus labios de curvarse.

—Concedido.

—Y para sellar nuestro trato... —Victoria abrió el estuche que traía.

Un broche de cobre y esmeraldas incrustadas. El regalo de un marido llegado de viaje al que se le anunciaba un embarazo. Un broche vendido y recuperado.

Ingrid fue a decir algo. Victoria negó con el dedo.

—Ah, ah, ah. Un trato es un trato. Las cosas deben formalizarse. Una entrega simbólica, dado que ya tienes las llaves de esta casa.

Ella volvió a colocarse el broche donde siempre había estado y al fin su sonrisa ganó la batalla.

—Gracias.

Palabra infrecuente entre ellas, Victoria no supo cómo responder. Tratar con Ingrid era como hacer equilibrios sobre el filo certero de unas tijeras. En esa ocasión, había logrado recorrer la distancia que separaba los extremos sin cortarse y el frío en su pecho se calmó.

Victoria se desveló al poco de acostarse. Una melodía resonaba en sus oídos, extraña y familiar a la vez.

No supo si seguía soñando cuando vio que la ventana estaba abierta y la cortina blanca danzaba al son de un soplo de aire gélido que se colaba para acunarla con su nana.

Se levantó para cerrarla. Junto a la verja de metal que separaba la mansión de la calle, una figura envuelta en el aliento de su respiración. Un jinete sobre su semental blanco recortado contra el resplandor de las farolas que la bruma ahogaba. Una aparición.

Como un espectro errante, con las riendas holgadas en la mano de su dueño, el animal parecía avanzar por inercia. La mirada del príncipe perdida.

—¿Johann? —Su nombre se le escapó en un susurro.

Él se detuvo. Miró hacia allí y el corazón de Victoria sufrió un sobresalto, aunque sabía que, en la oscuridad de su cuarto, no lograría divisarla.

¿Había venido a buscarla?

El campanario tocó las doce. Doce puñaladas sonoras al silencio. Doce latidos. Después, el sangrante eco de su vacío.

Un golpe de aire. La niebla se arremolinaba, ocultando la luna.

Johann se puso de nuevo en marcha. Victoria lo siguió con la vista. Todo indicaba que pretendía rodear la casa. ¿Para encontrarse en la puerta trasera, tal vez? ¿Al amparo de las sombras del bosque?

Un guardia llegó tras él al galope. Lo adelantó para hablarle, quizás comentarle que aquellos parajes habían dejado de ser seguros. Él sacudió la cabeza, luego volvió a mirar hacia la mansión.

Una luz se encendió a la derecha de la habitación de Victoria. Ingrid ya había ocupado su nuevo cuarto. La imaginó en la ventana, con los brazos cruzados y el ceño fruncido. Los rulos recogiéndole el cabello y los ojos severos dispuestos a recordarle a quien hiciese falta, por muy príncipe que fuese, que aquel era un hogar respetable.

Johann la saludó con una inclinación de cabeza y se marchó de regreso al palacio, dejándole a Victoria una duda en el pecho.

Un cuento a media noche

Acercarse al mercado a la mañana siguiente fue más divertido de lo esperado y los pinchazos de hielo le dieron unos momentos de tregua a su pecho.

—Vamos las tres, las tres, las tres. Vamos las tres en compañía —cantaba Grethe emocionada, agarrada de un brazo de cada una, convirtiendo así a su extraña familia en una cadena que zigzagueaba al son de sus bailarines pasos risueños—. Vamos las tres, las tres, las tres, al jardín de la alegría.

Ingrid y Victoria compartieron una miradita por encima de su hombro antes de poner los ojos en blanco.

—Al jardín de la alegría quiere mi madre que vaya —continuaba a lo suyo, y ellas rieron porque su jovialidad resultaba contagiosa—. A ver si me sale un novio. El más bonito que haya.

Su canción cesó cuando llegaron al mercado y comenzó a revolotear y toquetear todo aquello que llamaba su atención. Al final terminó con unas botas, un sombrero y un chal nuevo. Y Victoria pensó que, aunque perjudicase su monedero, deberían sacarla más a menudo. Grethe era una flor que se abría al verse rodeada de personas a las regalar su belleza entre sonrisas y saludos. Brillaba alegre al saberse bonita.

Compraron todo lo que Ingrid había anotado y anunciaron también que buscaban criadas e Ingrid pasó la tarde entrevistando a las candidatas que se presentaron en su mansión.

Así, en definitiva, podría decirse que había sido un buen día. Sin embargo, a la hora de dormir, Victoria se hallaba inquieta.

Pensaba en la canción de Grethe y sabía que se la dedicaba a Søren. Pensaba en él y su corazón se confundía. Pensaba en el príncipe... y no sabía qué pensar. De nada. Desorientada, perdida y sola.

Abrió la ventana y una brisa helada agitó las cortinas. Lejos de rechazarla con un temblor, su cuerpo se dejó abrazar por ella como quien recibe a una vieja amiga.

Frío. El frío la hacía arder. La estremecía de excitación. Podía sentir su poder. El hielo bajo las manos, capaz de congelar las aguas, de detener el tiempo, de parar un corazón.

Lo imaginó como si ya lo hubiese vivido: el frío extendiéndose, conquistando un pulso cálido que luchaba hasta perecer lentamente en su puño. Rojo y ardiente aleteo de vida. Jugosa manzana. Hambre.

Parpadeó. Por unos instantes, su vista se había teñido de escarlata. Frente a ella, las cortinas continuaban blancas y la habitación en penumbra. Después volvió a ver el bosque. *Su* bosque. Lo recorría con los pies descalzos sobre un reguero de escarcha. Su mano acariciando los troncos dormidos y su rugosa corteza.

Y, en el centro del bosque, el lago. Su brillo, afilado bajo la luna, palpitaba. Una llamada.

Victoria asintió. El lago, sí. Deseaba ir al lago. Allí donde sus pesares se olvidaban, allí donde alguien la esperaba.

Tomó su capa del perchero.

Victoria. Una voz autoritaria. Hans estaba tras ella, junto a la ventana abierta. Su perfil difuminado en la noche.

Victoria. Otra voz. La que habitaba bajo las aguas. La que la llamaba. La que la acogió cuando cayó al lago.

No estuve sola, se decía.

No tienes que estarlo, le contestaba. *Nunca más. Ven, Victoria. Ven, niña mía.*

Había leído su soledad.

Su mano agarró el pomo.

Victoria, acuéstate. Su hermano la regañaba.

Pero él no podía detenerla y ella hizo girar el picaporte despacio. En silencio.

¡Victoria! Hans se había quedado sin más palabras que recitar.

Clac. El pestillo cedió y la puerta se abrió. Victoria le sonrió por encima del hombro con una sonrisa que no era suya y los ojos capturados por el hielo.

Mía, celebraba el frío.

Y el fantasma se enfureció. La cortina se hinchó con el viento, absorbiendo su cuerpo, después se desinfló y las contraventanas chocaron con estruendo contra la pared. El candelabro de la mesita cayó al suelo.

—Victoria. —En batín y con los rulos puestos, Ingrid se presentó alertada por el ruido. Su voz autoritaria, más real que ninguna otra, obligó a su hijastra a parpadear y enfocar su rostro—. ¿Adónde ibas?

Descalza y en camisón, pero con la capa puesta.

—Yo… —Retrocedió. Confundida. Asustada sin saber de qué.

—¡Por nuestro Señor Todopoderoso, la habitación está helada! —Ingrid se apresuró a cerrar la ventana. Luego le tocó el brazo—. ¡Y tú también! —Le palpó la frente—. Pareces enferma. ¿Aún no se te ha pasado el frío?

La preocupación endurecía sus ojos. Marrones, le recordaban a la leña convertida en abrazo contra el invierno y al olor de las castañas asadas arrullándole el estómago. No había en ellos rastro de hielo; tan solo el calor reconfortante del hogar.

Victoria sintió ganas de llorar. Se agarró el pecho.

—Me duele —confesó con un gemido. Niña atemorizada de los monstruos que intuía a su espalda.

Las lágrimas sin derramar relucieron entre sus pestañas. Ingrid le apartó el camisón y se tapó la boca. Sobre el corazón, Victoria lucía una estrella de hielo. Un copo de nieve, del tamaño de una mano extendida, incrustado en su piel.

Al instante controló su expresión y, si estaba asustada, lo ocultó.

—Ven. —Le pasó un brazo por los hombros—. Vayamos al calor.

La guio hasta la lumbre junto a la que había estado cosiendo. La dejó en el sofá con una manta y se ocupó de añadir un par de troncos nuevos y avivar el fuego con el atizador. Después fue junto a ella y se tragó el desconcierto cuando Victoria se acurrucó en su regazo, criatura desvalida en busca de consuelo.

Le hundió los dedos en el largo cabello suelto y se estiró para alcanzar un cepillo al toparse con un nudo.

—Si no te lo desenredas antes de acostar, luego te quejas de que te doy tirones. —Pero su tono no sonó a reprimenda, tan solo a quien se ha acostumbrado a intercambiar nada más que reproches para llenar el silencio.

Victoria cerró los ojos mientras se dejaba acunar por sus caricias en el pelo y las lágrimas escaparon tras sus párpados cerrados.

—Estoy confundida, Ingrid —susurró.

—¿Por el príncipe? —preguntó con suavidad, y Victoria recordó haberse tumbado también junto a ella cuando le confesó que Johann se marchaba y no sabía cuándo regresaría.

—Supongo —asintió.

—¿Y por el capitán? —Su tono cauteloso, amable, invitándola a continuar.

Dudó.

—No lo sé —reconoció al fin.

Ingrid balanceó las rodillas para mecerla y suspiró.

—Hombres. De puro simples que son, se vuelven complicados de entender.

Victoria rio y sintió que la presión en su pecho se aflojaba.

—¿Qué? Es verdad —se defendió Ingrid—. Son como niños, y por eso nos equivocamos al tratarlos como adultos.

Adormecida, Victoria le agarró la mano para contestarle que sentía que le hubiesen hecho tanto daño.

Rendida al sueño, volvió a ver a Hans junto a la ventana. Justo donde lo había dejado.

Me has asustado, confesó su hermano. Aquella expresión seria y el abatimiento de sus hombros no pegaban con él. *Debes llevar cuidado, hermanita.* La besó en la frente. *Estás helada. Necesitas ayuda. Tendrás que pronunciar su nombre tres veces.*

¿Qué nombre? Victoria se apartó en busca de más pistas.

La sonrisa de Hans resplandeció a juego con la luz de sus ojos.

Su nombre.

El lugar cambió. Victoria estaba echada sobre la tierra. Un pájaro de nieve con el amanecer pintado en las plumas la observaba desde el espino blanco, pero ella no le prestó atención. Se volvió hacia el túmulo removido a su izquierda.

Hans, ¿mamá está contigo?

La mirada de su hermano, tendido a su lado, se oscureció.

No. Mamá... Guardó silencio, esquivo.

Antes de morir, antes de caerse en el lago, ¿mamá estaba enferma?, insistió Victoria.

¿No lo recuerdas?

Ella negó con la cabeza.

Se le había metido el frío en el cuerpo. Le helaba las venas.

Entonces se acordó. Mamá tosía, reclinada en la silla donde se sentaba a dibujar. Unas gotitas de sangre le manchaban la comisura de los labios. Se limpió con un pañuelo para sonreírle y la sentó en su regazo. Ella agarró uno de sus lápices de colores y jugueteó con él. Era azul. Mamá había estado dibujando cristales de nieve, un hielo infinito que cubría los folios amontonados. Su abrazo resultaba gélido y la niña se removió.

«Nunca le dejes ganar al frío, Victoria», le susurró al oído. «Nunca renuncies al calor».

Quizás pensó que tendría más tiempo para explicárselo.

Mamá, quiso llamarla cuando la imagen se desvaneció entre los jirones de su memoria.

Estoy aquí.

Lo estaba. Bajo el lago. Entre las aguas oscuras. Etérea como la más hermosa de las princesas. Ahora podía verla.

Le cantaba una nana para calmarla, sus manos lívidas extendiéndose para abrazarla.

Sophie sonrió y Victoria despertó. Porque, justo antes de abandonarse en sus brazos, un rayo de luna se había colado entre las aguas y le mostró la herida en su pecho. Un corazón apuñalado. Un vacío escarlata en contraste con su piel de escarcha.

Tomó aire con un jadeo, creyendo que se ahogaba de nuevo, y toparse con la mirada sosegada de Ingrid la tranquilizó.

Mientras vigilaba su sueño, se había acercado el vestido de novia para proseguir el trabajo y sus velos cubrían a Victoria, que seguía con la cabeza en su regazo. Jugueteó con su tacto distraída y, al fijarse en el avance de las tijeras recién compradas, recordó lo que le había contado una de las nuevas criadas tras comenzar a trabajar esa misma tarde.

—Ingrid.

—¿Hmm?

—Helge me ha dicho que al hacer la cama de Grethe se ha encontrado la mitad de unas tijeras de costura bajo el colchón.

—Y espero que, como buena sirvienta, haya dejado cada cosa donde la encontró —refunfuñó Ingrid. Había fruncido el ceño, y Victoria pensó que quizás Søren tuviese razón en eso de que sus gestos se parecían.

—Ha creído más conveniente informarme. Por si mi hermana gasta la costumbre de acostarse con objetos punzantes. —Se frotó un ojo y después el rostro para reprimir un bostezo—. Tenía una cruz tallada y se parecía mucho a las tijeras que perdiste, las que fueron un regalo de tu madre. Al mirar hemos encontrado un puñado de sal bajo la cama.

—Que también espero que continúe en su sitio.

Victoria se incorporó para quedar sentada junto a Ingrid.

—¿Qué está pasando? —le preguntó—. Te vi poniendo clavos en el establo y el almacén. ¿Por qué hemos cambiado todos los cerrojos de puertas y ventanas nada más volver del mercado?

—También le he puesto uno a mi costurero. No quiero que me desaparezcan los botones. —Después suspiró, reacia a sincerarse—. La paja está revuelta por las mañanas y el grano desaparece. Tu yegua relincha por las noches y los perros andan inquietos.

—¿Ratones?

—Diría que es algo más inteligente que un ratón.

—¿Una rata?

Ingrid la miró ofendida.

—Rata o ratón ya habría caído en mis trampas. No hay excrementos ni maderas roídas.

—Pensaba que no creías en los duendes. —Victoria sabía contra qué otro algo más inteligente que un ratón se suponía que servían el hierro dulce y la sal.

—Das muchas cosas por supuestas.

—Dijiste que era de paganos.

—Alimentarlos invocando su protección es de paganos. Temerlos es cristiana vocación. —Dio unos pespuntes certeros y luego le lanzó un vistazo reprobatorio a la sonrisilla de Victoria—. Y la incredulidad queda para los bobos. Yo tengo mucho que proteger.

—¿Como qué?

Ingrid soltó la prenda, estupefacta.

—¿Acaso desconoces que los feéricos acostumbran a robar doncellas? Nada vuelve a saberse de ellas. ¡Dos tengo yo en esta casa! Y ningún hombre que las guarde más que el desdichado Ignaz, medio sordo, cojo y ahora enfermo.

—¿Y cómo son esos feéricos? —Victoria se recostó abrazada a un cojín, dispuesta a escuchar una historia. A la altura del corazón, su camisón estaba húmedo. La mancha de un deshielo. Al palparse, ya no notó el áspero contacto de una estrella de escarcha.

La mirada de Ingrid se perdió en el crepitar de las llamas antes de hablar en voz baja, temerosa de invocar atenciones indeseadas con sus palabras:

—Tienen ojos de bosque. Te embrujan con ellos. Son hermosos y galantes, educados. Se mueven solos por el mundo. Errantes. Nunca te presentan a su familia porque carecen de ella. A veces fingen habitar una casa, una vieja mansión que espera su llegada. Pero no es cierto. Viven en los árboles y los pantanos.

—¿Y cuando mi padre apareció no creíste que fuera un duende? —curioseó Victoria—. Llegado de lejos, con sus modales y sus trajes.

—Desde luego. Por eso bien que le miré las orejas. Y mi madre también. Y le dimos de beber agua bendita mezclada con el vino cuando lo invitamos a cenar y le ofrecimos cubiertos de hierro.

—¿Las orejas?

—Claro. Esas criaturas siempre usan sombreros o el pelo para ocultar su punta picuda. Y finos dedos de artista, que de eso tu padre tampoco tenía.

Ambas rieron al recordar sus manos gruesas y velludas. Victoria le apoyó la cabeza sobre el hombro e Ingrid le dio un toquecito en la nariz.

—Ya te lo advierto, niña: jamás le concedas una prenda a un caballero al que no le hayas visto las orejas. Eso mismo me decía mi madre.

—¿Por qué una prenda?

—Un lazo, un manto, un guante… poco importa. —El viento aullaba al bajar por la chimenea—. Te lo piden, te lo roban. Y, una vez lo tienen, dominan tu voluntad, enloqueciendo tu mente de deseo amoroso.

—¿Y qué remedio queda para recuperar la libertad y la cordura?

Ingrid alzó la manga en la que se ocupaba. El exceso de tela cayó de un tajo certero.

—Apuñalarlo en el corazón.

El deseo en bandeja
de plata

Tras un paseo matutino, Victoria tomaba una infusión en el banco de mármol bajo el pruno del jardín cuando Helge le acercó el correo en una bandeja de plata.

—Señorita. —Se lo ofreció con una inclinación.

Victoria tomó dos sobres.

—Gracias.

La doncella correspondió a su sonrisa y se marchó de vuelta a la mansión. Observándola alejarse, Victoria reconoció que Ingrid había tenido muy buen gusto eligiendo los uniformes.

Después se centró en las cartas. El sello del príncipe acompañaba lo que era apenas una notita doblada sobre sí misma con premura.

«Victoria». Sin saludo de por medio, la grafía elegante de Johann acariciaba su nombre igual que su lengua y sus labios lo habían hecho entre besos aquella noche bajo las estrellas.

Pudo recrear el tono preciso con el que él lo pronunciaría, susurrándoselo al oído antes de morder su cuello, y un cosquilleo encendió su cuerpo.

«Victoria». La boca del príncipe rozaba la piel de su oreja y ella se estremecía.

Sacudió la cabeza, hastiada de su propia necedad y aquel tonto corazón que no podía manejar, y leyó la siguiente línea.

«Quiero verte». Johann y su carácter impetuoso. Le arrancó una sonrisa. Lo imaginó escribiendo a toda prisa en su despacho, guiado por un arrebato. Así lo anunciaba la manera en la que su pluma había rasgado el papel. La tinta corrida al no haberse tomado el cuidado de dejarla secar.

Todavía se adivinaba el punto que cerraba aquella frase bajo un segundo trazo que lo había convertido en coma para añadir: «si tú también lo deseas».

—Johann, Johann… —Victoria negó y resopló—. ¿Todavía no has aprendido que hablar de deseo resulta peligroso entre nosotros?

Apartó la carta. No acudiría a su llamada. No debía.

Recordó sus besos. El calor. Su rostro tan cerca tras un abanico y el brillo de sus ojos.

Unos ojos que, de repente, ya no eran marrones, sino verdes. Ya no se encontraba en una carroza con olor a claveles, sino en una humilde cabaña en lo alto de la colina. Søren se encontraba frente a ella. Y habría dejado que la besara si no los hubiesen interrumpido.

Lo peor: esa no había sido la única ocasión.

«Ojos de duende», había dicho Hans, y Victoria le dio la razón. Una magia extraña e hipnótica debía habitarlos cuando, al mirarlos, se confundían de aquella forma su corazón y su cabeza, que durante tantos años se habían mantenido fieles a un único amor.

Parecía que Grethe también había caído presa de su seducción.

Tunante de ojos tramposos, pensó con rabia, y tomó la segunda carta. Su contenido le aceleró el pulso al reconocer la letra de Hans. Traía el sobre ajado y la fecha confirmaba que aquella misiva había sufrido retrasos, quizás por la forma precipitada y confusa con la que se había escrito la dirección. El texto no se andaba con rodeos:

«Querida hermana, como ya te anuncié si recibiste mi telegrama, regreso a casa. Lo que no te he confesado es el motivo. Pretendía hacerlo en persona, pero mi tren se halla detenido por la nieve y temo no llegar a tiempo para advertirte. Tampoco sé si esta carta conseguirá hacerlo antes que yo. Un muchacho en bicicleta se ha pasado por las ventanillas ofreciéndose a entregar nuestro correo en la oficina más cercana. Te escribo a toda prisa para que pueda llevársela.

»Estás en peligro. Mi regreso es también una huida. No tardará en encontrarnos.

»Vendrá un hombre de la capital relacionado con la Corona. Presumo que será hábil en el trato personal. No te fíes. Quiere hacernos daño».

Sin despedidas ni posdatas esclarecedoras. Hans se había quedado sin tiempo y sin espacio.

Victoria repasó cada palabra con el corazón encogido y los pensamientos confundidos.

—¡Oh, Hans! —exclamó frustrada—. Siempre tan críptico. ¿Quién quiere hacernos daño?

Al momento tuvo clara su respuesta.

Había un hombre venido de la capital, amigo del príncipe, que detuvo a Hans en cuanto sus pies tocaron tierra y lo ejecutó sin juicio ni testigos. Él también tenía dos sobres, de los que le leyó su contenido, pero ella no se había asomado para comprobarlo.

Un hombre «hábil en el trato personal» que había sabido embaucarla a ella y a Grethe.

Un hombre por quien Johann había olvidado todas sus promesas para entregársela a él.

Se incorporó de golpe. Debía comprobar algo.

Los cascos de Ofelia repiquetearon raudos contra el empedrado y Victoria llegó a palacio casi sin respiración. Lo que no le impidió lanzarse escaleras arriba a la carrera hasta tropezar con un cortejo de coloridas faldas y encaje.

Saludó con una inclinación a las nietas del rey. La más joven le sonrió con amabilidad. La mayor rio con su amiga, sin descaro, cuando la vieron alejarse con tanta premura como había llegado, con el vestido recogido para ir tras el príncipe.

—Todos sabemos a dónde conducen las febriles escapadas nocturnas de mi primo.

—¡Johann! —Victoria lo divisó al final de un pasillo.

Él parpadeó, pillado por sorpresa. Después sonrió y cambió de dirección para ir a su encuentro.

En aquella ocasión, sus ojos no juzgaron su apariencia acelerada. Tan solo recorrieron su rostro con deleite, acogiéndola igual que sus manos tomándola de los antebrazos para detener su carrera.

—Yo también ardía en deseos de verte —confesó Johann, complacido por su apuro. Echó la vista atrás, hacia la sala de reuniones—. Me aguardan para un asunto. ¿Crees que podrías esperar a que acabe? Quédate con mi madre; ha preguntado por ti.

Victoria apenas atendió a sus palabras. Un solo pensamiento copaba su mente.

—Necesito que me hagas un favor.

Él notó la desesperación en su voz.

—Claro. Dime.

—Mi hermano. ¿Podrías investigar quién dio la orden de su ejecución? El capitán dijo que provenía directamente de la Corona.

Johann frunció el ceño, extrañado.

—¿Eso dijo? —Se mesó la barbilla, pensativo. El gesto sorprendido no lo abandonaba—. Lo indagaré. Cuenta con ello.

Solo entonces, Victoria sintió que el aire volvía a entrar en sus pulmones. Suspiró y se permitió una sonrisa.

—Gracias.

—No tienes por qué darlas. —Le acarició la mejilla—. Me gusta tu sonrisa. Me encantaría… —Volvió a mirar por encima del hombro la puerta abierta—. Espérame a que termine, ¿de acuerdo? Luego podremos hablar.

Para despedirse, le dio un suave beso en la frente y aspiró el olor de su cabello.

—Johann. —Victoria lo retuvo cuando ya se alejaba.

—¿Sí, golondrina?

—Si se demostrara que Søren pretende hacerme daño o quiso hacérselo a mi familia, ¿seguirías obligándome a casarme con él?

—¿Qué? No. Por supuesto que no. —Le retiró tras la oreja el mechón que se había soltado de su recogido durante el agitado viaje y le acarició el cuello—. Jamás permitiría que nadie te dañase.

Tarde, pensó. *Tú lo hiciste. Tú me rompiste en pedazos.*

—Además, no debes preocuparte por ese tema. —Seguía pegado a ella. Sus dedos trazando ahora la línea de su mandíbula—. Yo…

—Alteza.

Ambos se volvieron. El capitán había salido a buscarlo. Esperaba junto a la puerta con la vista puesta en ellos con seriedad.

—No tardaré —prometió Johann con un guiño.

Mientras él caminaba, Victoria se enfrentó a la mirada de Søren y se preguntó qué secretos le escondía. Entonces reparó en sus orejas. O, más bien, en que no podía verles la punta. Nunca lo había hecho. Perdidas siempre bajo sus rizos oscuros, que él solía echarse hacia atrás, ocultándolas incluso cuando se quitaba la gorra.

Oyó la advertencia de Ingrid: «Jamás le concedas una prenda a un caballero al que no le hayas visto las orejas».

Se observó las manos desnudas.

Mi guante.

Él no había querido devolvérselo.

«Porque, una vez poseen una prenda, dominan tu voluntad».

Y eso explicaría por qué su cuerpo traicionaba el amor al que juró serle fiel.

Retrocedió un paso.

Un hombre cuya casa continuaba deshabitada y no poseía familia alguna. Que siempre aparecía en el bosque y sabía forzar cerraduras.

Una zancada atrás, sin ofrecerle la espalda, mientras él tiraba de la puerta tras el príncipe, con un último vistazo hacia Victoria.

Un hombre a cuya llegada el príncipe que ella conocía se había transformado, tan dispuesto a entregársela como los propios labios de Victoria habían estado a recibirlo. ¿Serían ambos presa de un embrujo?

Con él estaba cuando surgió la niebla más espesa que jamás contemplara. Con él estaba cuando apareció de repente en el lago. Con su silbato de plata en la mano. Un objeto encantado, porque los duendes aman todo aquello que brilla.

Lo recordó limpiando los botones de su uniforme.

«Me gustan las cosas que brillan», había admitido en ese momento.

Un ser feérico que hechizaba con sus ojos de bosque. Hermoso. Galante. Con sus modales caballerosos y su sonrisa de medio lado, tan huidiza que, al regalártela, te hacía sentir especial.

La puerta se cerró y Victoria se giró para escapar de allí. En un diván junto a la ventana, a un hombre le caía la cabeza hacia atrás y, traicionada por los nervios que sentía a flor de piel, gritó.

El anciano doctor Ørsted se despertó sobresaltado del sueño que lo había vencido con un libro en el regazo y se recolocó las gafas para observarla.

—Señorita Holstein, ¿se encuentra bien?

Victoria se apresuró a espantar sus temores para no preocuparlo:

—Sí, sí. Tan solo necesitaba hablar con el príncipe.

Él le sonrió con candidez, conocedor de los amores arrebatados que perturban a la mocedad.

—Me temo que se encuentra ocupado, jovencita.

—¿Ha ocurrido algo? —Se llevó la mano al pecho con un mal presentimiento.

—¿Le parecen algo tres asesinatos en una misma noche? Alguien debía de andar muy enfadado. —Se mesó el pelo blanco—. O enfadada. Frustrada, tal vez.

—¿Y a qué iba a responder una frustración tan grande?

El doctor volvió a acomodarse las lentes. Sus ojos claros la escrutaban al otro lado.

—No poseer a quien se desea.

Victoria asintió distraída mientras su mente ataba un último cabo: Søren se mostraba muy preocupado por las muertes. Sin embargo, estas no habían empezado hasta que él llegó. De repente. En un lugar en el que jamás ocurría nada semejante. Y conocía los nombres de las víctimas. Y también los parajes del bosque, de donde tantas veces parecía surgir. Y los de más allá cuando la había guiado a través de la bruma, sin dudar, hasta una cabaña perdida. Una novia desaparecida entre la niebla. Como en tantas historias de doncellas robadas.

Se tapó la boca para ahogar un gemido.

—Perdone que insista, pero ¿se encuentra bien, señorita? —El erudito la observaba.

—Sí —dijo su voz. *No*, negó su cabeza.

Él la contemplaba con atención.

—No parece usted haber dormido mucho esta noche.

Victoria ya retrocedía hacia las escaleras. El cuerpo le temblaba. Debía llegar a casa y comprobar que Grethe se encontraba bien. Estaba claro que Søren tenía interés en ella y, si ya le había hecho daño a Hans…

—Está lívida. ¿Siente hambre? ¿Algún antojo especial?

—No. No. —Fue su torpe despedida antes de echar de nuevo a correr. Jamás la garra del miedo había oprimido tan fuerte su garganta.

La otra mitad

Grethe se encontraba en perfecto estado. Ensayaba con su arpa y la sorprendieron los besos con los que su hermana la roció al regresar, todavía sin quitarse siquiera la ropa de abrigo. Correspondió a ellos con risas.

Victoria pensó que había sido una tonta al preocuparse por ella. Imposible que le ocurriese ningún mal con Ingrid por madre y guardiana. Recordó las tijeras bajo su cama y sonrió. Después se preguntó dónde estaría la otra mitad. ¿Por qué su madrastra las había partido en vez de ponerlas enteras?

Una repentina idea. Corrió a su cuarto y, al levantar el colchón, ahí estaba: la otra mitad de unas tijeras heredadas y guardadas durante años como el bien más preciado.

Ingrid entró con un juego de sábanas limpias recién planchadas y se detuvo al verla.

—Victoria, creí que habías sali…

—¿Rompiste las tijeras de tu madre por mí? —Se giró hacia ella con la sorpresa todavía en el rostro. Sabía el aprecio que les tenía.

Ingrid se encogió de hombros.

—Dos jovencitas que proteger en esta casa, dos mitades de unas tijeras.

—¿Y qué hay de ti?

—¿De mí? —Soltó una carcajada amarga mientras guardaba la ropa de cama en el arcón—. ¿Una vieja viuda? No creo que los duendes tengan mayor interés.

Se marchó con cierta premura. Si Victoria no la conociera, juraría que parecía azorada.

No le había dado tiempo a decirle que no era vieja. Tampoco a darle las gracias.

Bollos y disfraces

Al caer la noche de Fastelavn, las hogueras arderían para despedir al invierno y su oscuridad. En la cocina, Ingrid preparaba una abundante cantidad de los bollitos tradicionales rellenos de mazapán para los niños cuando Victoria entró tras asimilar el hallazgo de las tijeras.

Ya le había transmitido a Johann lo que necesitaba de él: que investigase a Søren y su relación con la muerte de Hans. Nada la motivaba a regresar a su lado a esperar el final de sus reuniones, como él le había pedido. Cuando tuviese información relevante, se lo haría saber. Mientras… bueno, Victoria sabía de quién quería rodearse.

Así que, mientras Ingrid la observaba por el rabillo del ojo, se colocó a su lado, echó mano a la masa e imitó sus movimientos para ir distribuyéndola en formas esféricas poco más pequeñas que un puño.

Trabajaron en silencio.

—¿Y si esta noche acudimos a la fiesta? —soltó de improviso.

—¿Me hablas a mí? —dudó Ingrid.

—Pues claro. Siempre me llevo a Margrethe. Pero nunca te invito a ti.

—Me temo que no pego con la alta sociedad. —Se pasó el brazo por la frente para retirarse el sudor sin mancharse con la harina que rociaba sus dedos—. No sé usar tantos cubiertos ni parecer culta.

—En realidad estaba pensando, más bien, en ir al pueblo.

Ingrid se detuvo para observarla.

—¿No vas a ir a la cena y el posterior baile de la duquesa?

—He rechazado la invitación.

Por una noche, no quería saber nada de príncipes ni capitanes de ojos verdes, dudosos orígenes y posibles intenciones malignas y feéricas.

Recordó su escapada a la taberna con una sonrisa. Las sobrinas del rey la habían ayudado a entender dónde estaba su lugar y su corazón.

—¿Vas a cambiar a la duquesa y su baile de etiqueta por una reunión pueblerina con la donnadie de tu madrastra?

Ella se encogió de hombros.

—No es ni de lejos como romper unas tijeras de filo perfecto y precisión meridiana.

Fue la primera vez que escuchó a Ingrid reír de verdad. Después la vio menear la cabeza sin dejar de trabajar en los dulces.

—No sé, no sé.

—Vamos. Habrá cantidades ingentes de gløgg, disfraces para celebrar la llegada de la primavera y hombres guapos. Podrías bailar con alguno. —Le dio un empujoncito hombro contra hombro. No le había gustado el tono derrotado con el que se había descrito a sí misma como una «vieja viuda». Ingrid tenía muchísima vida por delante;

debía aprovecharla—. Ya sabes, uno al que le veas las orejas bien redondeadas y no te pida ninguna prenda. Y nada de manos finas.

Ingrid volvió a reír antes de morderse los labios.

—No sé... —repitió. En sus ojos, un debate moral. Por un lado, la Iglesia desaconsejaba aquellos festejos de raíces paganas. Por otro, Fastelavn le traía grandes recuerdos de su infancia, y Victoria acababa de desenterrar unas tremendas ganas de asistir que no se había dado cuenta de estar reprimiendo.

—No dejarás que Margrethe y yo acudamos solas en fechas tan apetecibles para los feéricos y sus travesuras, ¿verdad?

—Visto así... —Suspiró, fingiendo que aquello le suponía un gran esfuerzo—. Supongo que alguien tendrá que echaros un ojo, sí. E Ignaz todavía está recuperándose y no anda para fiestas.

Victoria lo celebró con dos palmadas que hicieron llover harina sobre el suelo y la encimera.

—Bella dama. —Fingiendo voz grave de hombre, se puso el dedo índice por bigote y, con una inclinación, le ofreció la otra mano como si pretendiera sacarla a bailar—. Si mis orejas le parecen de la forma apropiada...

—Gentil humano que seguramente olerá a alcohol y sudor, pero no a bosque mágico... —Ingrid se recogió las faldas con una reverencia y aceptó la invitación.

Margrethe entró justo cuando Victoria le hacía describir una vuelta entre risas y se quedó contemplándolas patidifusa.

—¿Qué ocurre aquí? —Su tono suspicaz y sus cejas enarcadas con desconfianza. Muy amiguitas se las veía de repente. Eso no podía tardar en estallar.

Victoria la agarró con la mano libre y también la hizo girar. Margrethe trastabilló y chocó contra su pecho.

—Nos vamos de fiesta esta noche. Las tres. Al pueblo.

—¿Al pueblo? —Su pregunta sonó a graznido. Se apartó—. Pero creí... El baile en palacio...

—Tonterías. La diversión de verdad nos espera. —Victoria volvía a centrarse en dar forma a los fastelavnsboller[15] y no vio su expresión contrariada.

—Pero el capitán... —Su corazón confiaba en volver a encontrárselo aquella noche y lucir radiante para él—. Y el príncipe... La última vez bailó contigo. ¿Vas a desaprovechar la oportunidad de que se repita?

Su hermana asintió. Su mirada se había vuelto esquiva mientras comenzaba a machacar el azúcar para el glaseado con más energía de la necesaria.

—Sin príncipes ni capitanes —sentenció decidida. Después le sonrió—. Una noche solo para nosotras. —Se manchó el dedo de harina antes de darle un toquecito en la punta de la nariz—. Será lo mejor.

—¿Lo mejor para quién? —Se apresuró a limpiarse con gesto contrariado.

Su madre la abrazó por los hombros.

—Será divertido.

Margrethe retrocedió sin dejar de escrutarlas con recelo.

—Así que las dos estáis de acuerdo en esto... —la incredulidad teñía su voz.

Ingrid soltó una exclamación al caer en un detalle.

—¡Necesitaremos disfraces! A estas alturas será imposible conseguir ninguno. Ni tela para coserlos yo.

---

15. Literalmente, «bollos de Fastelavn».

Victoria tan solo se tomó un segundo para pensar antes de ponerse en marcha con decisión.

—Vamos.

Las guio hasta el armario de Sophie, aquel que jamás les permitía tocar, y lo abrió de par en par antes de volverse con una sonrisa.

—Yo creo que tenemos material suficiente.

Margrethe ahogó una exclamación y se tapó la boca. Allí estaba el vestido de color coral que había lucido en el baile, rodeado de tantos otros modelos bellísimos de delicadas telas y costuras enjoyadas.

—¿Cómo lo ves? —le preguntaba Victoria a Ingrid—. ¿Le robamos algo de comida a las polillas?

Ella sonrió y sacó sus tijeras nuevas del delantal.

—Manos a la obra.

Margrethe se mordía los labios con cara de espanto. El corazón le retumbaba en la garganta a punto de la taquicardia. Locas. Se habían vuelto locas.

—Intentad no destrozar los más bonitos, ¿queréis?

Y así fue como un vestido de novia casi terminado se vio relegado al respaldo de una silla mientras Ingrid ocupaba el espacio de trabajo con sus nuevas creaciones.

Aunque, en el último momento, Margrethe avisó de que no podría acompañarlas. Acababa de venirle el periodo y no se encontraba con el cuerpo para fiestas. Helge cuidaría de ella.

Las despidió desde la puerta, envuelta en una manta y con una infusión caliente en la mano. El rostro macilento.

Pero, en cuanto doblaron la calle y desaparecieron de su vista, dejó caer la manta y se volvió hacia la criada.

—Rápido, Helge, ayúdame.

No había tiempo que perder. Su vestido de novia estaba casi listo y Fastelavn era una noche mágica. Ideal para terminar de atar cualquier cabo suelto.

Se aclaró la garganta frente al espejo y afinó la voz.

Regresaría con un corazón en la mano.

FLORES EN EL PELO

Ingrid y Victoria cruzaron el pueblo agarradas del brazo, emocionadas como niñas pequeñas. La música ya sonaba, reclamándolas hacia los prados.

Recién sembradas, se decía que los pies descalzos de las muchachas hundirían las semillas al bailar y les transmitirían su fertilidad. Las hogueras donde se quemaban la oscuridad y el invierno para dejar paso a la vida cobraban protagonismo según el sol se extinguía en un atardecer rosado. El día anterior había llovido y la tierra olía a humedad.

—¿Qué ha traído, señorita Holstein?

La carita de Helle asomó bajo su brillante pelo rubio. Pintada para simular unos bigotes de gato, se había colgado de la cesta que llevaba al codo para olisquear su contenido.

Victoria apartó el paño que los cubría para mostrarle los fastelavnsboller recién horneados y el gatito se relamió mientras se le iluminaban los ojos.

Más niños se acercaron al olor de los bollos y se asomaron también a la cesta que llevaba Ingrid con unas empanadas de carne. Las empujaron a ambas, entre risas, hasta las mesas con la comida para que depositaran sus tesoros mientras entonaban canciones tradicionales y les iban echando mano a los dulces como rápidos ratoncillos ladrones.

En compensación, les rellenaron la cesta con las flores y ramitas que habían recogido. Después se alejaron con los mofletes manchados de azúcar y comenzaron a danzar en corro, llamando a las fuerzas de la naturaleza que harían brotar las cosechas.

Victoria le adornó el pelo a Ingrid con algunas de las flores que les habían regalado.

—Ahora sí que está lista, oh, bella melíade[16].

Ingrid rio y se palpó el cabello trenzado.

—¿Cuándo has aprendido a hacer esto? —admiró.

—Cuando tú peinabas a Margrethe. —Se encogió de hombros—. Yo también quería saber.

—Así que espiabas en lugar de preguntar.

—Puede ser. Vamos, muéstrales esa maravilla. —La animó a quitarse la capa verde oliva.

Ingrid había reutilizado un vestido de tonos marrones mezclándolo con telas ocres. En el corpiño, un haz de ramas de fresno comprimidas en el centro, a la altura de la cintura, para describir una forma de reloj de arena que realzaba su figura. Los fresnos todavía no habían florecido, pero sus ramas peladas mostraban ya las primeras yemas negras. Las talentosas manos de Ingrid las habían convertido en las gemas que adornaban el conjunto sin necesidad de joyas.

«Reina de los bosques que anuncia la primavera», había comentado Victoria al verla. Parecía el espíritu surgido de la corteza de un árbol.

---

16. Ninfa de los fresnos.

Ingrid hizo bailar sus faldas y se observó. Después bajó la cabeza y borró su sonrisa.

—¿No crees que estar aquí es faltarle al respeto a tu padre? —susurró—. Yo… No debería… —Echó la vista atrás, como si valorase regresar a la mansión.

—Ingrid, has estado encerrada en casa desde que te casaste con él. —Victoria le tomó las manos—. Cada viaje al que fue, cada ciudad a la que prometió llevarte pero luego estuvo demasiado ocupado para hacerlo, cada fiesta a la que no pudo acompañarte, cada vez que pasamos meses sin saber de él, tú has estado en casa, aguardándolo, apenas saliendo a comprar con ropas sobrias para no llamar la atención ni despertar interés. Has demostrado de sobra ser la esposa más virtuosa que un hombre pudiese tener. —Le apretó los dedos—. Concédete una noche para ti. Disfruta y pásalo bien. A él le gustaría. —Le anudó el antifaz que había cosido a juego con su vestido, también adornado con ramas, y le guiñó un ojo.

—Y todavía tengo que protegerte de malvados seres feéricos.

—Exacto. Una sola mirada tuya podría convertirlos en piedra.

Las mujeres a las que Ingrid les compraba la carne y el pan todos los días se acercaron a alabar el olor de la comida que había traído. Las tres se enfrascaron en una conversación sobre recetas a la vez que caminaban, como si no se diesen cuenta, hacia el caldero de barro cocido donde la tabernera removía el gløgg tras prenderle fuego al alcohol para aportarle su característica nota tostada final. Pronto las cuatro estuvieron servidas y entretenidas con su cháchara.

Victoria sonrió al ver a Ingrid tan integrada. No había sido consciente de su soledad hasta que ella misma le había dado voz con aquel tono vencido. Una soledad que tal vez hubiesen estado compartiendo sin saberlo.

Después agarró los extremos del nudo que le sujetaba la capa negra al cuello y suspiró. Su turno.

«Fastelavn es el inicio del cambio. Una noche para ser otra persona», le explicó Ingrid cuando se dispuso a enseñarle la pieza que había creado para ella. «Siempre vistes con colores fríos, así que...». Se apartó. A su espalda, un impresionante vestido de corpiño escarlata con forma de cáliz del que nacía, como los pétalos de una flor, una falda de vaporosas sedas de un rojo más claro adornadas con joyas azabache.

«Guau» fue cuanto Victoria pudo contestar. Ingrid rio.

«Quedará perfecto con tu tono de piel».

«Amapola», comprendió Victoria de qué iba disfrazada, mirándose al espejo, mientras Ingrid le recogía el cabello. Negro y rojo.

Ella asintió.

«Sangre de la tierra».

Se quitó la capa y se puso el antifaz a juego. Ojos de hielo rodeados de sangre.

Supo que la miraban. Aquel vestido brillaba por sí solo.

«Sabes que de hacer magia para convertirte en princesa antes del baile se suelen encargar las hadas madrinas, ¿no?», había bromeado Victoria, todavía impresionada.

«Y aquí está mi varita», Ingrid enarboló sus tijeras mientras saludaba como una artista que recoge los aplausos de su público.

—Señorita Holstein —la saludaron las compañeras de Ingrid cuando se acercó a su grupo. Si estaban sorprendidas de encontrarla allí, no lo demostraron.

La tabernera le tendió un vaso bien colmado de gløgg y alzó el suyo para brindar.

Ingrid le colocó con gracia, en el pelo, un par de tempranos botones de oro de los que los chiquillos les habían entregado en pago por los bollos. Dos sutiles toques de brillante amarillo para rematar el conjunto.

—Estás radiante, mi niña. —La abrazó contra sí.

Las mujeres restantes asintieron.

—Es asombroso lo rápido que nos crecen —comentó la carnicera—. Una mañana le haces las trenzas para que salga a jugar y a la siguiente le estás dando los últimos pespuntes a su vestido de novia.

El prado retumbó cuando los hombres unieron sus voces graves al son de las zanfonas y los panderos. El baile estaba a punto de comenzar.

Golondrina derribada

L a música llenaba el salón con sus elegantes vibratos de violín. Nada que ver con las rudas zanfonas. Los vestidos de las damas eran una delicia. El champán corría alegre y los dulces abundaban. Pero Margrethe apenas prestaba atención. El pulso le retumbaba en el pecho con emoción anticipada mientras buscaba a una persona.

La duquesa se había esforzado por ofrecer un encuentro a la altura de las sobrinas del rey hospedadas en su palacio y el lugar se encontraba más abarrotado que nunca, con sirvientes pululando de un lado a otro portando bandejas de plata entre las personalidades más distinguidas del ducado e incluso del reino. Por supuesto, allí nadie llevaba estúpidos disfraces ni antifaz, no los fuesen a confundir con paletos aldeanos.

Como la multitud le dificultaba la visión, Margrethe subió la escalinata alfombrada de rojo hacia el segundo piso para tener una mejor perspectiva. Había encontrado un vestido nuevo impresionante en el armario de su hermana y sus faldas se abrieron como dos alas. Pájaro negro con penacho de oro. Reluciente estrella fugitiva para aquel que la vislumbró y echó a correr tras ella.

—¡Golondrina! ¡Golondrina!

Una mano agarró la suya, cubierta con un fino guante hasta el codo, y Margrethe se giró.

—Ah, eres tú. —La decepción aguó el rostro del príncipe antes de que se recuperara para adoptar una expresión neutra y dedicarle una inclinación de cabeza—. Señorita Bastholm.

—Alteza. —Realizó una reverencia.

El príncipe se dio unos toquecitos contra el muslo y se aclaró la voz.

—¿Ha venido sola?

Grethe asintió, bajando la vista.

—He... he traído invitación —vaciló acobardada. Él sabría que no era suya. No era su nombre el que ahí estaba escrito. Temió que, sin el amadrinamiento de su hermana, fuese a echarla a la calle. No poseía el estatus suficiente para estar allí. Usurpaba aquel lugar igual que el vestido y las joyas que lucía. Se sintió una vulgar ladrona y aguantó las lágrimas mientras revolvía en el bolso en busca de la invitación.

—Sí, sí. —El príncipe espantó su preocupación agitando con indiferencia los dedos en el aire—. No importa.

Le dedicó un último repaso a su vestido. Anhelo. Pesar. Margrethe supo que estaba viendo a otra persona llevándolo puesto.

El príncipe apretó la mandíbula y se dirigió de regreso al salón.

—Disfrute de la velada.

Grethe tuvo el valor suficiente para dar un paso tras él y preguntar:

—¿El capitán?

Johann se volvió.

—No está aquí.

La decepción fue una bofetada fría con regusto salado en su garganta. Se preguntó si, en ese preciso instante, su mirada se parecía a la del príncipe, fracasada en su búsqueda y sus ilusiones.

—Mi hermana tampoco —musitó.

Ambos se observaron de frente. La comprensión los golpeó y compartieron el dolor ahogando sus pupilas.

El zorro escondido

Victoria reía mientras bailaba entrelazando su brazo con el de Ingrid. La soltó para virar al lado contrario y engancharse a otra jovencita del pueblo. Soltarse. Un giro completo y dos palmadas. Vuelta a empezar, y de nuevo Ingrid compartiendo su sonrisa.

Hasta que notó un escalofrío que le recorrió la columna. Irguió la cabeza. Más allá del círculo de danzarines, tras el albor de las hogueras, unos ojos de bosque clavados en ella brillaban bajo una máscara de zorro.

Qué apropiado, pensó. El animal de la astucia y los engaños. Aquel que en todas las fábulas lograba confundir al resto con sus argucias y sus palabras precisas. Trampas tejidas con pétalos de galanto.

Giró. Él seguía observándola. ¿Qué hacía allí? Confiaba en que estaría en palacio.

A no ser… que tuviese alguna forma de adivinar sus pasos antes incluso de que ella misma los decidiera y hubiese acudido a buscarla la noche en la que el reino feérico despertaba de su hibernación, ávido de sangre nueva.

Distraída, perdió pie. Ingrid la sujetó y echó un vistazo en la dirección de su mirada.

—Ah —comentó, reprimiendo una sonrisilla.

Victoria tragó saliva. El zorro se movía entre las llamas. Se acercaba. Y ella no podía dejar de vigilarlo. ¿Qué se proponía?

—Las flores eran para ti.

—¿Qué? —Se volvió hacia Ingrid.

—Las flores. Las del aparador. —Giro y dos palmadas—. Le escribimos de tu parte invitándolo a cenar cuando tú ibas a estar con Johann. Vino porque tú se lo pediste. —Se alejaron en la coreografía y su voz se apagó hasta que se encontraron de nuevo—. Lamento haberlo hecho. Lo veía adecuado para mi hija.

—No pasa nada —la perdonó restándole importancia con un gesto.

—Y creía con absoluta certeza que tú ibas a casarte con el príncipe.

—¿Ya no lo crees?

Ingrid le sonrió con ternura maternal.

—¿Lo haces tú?

Victoria abrió la boca. Dudó. Y la volvió a cerrar.

No lo sabía.

Y el problema no era Johann.

Era ella.

Y, como no lo sabía, caminó hacia un zorro de taimados ojos verdes, dispuesta a descubrir la verdad.

Un trueno lejano retumbó en el cielo.

AMAPOLA DE FUEGO

Victoria se escurrió en su dirección entre vuelta y vuelta, fluyendo con el corro de danzarines en torno a las hogueras, igual que Hans le había contado que aquella loca Tierra realizaba su trayecto alrededor del Sol, sin dejar de girar sobre sí misma. Como si no tuviese prisa por llegar, como si quisiese despistar a aquel zorro que también avanzaba entre la gente. Sin quitar la vista el uno del otro.

La falda de su vestido volaba y, al ver cómo latía al son de las hogueras, Victoria lo comprendió:

«Siempre vistes con colores fríos, así que…». Ingrid había cosido el fuego para ella. No era una amapola. Era una llama que se derramaba sobre el prado, lista para arder. Lista para quemar.

Giró, dio un paso más hacia la izquierda y un segundo trueno retumbó en la noche.

Unas manos fuertes la acompañaron de la cadera en su vuelta.

—Te hacía en los brazos del príncipe. —Una voz a su espalda. Junto al cuello.

—Fíjate, yo a ti también. —Victoria se volvió y le apoyó las palmas en el pecho para marcar la distancia.

Sus ojos verdes la recibieron, guarecidos tras su máscara. El zorro acechando en las sombras. Victoria armó los suyos de hielo para protegerse.

—¿Por qué ha venido?

Søren sonrió y sus pupilas brillaron al reflejar el fuego.

—Estoy siguiendo la recomendación de una amiga: acercarme a esta gente y conocerla en lugar de trazar enrevesadas estratagemas para espiarlos.

—¿«Una amiga»? —Victoria enarcó una ceja con gesto adusto.

El capitán rio.

—Veo que todavía no ha bebido lo suficiente como para alcanzar ese punto en el que le caigo bien.

Rotaron, siguiendo la coreografía, y quedaron espalda contra espalda.

—Acierta. ¿Por qué no se marcha y regresa dentro de algo así como un siglo?

—Victoria Holstein, tan amable como siempre.

Sus pasos se cruzaron mientras se dirigían a las respectivas parejas que ahora les quedaban de frente.

Victoria se dejó guiar por su acompañante hacia atrás y volvió a sentir la presencia del capitán a su espalda.

—Conque sus agentes andan patrullando el perímetro —murmuró. Aunque fingían mezclarse en la celebración, sus posiciones espaciadas para cubrir todos los puntos y sus miradas alerta los delataban.

—Es una noche propicia para la confusión. Preferiría no tener que lamentar incidentes —respondió en su mismo tono quedo, casi como si estuviesen conspirando juntos.

Uno de sus hombres cruzaba justo por allí e intercambió un sutil asentimiento con su capitán. Todo correcto.

Victoria se alejó hacia una nueva pareja.

—Así que el plan principal sigue siendo espiar.

Un trueno. El resplandor en el cielo.

Con la agilidad de un felino, Søren la adelantó. Volvían a quedar de frente. Le sonrió al ofrecerle la mano.

—Y bailar. —Tiró de ella y la sacó de la fila hacia el centro del círculo. La invitó a describir una vuelta y la recogió en sus brazos—. Sobre todo, bailar.

Se quedaron solos en medio de la marabunta que giraba a su alrededor; en medio de las hogueras que velaban sus rostros entre sombras y resplandores y crepitaban al son de la música.

Se quedaron solos cuando se miraron a los ojos y el resto se difuminó en un pálido horizonte. Gotas de color diluidas por un pincel empapado en agua.

Entonces Victoria lo tuvo claro. La mirada de Søren escondía magia. Hipnotizaba. Envolvía. Mordía el corazón.

Igual que el tacto de su palma rugosa contra la suya. Bocanadas de aire cálido cosquilleándole en la piel como el aliento de un dragón.

No cabía otra explicación para lo fácil que fue dejarse guiar y bailar con él. Amapola de fuego mecida por el viento. Un astuto zorro sostenía su tallo robado y ella se movía atrapada a su merced.

Y así los descubrió Margrethe cuando al fin arribó a los prados, con los pies magullados tras una ardua pelea con el empedrado en la que sus tacones se habían convertido en arma enemiga. Agotada por la interminable caminata, los traía colgados de la mano. Apenas sentía ya las plantas, frías y sucias. Después de forzar sus piernas a avanzar más rápido, el sudor se había convertido en un manto de escarcha sobre su piel. El corsé no ayudaba a calmar su respiración, ávida de oxígeno. La nariz le moqueaba, tan llorosa como sus ojos decepcionados.

Y así la descubrió Ingrid, con el peinado tan deshilachado como el bajo del vestido y el corazón roto en la mirada. No necesitó girarse. Ya sabía lo que veía.

—Mi niña preciosa. —La abrazó contra su pecho y su hija se aferró a ella.

Se restregó los ojos. Ingrid la besó en la frente y le secó las mejillas con sus manos. Luego se fijó en lo que llevaba puesto. Margrethe tapó el collar con gesto avergonzado. Tomado sin permiso, como todo lo demás.

Ingrid le retiró un mechón suelto tras la oreja y fue ella quien se disculpó:

—Siento si alguna vez te he hecho creer que necesitas las joyas y los vestidos de otra para brillar. Tú misma te sobras y te bastas para iluminar el firmamento sin nada más. Y, un día, un hombre sabrá verlo.

Le colocó su capa sobre los hombros para abrigarla y le echó un último vistazo a Victoria, absorta en la mirada que la había convertido en centro de su universo. Estaba bien acompañada. Sonrió y le frotó los brazos a Margrethe.

—Vámonos a casa. Te prepararé un chocolate.

Grethe asintió y se apretó contra su cuerpo. Ingrid pensó que tal vez Victoria tuviese razón: era pronto para que su niña dejase de serlo. Mejor sacudirse las prisas y disfrutar del tiempo juntas. Tanto como el que ella había echado en falta junto a las faldas de su madre.

CORTEJO DE HADAS

—**D**evuélveme mi guante —exigió de pronto Victoria. *Libérame de tu hechizo.* De todo aquello que sentía y no terminaba de entender.

—Cierto. Tu guante. —Søren sonrió.

Y una parte de Victoria pensó en lo bonito de su sonrisa y el tacto suave que sus labios prometían, enmarcados por la perilla oscura. Su parte sensata quiso ver las fauces de un depredador listo para morder.

Un rayo se reflejó en sus dientes blancos. Esta vez mucho más cerca. La brisa traía humedad, arrastraba las hojas y enfurecía los fuegos. Una lluvia de chispas envueltas de frío.

¿Quién o qué eres? Sus ojos lo escrutaban.

Un hombre venido de la capital, sin familia ni hogar, amigo de la Corona y con la habilidad de encantar con su presencia. Sí, él era aquello de cuanto Hans la advertía en su carta.

¿Qué te propones?

¿Sería su corazón el próximo en terminar arrancado en el fiordo?

Dio un respingo cuando notó un tirón en las faldas.

—Señorita Holstein —Helle la llamaba.

Más niños venían detrás. La rodearon para guiarla al centro del festejo. Invocadas por sus risas, llegaron las primeras gotas de lluvia.

—¡Señorita Holstein! —proclamaban—. ¡La reina de la primavera!

La condujeron hasta el hombre que, vestido de diablillo burlesco con cascabeles en la cabeza y en la punta de sus zapatos rojos, dirigía la fiesta.

—¡La reina de la primavera!

El diablillo fue a ponerle una corona de hojalata. Ella la agarró con la mano antes de que se la colocara.

—No, yo no. ¿Dónde está Ingrid?

Los niños miraron en redondo.

—Os han gustado sus bollos y sus empanadas, ¿verdad?

Todos asintieron con ganas.

—¡Pues ayudadme a encontrarla para decirle que ella es nuestra reina! —Alzó la corona, necesitada de dueña.

Aceptaron aquel juego con nuevas risas y corrieron en torno suyo, como un séquito de danzarinas hadas, mientras iban de un lado a otro escrutando a la multitud.

—¡Señora Bastholm! —la llamaban—. ¡Reina de los bollos y las empanadas de carne!

También aullaba la tormenta, desatada sobre sus cabezas.

—¡Hummm! ¡Deliciosa primavera bajo su reinado!

—¡De los árboles nacerán bizcochos y de los sembrados corderos ya trinchados!

Según el cielo se encapotaba y la tierra se embarraba, los niños fueron desapareciendo, arrastrados por sus madres de regreso a casa.

Cuando Victoria se quitó el antifaz para limpiarse el agua de los ojos, se había quedado sola junto a un granero.

Una corona de hojalata en la mano y las hogueras abandonadas por cortejo. El viento bregaba con los manteles de los tablones colocados a modo de mesas, donde hacía rato que se había acabado la comida. La lluvia repiqueteaba en el caldero de gløgg, convertido ahora en bebida de duendes, acostumbrados a sorber el rocío de las hojas.

Un rayo partió el horizonte y Victoria elevó el rostro a las alturas. Cuando el resplandor se apagó y su vista bajó, Søren estaba delante de ella con su antifaz de astuto zorro.

—Reina del bosque. —Le dedicó una reverencia.

Victoria aguantó la respiración y el trueno retumbó en los prados. Tierras que los seres invisibles reclamaban para su propio festejo, huidos todos los humanos. Danzaban con los bramidos del cielo.

Y ella se había quedado sola en su traicionera compañía.

Observó a Søren. El agua le empapaba la camisa, que se pegaba a los contornos de sus músculos. Bajaba también por su rostro, donde jugaba a columpiarse de sus pestañas espesas. Escurría desde sus rizos negros y Victoria volvió a fijarse en cómo le ocultaban la punta de las orejas.

Se llevó la mano derecha a la espalda, entre los pliegues de su vestido, y dio un paso atrás.

Él avanzó dos y sus ojos atraparon su mirada. Encendidos, brujos, no la soltaban.

—Victoria Holstein, un día tendré el valor suficiente como para pedirte matrimonio en mi propio nombre.

Y acto seguido la atrajo contra sí por la cintura y la besó bajo el parpadeo de un nuevo rayo. Por un instante, Victoria probó el sabor de la lluvia en sus labios y se sintió alcanzada por aquella descarga que partía el cielo sobre sus cabezas. Se le erizó la piel.

Søren soltó un gemido y se apartó. Su vista bajó hasta su pecho, allí donde Victoria acababa de apuñalarlo con la mitad de unas tijeras de hierro dulce, bañadas en agua bendita y con una cruz tallada en su hoja.

Su gesto pasó de la sorpresa a la incredulidad.

La mano de Victoria había escurrido por el filo mojado y también sangraba contra su camisa, florecida de escarlata.

—Nunca te he visto las orejas.

Y echó a correr, descalza como había estado bailando, con las faldas recogidas. Atrás dejó su arma, clavada en el corazón de aquel hombre de seductores ojos traicioneros.

EL PROFANADOR

Al andar con la cabeza gacha, la lluvia le escurría por la nariz y el hombre se la secó con la manga. Se quitó las molestas lentes para guardárselas en el bolsillo interior de su gabardina y se echó a un lado el pelo cano, bajo el bombín, para que dejase de gotearle en la cara. Se pasó un pañuelo por la frente y siguió clavando su bastón en el suelo humedecido.

Una fosa común adosada al cementerio acogía a los ajusticiados que, por sus crímenes, no podían recibir sagrada sepultura. Sin embargo, Hans Bastholm-Holstein no se encontraba entre ellos.

El cuerpo tenía que estar allí. Alguien se había saltado los cauces oficiales para devolvérselo a su hermana.

Buena oportunidad para ir a buscarlo, ahora que todos andaban de fiesta.

Ya sabía de la presencia de los perros. Dos filetes de carne con somnífero bastaron para ocuparse de ellos. Las nubes ocultaban la luna casi por completo mientras tanteaba la tierra con su bastón.

—¿Qué hace aquí?

Parpadeó. Tras el resplandor de un farol, una mujer con el ceño fruncido y un vestido hecho de ramas. Peligrosa melíade.

Por un instante, el corazón le dio un vuelco al creerse ante una aparición. Después se acercó para verla mejor, fascinado, y comprobó que sus contornos eran nítidos, y su rostro, de anodinos ojos marrones.

Arrugó el gesto.

—Usted no es una Holstein. —El desprecio envenenó su tono.

—No. Soy su ama de llaves —repuso con orgullo—. Y usted está en mi propiedad.

—¿Por qué no entra a guarecerse del temporal, mujer, y me deja tranquilo? Soy amigo de la señorita Holstein y la mandará azotar si se entera de que me ha importunado.

Si creía encontrarse ante una criada asustadiza, supo que se equivocaba cuando ella sonrió con suficiencia.

—Eso ya lo veremos.

La mujer seguía allí plantada y en la cabaña en la linde del bosque, junto a la empalizada, se encendió la luz, advertido su morador por los guiños del farol. Cuando el guarda asomó por la puerta, el intruso reprimió un escalofrío.

—¡Santo Dios!

Decidió marcharse antes de que aquellas brujas le marcasen el rostro de forma grotesca a él también. Había oído al reverendo Häusser denunciar su intento de quemarlo vivo.

Se despidió alzando su sombrero.

—Lo siento. Creo haberme perdido. —Miró en derredor como un anciano desorientado, cegato sin sus lentes—. Yo tan solo quería dar un paseo por el bosque.

Y apretó el ritmo para alejarse de allí e internarse entre los árboles.

Hielo en las manos

Victoria acababa de apuñalar a un agente de la autoridad. Poco iba a importar, en un juicio de personas cuerdas, si feérico o no. Y se sujetaba contra el pecho la mano ensangrentada. El corte le escocía.

La prudencia no recomendaba presentarse en casa de esa guisa. Tal vez Ingrid la cubriese, pero qué esperar de las nuevas criadas si las interrogaban. Por eso rodeó la mansión para probar a saltar la empalizada por la parte trasera. Con suerte, si los perros no armaban mucho jaleo, podría escabullirse hasta su cuarto sin que nadie la viese.

La lluvia comenzaba a amainar, pero el frío era un pesado manto entretejido con la bruma. Se abrazó los hombros y lamentó haber dejado su capa y los zapatos atrás.

Tomó el camino del bosque con los pies entumecidos y se echó el aliento en las manos. Después se las miró sorprendida; juraría que el aire había manado gélido de su boca. Una costra de escarcha cubría el corte de su palma.

—¡Victoria!

Una figura emergía entre los árboles.

—¡Mi Victoria, mi golondrina! —Johann la estrechó en sus brazos. Su mirada parecía enfebrecida, y ella reculó.

—¿Qué haces aquí?

Todavía vestía el traje que había lucido en el baile de palacio. Los zapatos sucios de barro y el cabello rubio empapado.

—Seguir... —Giró en redondo, ansioso, como si hubiese perdido algo—. Seguir la canción.

—¿Qué canción, Johann?

—Oí cantar a una princesa.

—¿Una princesa?

—La princesa más hermosa de cuantas han existido. —Su mirada se iluminó—. Me llama. Me aguarda. Con ella del brazo me presentaré en la corte como el rey digno de admiración que mi abuelo espera de mí.

Victoria lo recordó vagando de madrugada junto a su mansión, sonámbulo e hipnotizado.

Como continuaba escudriñando las sombras con aquella expresión enajenada en busca de su tesoro escondido, le agarró las muñecas para traerlo de vuelta. Él la miró y parpadeó. Su vista pareció aclararse y sonrió.

—Y te he encontrado a ti, mi Victoria.

Le sostuvo el rostro y besó sus labios con ardor.

—Johann... —gimió contra su boca e intentó apartarse, pillada por sorpresa por aquel arrebato, pero él la sujetó con fuerza.

—Golondrina. —Tiró de ella para seguir besándola contra el tronco de un abedul.

—Basta —pidió Victoria, con los ojos cerrados y el corazón quebrado. Ya conocía aquella intensidad desatada y el dolor que venía después.

No más traiciones, por favor.

Había dejado de fiarse de sus besos.

Y ahí estaba de nuevo: aquel punzante dolor helado en el pecho. Un aguijón de escarcha por cada arista de su corazón roto.

El mismo frío que Johann sintió cuando ella le apoyó la mano en el esternón para alejarlo. Una lágrima le escurría por la mejilla y el príncipe la tomó en su dedo. Un cristal de nieve brillaba en su interior.

Con la mente algo más lúcida, recordó que tenía una información que darle:

—He investigado lo que me pediste y no hay constancia de la orden de ejecución de tu hermano. Mi abuelo no poseía conocimiento de ella. Ni él ni nadie.

—Søren dijo que la misiva venía con el sello del rey.

Victoria sintió que se ahogaba. Aquella confirmación, por más esperada que fuese, la había arrojado de nuevo a las profundidades del lago helado, donde las aguas negras le oprimían la garganta y alguien le susurraba al oído.

Volvía a llorar. Él le secó el rostro con sus caricias.

—Olvídalo. Le haré pagar por sus crímenes. —Su boca la reclamaba una vez más, como si sus lágrimas fuesen un canto de sirena al que no lograra resistirse. Sus manos la atraían contra sí y se paseaban por sus hombros desnudos—. No tendrás que volver a verlo.

Y entonces Victoria lo comprendió: estaba celoso.

¿Por eso me quieres de nuevo, Johann? ¿Porque no soportas que nadie te quite lo que es tuyo?

Entregarla a otro hombre llorosa y sometida, un alma en pena enamorada, sí, pero verla sonreírle a ese mismo hombre en la intimidad de una salita de noche o en un baile, no. Aquello suponía una derrota que no estaba dispuesto a tolerar. Porque en el primer caso era él quien decidía qué quería para sí y qué despreciaba, migajas que regalaba; en el segundo, se sabía reemplazado.

—Mi Victoria. —Le devoró el cuello y la línea de las clavículas.

Y ella quiso gritar y golpearlo. Por tramposo. Por utilizar su amor a conveniencia. Un corazón de hielo le pesaba en el pecho. Latidos helados que le escarchaban las venas.

—Qué fría estás, pajarito mío. —Caballeroso salvador como le gustaba creerse, la estrechó más fuerte contra sí.

Pero aquel abrazo no la hizo sentir segura; tan solo frágil. Abandonada en una estepa de furiosa ventisca gris. Sus besos le robaban pedazos de alma y no le devolvían más que vacío en compensación.

Y Victoria se rindió al frío; estaba cansada de luchar. Cuando le abrió su ser, dejó de quemarle en la piel. Anestesió su dolor y, a cambio, le entregó poder. Dejar de ser una presa para convertirse en depredador. Dominar el juego en lugar de terminar siempre atrapada.

Correspondió a los besos ávidos de Johann y él gruñó con gusto. Victoria se apartó con una sonrisa que prometía más y echó a correr, coqueta, invitándolo a seguirla.

¿Cantaba? ¿Era ella? Sin duda, le pareció oír una canción. Vibraba en su garganta. Retumbaba en sus costillas.

Lo guio bosque adentro. Le resultaba fácil avanzar entre sus sombras. Eran su hogar. De sus pies descalzos manaba un reguero de escarcha para marcarle el camino. Había dejado de notar el frío, que comenzaba a cubrir como una segunda capa su vestido, luchando por apagar el fuego de aquella amapola en llamas.

Un corte en la mejilla cuando un pájaro con los colores del alba le pasó rozando con el ala.

Algo en ella lo reconoció y lo detestó. Le bufó enseñándole los dientes.

—Es mía —le espetó con una voz que no le pertenecía, amenazante y triunfal.

Le tiró del pelo con las patas y Victoria lo apartó de un manotazo que lastró de hielo su vuelo, estampándolo contra la tierra.

Johann llegó a su lado y ella se dejó atrapar con nuevos besos cada vez más exigentes. La miraba con ojos embelesados, naufragados en anhelo.

—¿Serás mi reina?

Mentira. Tarde. Pensamientos que se arremolinaron en su mente. ¿Le hablaba a ella o a la princesa que oía cantar?

Una voz más clara, de gélida escarcha, imponiéndose sobre la suya:

Sí, lo seré. Reina de mis propios dominios. Y tú te inclinarás a mis pies.

—Ven. —Tiró de su mano y Johann la siguió.

Lo conducía hacia el lago. Sentía su llamada.

La luna se reflejó en su sonrisa y, por un momento, Johann parpadeó. Le había parecido demasiado afilada. Sus pupilas dilatadas se estrecharon por el temor y estuvo a punto de soltarse.

—¿Me tienes miedo? —preguntó con voz melosa.

Él rio.

—No. No. Claro que no. —Y volvió a acercarse.

La abrazó sin excesivo cuidado para besarla y Victoria le rodeó el cuello con sus caricias. El frío comenzó a adueñarse de su pulso cálido y, pronto, él también se llevó la mano a la garganta. Se ahogaba. El hielo enlentecía su flujo sanguíneo y le robaba el oxígeno. La mano de Victoria convertida en una garra contra cuya fuerza no podía medirse, por más que intentase soltarse con desesperación.

Cayó al suelo. Boqueaba.

—Pues deberías. —Victoria le sonrió, de pie frente a él, con su vestido cubierto de escarcha. Había dejado de ser una llama para convertirse en un carámbano dispuesto a hundirse en la carne.

Se agachó y volvió a besarlo, obligándolo a quedar tendido bajo su cuerpo. Su mano le palpó el pecho y, al hallar el centro de sus latidos, sus uñas le arañaron la piel. Duras y afiladas como el hielo, buscaban su corazón. Así no volvería a traicionarla. Así sería solo suyo.

El pájaro adornado de amanecer apareció de nuevo. Liberado del hielo, batía raudo sus alas entre trinos desaforados. Le arañó la cara y después le picoteó la mano con la que amenazaba la vida del príncipe. El dolor se impuso sobre la embriaguez del frío y fue el turno de Victoria de parpadear confundida.

Vio el rostro macilento de Johann. Después, la sangre que manaba bajo sus uñas.

Gritó y se apartó de un salto.

Miró a su alrededor. ¿Dónde estaba?

En las entrañas del bosque. Cerca del lago. Con un hombre inconsciente a sus pies. Una herida en su pecho allí donde sus manos habían intentado arrancarle el corazón.

Pensó en todos los cadáveres de los que le habían hablado.

Soltó un gemido y se tapó la boca, manchándola de escarlata. Los labios de una asesina.

—Soy yo —murmuró mientras retrocedía sin poder apartar los ojos de Johann—. Soy yo.

Algo se removía en su interior. Hambre. Rabia. Todavía quería su premio. Por eso, para salvar a Johann y también a sí misma, se alejó a la carrera.

Al resplandor
de un candil

Tropezaba con los pies entumecidos mientras las lágrimas le nublaban la vista. Los dientes le castañeaban. Chocó contra una espalda recia.

—Tú. —Un rostro la enfrentó.

—Doctor Ørsted. —Lo reconoció con alivio. Su sabiduría y su temperamento calmado la reconfortarían. Si alguien sabía qué hacer, sería él—. Necesito su ayuda —gimoteó—. Johann… —Echó la vista atrás.

—Sí, ¿qué le has hecho al príncipe, pequeña bruja? —Las nubes se abrían y su mirada severa recayó precisa en las manchas escarlatas de sus comisuras sin necesidad de ayudarse de sus habituales lentes—. ¿Ya lo has devorado?

—Yo…

Sus ojos no eran tan amables como recordaba. Retrocedió.

—Tú. Último vástago de un linaje maldito.

—¿De qué habla? —Volvía a sentir ganas de llorar.

—Una grieta heredada os recorre. Una esquirla de maldad clavada. Tu historia está unida a la de este lugar. —Y él las había investigado todas—. Te ayudaré, sí.

Levantó el bastón, que ya no parecía necesitar para caminar. Con un hábil giro de muñeca, de su extremo surgió la punta de un estoque que amenazó la garganta de Victoria, atrapada contra un árbol a su espalda.

—Te ayudaré a reunirte con tu padre, el demonio, y libraré a este mundo de tu estirpe para siempre. Esta es mi misión sagrada. Toda mi vida dedicada a ella. Limpiar nuestro reino de las criaturas como tú.

Aquello no podía estar pasando. El filo besaba su cuello. Iba a matarla. Cerró los ojos y gritó.

Un golpe seco.

Cuando volvió a abrirlos, el doctor Ørsted yacía tendido en el suelo. A su lado, Ingrid aún enarbolaba el rodillo de amasar con el que acababa de golpearlo en la nuca.

—Nadie amenaza a mi familia —le gruñó con la fiereza de una madre protegiendo a su cría.

—¡Ingrid! —Victoria se lanzó a sus brazos y lloró contra su pecho—. Ingrid... ¿Cómo... cómo...? —Se restregó la nariz.

Pero su madrastra era una mujer práctica y, en lugar de relatarle cómo había sospechado de aquel hombre tras descubrirlo en su propiedad y abrazado la corazonada de seguirlo, le tomó las manos.

—Estás helada. —Se quitó su propia capa para echársela sobre los hombros. Después observó con el ceño fruncido al anciano inconsciente—. ¿Qué ha ocurrido?

—Quería matarme. —Victoria también lo estudió, incrédula todavía.

Ingrid portaba un candil. A su luz, un resplandor brilló en el anular del doctor.

El emblema real.

Un anillo idéntico al suyo que el rey le había entregado a su buen y persistente amigo. El mismo que había sellado una misiva y una condena.

Un hombre de la capital bien relacionado y con don de gentes.

«Librar este mundo de tu estirpe».

Buscó la mirada de su madrastra.

—Él asesinó a Hans.

Tres veces

Tras Ingrid venía Ignaz, rezagado por su cojera y la tos. Él se encargó de arrastrar sin mucho reparo al doctor de vuelta a la mansión, con las manos atadas a la espalda por si despertaba antes de tiempo. Ingrid le echaba atentos vistazos, con su rodillo alerta.

Victoria temblaba y dejó que fuesen ellos quienes se encargaran de avisar a las autoridades y contarles lo ocurrido. Ingrid la había mandado derecha a la cama después de atender sus heridas, pero ella corrió a refugiarse en la salita de mamá. Allí abrió la cajita en la que guardaba las cartas de Hans para leer la última que había recibido y comprobar que la descripción del peligro inminente encajaba con el doctor.

—¡Oh, Hans! ¿No podrías haberlo dejado más claro?

Quizás su hermano tampoco supiese bien de quién huía; quizás solo lo intuyese.

Fue a doblar de nuevo el papel. Entonces descubrió unas letras apresuradas en el reverso.

«Traigo ayuda».

¿Ayuda, Hans? Soltó una carcajada irónica. *Gracias a tus pistas, acabo de apuñalar al capitán del ducado, con toda probabilidad inocente a la luz de los últimos acontecimientos, y he dejado*

inconsciente en el bosque al heredero a la Corona tras intentar arrancarle el corazón. Por no hablar de que al mío ya no le quedan certezas. Sin duda, me vendría bien un poco de ayuda. Gracias.

Pero nada más comentaba su hermano al respecto de cómo ni cuándo llegaría esa ayuda.

Recordó su voz en mitad de un sueño.

«Necesitas ayuda. Tendrás que pronunciar su nombre tres veces».

Victoria soltó el aire, exasperada, con ganas de sumar la estrangulación de su hermano a su lista de crímenes recientes.

—¡Por Dios, Hans! —Arrugó la carta en el puño—. Podrías haber sido un pelín menos críptico por un mísero instante en tu vida.

Se golpeó la frente, desesperada por extraer un conocimiento del que carecía.

—¡Por los clavos de Cristo! —Le copió a Ingrid una de sus exclamaciones favoritas—. ¡¿Qué nombre, Hans?!

Había comenzado a andar en círculos y se detuvo de golpe con una repentina certeza: ya habían tenido esa conversación antes. Cerró los ojos e intentó recordar.

«¿Qué nombre?».

Hans sonreía con la mirada iluminada.

«Su nombre».

Su expresión radiante y embelesada idéntica a cuando le mostró un retrato entre los barrotes de su celda.

«¿Es él?», le había preguntado, y el rubor de sus mejillas contestó en su lugar.

Victoria se lanzó al cajón y lo revolvió hasta dar con su cuaderno de dibujo. Fue a las últimas hojas, allí donde había plasmado decenas de veces a un apuesto joven convirtiéndose en pájaro. Las pasó con rapidez, recorriéndolas con la vista a toda prisa. Hasta que en una esquina encontró una palabra:

«Arne».

Un nombre delineado por una mano amante de mimada caligrafía.

Se aclaró la voz y alzó el cuaderno. Así era como Hans habría fingido leer en un libro de conjuros.

—Arne. Arne. Arne.

La ayuda

Silencio. Y más silencio.

Nada ocurrió.

En fin, ¿qué esperaba? Las historias de Ingrid le habían afectado el cerebro.

Sintiéndose frustrada y estúpida, cerró el cuaderno y lo devolvió a su lugar con brusquedad. No solo no había resuelto nada, sino que ahora debía lidiar también con una profunda sensación de bochorno.

Al parecer, ser una asesina daba hambre. Y el estrés también. Su estómago rugía, sin dejarle pensar con claridad en qué hacer a continuación.

Se dirigió a la cocina de puntillas, salivando al pensar en los bollitos que Ingrid había reservado para la mañana siguiente, cuando los niños llegarían a pedir sus golosinas de Fastelavn. Cuán lejana parecía en aquel momento la celebración a la que había acudido apenas un par de horas atrás.

Al cruzar la puerta, descubrió que los dulces ya tenían dueño: un hombre de constitución esbelta los devoraba sentado en la encimera con las piernas cruzadas, encorvado sobre la bandeja que sostenía en el regazo, en clara actitud de no dejarse robar ni uno. Iba descalzo. Sus pantalones remendados no llegaban a cubrirle los tobillos.

Victoria fue a gritar, pero, en un parpadeo, el intruso estaba frente a ella y le tapaba la boca con más fuerza de la que sus finos dedos de artista permitirían adivinar. Olía a humedad entre el follaje.

Le hizo un gesto de guardar silencio llevándose el índice a los labios.

—No queremos que aparezca la beata con sus cruces, ¿verdad? —La soltó despacio y sonrió—. Ni su temible rodillo amasador. Buen bateo de derecha el suyo.

Volvió a centrarse en los bollos y se metió los dos últimos, enteros, en la boca.

—Cocina bien —comentó con los carrillos llenos mientras masticaba. Después tragó con sonoridad y atacó el pescado crudo que Ingrid había dejado macerando en su salsa de finas hierbas. Su raspa crujió cuando lo partió en dos de un bocado, y se giró hacia Victoria con la cola colgando de su boca hasta que la hizo desaparecer entre mordiscos—. ¿Has olvidado lo que te enseñó tu madre de alimentar a los nisse, niña?

Abrió la despensa y se echó un largo trago del vino que Ingrid usaba para condimentar la carne. Luego hundió la mano en el tarro de la miel y se lamió la palma bien colmada.

Victoria no decía nada. Aquel hombre de miembros elegantes y estrechos era el más alto que había contemplado en su vida. Sus ojos oscilaban entre el verde y el ámbar, en una mareante danza que le impedía sostenerle la mirada sin tener la sensación de que caería al suelo. Había algo inquietante en la forma ovalada de su pupila, similar a la de los gatos. Pero, sobre todo, estaban sus orejas: rematadas en una alargada punta de manera inconfundible, como dos lágrimas.

No podía apartar la vista de ellas.

—Deja de mirarlas —gruñó él, aunque continuaba de espaldas—. ¿O quieres que haga a las tuyas crecer igual?

Los labios de Victoria al fin despertaron:

—No —contestó, y se atrevió a volver a respirar.

—Vaya, si la pequeña mortal asustada sabe hablar. —Dejó el tarro de miel destapado y pasó al de las ciruelas en compota con la misma mano que había usado por cuchara.

—Tenemos cubiertos —señaló Victoria.

—¿De hierro? —bufó él con desprecio.

—Y de madera. —Le ofreció un cazo y él se lo arrebató con una sonrisa que distaba de ser amigable por culpa de aquellos dientes afilados. Victoria aprovechó la oportunidad para observarlo más de cerca antes de volver a guardar una prudencial distancia. Sin duda, se trataba del muchacho que su hermano había retratado en sus dibujos, aunque la mirada de Hans lo había vuelto menos siniestro y más humano.

Él seguía zampando sin modales ni mesura.

—Por la madre Nerþuz[17], estoy famélico —se quejó—. ¿Tú crees que puedo alimentarme de grano y comida de perro durante semanas, hasta que a la señorita le dé por acordarse de mí? Un llamamiento muy teatral, por cierto. —Al hablar rociaba de migas el suelo—. Y luego, ni comida de perro cuando la devota histérica comenzó a llenar todo de hierro y sal.

—Intentaba protegerme —la defendió, ganándose una mirada socarrona en contestación.

—¿De tu guardián? —Sus ojos se fijaron en sus labios, como si todavía pudiese apreciar el reguero escarlata que los había manchado—. Veo que os ha ido muy bien, sí.

—————————————

17. Antigua diosa nórdica, latinizada como «Nerthus».

—Después le echó un vistazo a la herida de su cuello, cortesía del estoque del doctor Ørsted—. Sus historias olvidan que, a menudo, los humanos sois más peligrosos. —Una pausa para seguir comiendo antes de farfullar—. Sophie me caía mejor. No me dejaba pasar hambre.

—¿También fuiste su guardián?

Él resopló.

—Toda una eternidad dedicada a los Holstein. —El cajón del que Victoria había sacado el cazo seguía abierto y sus ojos brillaron al reparar en una cucharilla de postre labrada con plata. La tomó con gesto ávido y se la echó al bolsillo—. E incluso desde antes, cuando ni siquiera llevabais ese apellido.

—Pues parece que no fuiste muy buen guardián de mi madre.

Su mirada llameó a la par que volvía a mostrarle aquellos dientes afilados. Victoria notó condensarse la energía alrededor de aquel ser. Pero, en el último momento, soltó el aire y la dejó ir.

—Tengo mis límites. —Destensó la postura de ataque que había adoptado—. Se os ha encomendado luchar contra un gran mal. Yo solo puedo ayudar.

Cerró la despensa y se limpió las boceras con la manga. Parecía que al fin se daba por saciado.

—¿Comenzamos?

—¿Por dónde? —dudó Victoria.

—Yo no lo consideraría una gran pérdida. Una golondrina podría cagarle en la boca de tanto invocarlas. Pero quizás estés interesada en ir a buscar a ese principito tuyo. Antes de que ella lo encuentre. —Se rascó una de esas peculiares orejas suyas, en absoluto preocupado—. Si es que no lo ha hecho ya.

—¿Quieres que regresemos al bosque?

—¿Los humanos siempre necesitáis que se os repita todo?

—¿Y cómo sé que no piensas raptarme? —Victoria se cruzó de brazos. No había apuñalado a un hombre para ahora volverse confiada.

En un parpadeo, Arne se cernía sobre ella.

—No me interesas, mujer. —Un chirriante susurro en su oído cuyo tono le dejó claro que, de interesarle, no tendría muchas opciones de evitarlo.

Recordó la sonrisa soñadora de Hans.

«Lo conseguí, Vi. Después de tantos años, al final atrapé al nisse».

El cariño con el que había trazado su rostro.

«O él me atrapó a mí».

Y, por último, lo vio solo tras los barrotes de una celda.

La bofetada que le propinó al extraño, cuyo eco se amplificó en el silencio de la cocina, los sorprendió a ambos. Victoria volvía a tener los ojos húmedos. Apretó los puños.

—No lo salvaste —le recriminó—. Ni moriste a su lado.

Él apartó la vista.

—Que acabase en prisión no estaba planeado. Se nos adelantó.

Victoria suspiró y se frotó los ojos, cansada.

—Si hubiese sido cualquier otra acusación... Hans habría luchado. Pero no quiso traicionar a su corazón. —Se atrevió a enfrentar su mirada—. No quiso negarte.

Se observaron en silencio.

—¿Lo amaste tanto como él te amó a ti?

—Todavía no te he arrancado la mano y sigo dispuesto a ayudarte. ¿Eso contesta a tu pregunta, humana?

—Creí que ayudarme era tu misión.

—Ahora es una promesa personal a alguien que te quiso con toda su alma. Le juré cuidar de ti.

Se dirigió a la puerta y Victoria se apartó. Él le dedicó un vistazo por encima del hombro.

—¿Vamos a por el golondrino?

LEYENDAS DEL HIELO

Victoria se puso ropa cómoda y abrigada, con unas buenas botas de campo y guantes de doble capa. Arne la esperaba en la puerta de su cuarto.

—Muy bonito esto de vestiros con pieles de cadáveres —comentó antes de convertirse de nuevo en pájaro con un revoloteo y posarse sobre su hombro.

Mejor un solo par de pisadas. Aunque dudaba de que aquello bastase para burlar el fino oído de Ingrid, a la que habían escuchado regresar de su encuentro con las autoridades.

Pronto comprobó que no había de qué preocuparse: ni sus pasos ni su respiración hacían ruido. Ni siquiera al bajar la escalera hacia el jardín, que solía crujir. Victoria era un espectro. El silencio la cubría como una capa, tan denso que creyó poder palparlo.

Hasta que no estuvo fuera de la empalizada y Arne levantó su hechizo, los sonidos no regresaron a ella. Jamás habría imaginado que escuchar su aliento pudiese resultar tan reconfortante, que se pudiera echar de menos el propio latir.

Arne voló y volvió a ser un joven que andaba un par de zancadas por delante, confundiéndose con la maleza con fluidez. Su forma de moverse se asimilaba a las ramas de los árboles agitadas por el viento. Si no hubiese sabido que se encontraba allí, le habría pasado desapercibido.

—¿Dónde se supone que has estado todo este tiempo? —Apretó el ritmo para no perderlo.

—Define «todo este tiempo». ¿Los tres últimos siglos, quizás? Puede ser una historia un poco larga. Y casi tan aburrida como los mortales y vuestras idas y venidas.

—Pues háblame de este último mes. Desde que Hans regresó.

—Sigues pensando en que no hice nada por salvarlo. —Se giró para mirarla. Sus ojos como brillantes gotas de ámbar en la oscuridad—. Verás, me encontraba un poco impedido, atrapado en un dibujo.

—¿Por qué eras un dibujo?

Arne resopló.

—Preguntas y preguntas. —Le hizo burla con la mano simulando una fastidiosa boquita que no dejaba de abrirse y cerrarse para piar—. Mi ser está ligado a este lugar. Igual que el tuyo, debo añadir. Pero Hans se marchó y yo quise seguirlo. Me… intrigaba. —Bajó el tono, y Victoria supo que aquello era lo más cercano a una confesión amorosa que le arrancaría—. Tú eras una cría seria, aburrida y suspirona. Y él también llevaba el apellido Holstein, ¿no? ¿Por qué tenía que quedarme contigo?

—¿«Suspirona»?

—Suspiros y más suspiros por el príncipe golondrino. ¿Sabes que semejantes corrientes de aire desestabilizan vuelos sensibles como el mío?

—Vamos, que abandonaste tu puesto. —Victoria se cruzó de brazos, a la defensiva.

—Sí. Y eso significa violar juramentos y líneas telúricas que no iban a ponérmelo fácil para regresar. Tuvimos

que tirar de ingenio y hacer algo de contrabando mágico.
—Le guiñó un ojo.

—Así que primero fuiste un dibujo...

—Y después un pájaro normal y corriente, sí. Hasta
que tú me liberaras de nuevo. Tarea para la que te has tomado tu tiempo, ¿eh, cazahombres?

—No me llames así. Yo no...

Arne la interrumpió con su risa.

—Esta noche ya van dos. Normal que ella te reclame.
Eres digna heredera suya. Me alegro de que el tijeretazo se
lo llevase otro, por cierto. —Se acarició el pecho con alivio—. De verdad, menudas ideas. Confundir a un anodino
humano con uno de mi especie. ¿Debería ofenderme? —Ladeó la cabeza como un búho. Después volvió a reír. Le
resultaba demasiado divertido como para enfadarse—.
«Nunca te he visto las orejas». Bonita declaración de amor.
Original y sentida, sí señora.

Victoria no quería pensar en Søren. Ni en el roce de sus
labios. Ni en su mirada traicionada al herirlo. Recordarlo le
contraía el corazón. Se dijo que debía salvarlos de uno en uno
o se volvería loca. Primero sacarían a Johann del bosque y después irían a por el capitán. Seguro que Arne podría curarlo.

—¿Quién es «ella»? —Cambió de tema.

—Ah, ella. —La mirada de Arne se ensombreció y su
gesto jovial se apagó—. La bruja del hielo.

Tomó aire sin prisa antes de aclararse:

—Fue una princesa en su palacio entre gélidas montañas. Hasta que su amor la traicionó y se arrancó el corazón,
rota de pena. Su madre, una giganta de los glaciares, le
fabricó uno de hielo para salvarla.

»Pero ella pronto echó de menos el calor de un corazón
vivo, y el de su malogrado amante fue el primero que robó.

Un triunfo efímero en cuanto su regusto sobre la lengua se apagó y tan solo el frío volvió a quedar. Así que buscó otro y otro y otro más. Una venganza nunca satisfecha. Hay dolores que no se curan jamás.

—¿Y qué ocurrió después?

Arne sonrió.

—La cazadora de lobos. Una granjera. Vivía en estas tierras y era más joven aún que tú cuando tomó el hacha de su padre para enfrentarla y librar a aquellos a los que amaba de su amenaza.

—Un hacha… y un pico de pájaro. ¿Me equivoco? —Victoria recordó la insignia de su abuelo.

—Exacto. Y el amor de aquellos a quienes protegía. —Le tocó el pecho y allí apareció el pequeño distintivo, prendido de su ropa—. Consiguió derrotarla. Aquí. En tu querido lago. Y así se convertiría en la primera guardiana de la niebla. El título y los privilegios que sus conciudadanos le otorgaron en reconocimiento a su servicio.

—¿Y entonces por qué la bruja sigue aquí?

—Porque, cuando le atravesó su gélido corazón de hielo, estalló y una esquirla quedó clavada en el suyo. Y aquel último reducto de la bruja y su poder se aferró a su calor, a su fuerza, y así sobrevivió en silencio. Latente. Nuestra granjera tuvo una vida larga y feliz y abandonó este mundo sin saberlo, pero desde entonces…

—Un linaje maldito —repitió Victoria, recordando lo que había dicho el doctor.

Arne asintió.

—Su huella transmitida de generación en generación. Valiente sangre nueva de la que nutrirse.

—¿Así que era mi antepasada? —Acarició el símbolo que adornaba su pecho.

—Remota. Vivió cuando los mortales aún escuchabais a la tierra, el viento y las tormentas.

—¿Entonces es verdad que los Holstein arrastramos un embrujo?

—Algunos manifestáis su marca; otros no. Un espectro alimentado de vuestras entrañas que busca alzarse de nuevo. Por eso sois sus guardianes. Ardua tarea la de contener un mal que portáis dentro. Don y maldición. Pensaron que necesitaríais ayuda para equilibrar la balanza. Ahí es donde entro yo.

—Y ahora ella quiere… —Se tocó el pecho—. ¿Quiere mi corazón? ¿Igual que arrancó el de Timy o el de Peder?

—Oh, no. Igual no. De ti quiere mucho más. Recuperar lo que fue. No quiere tu corazón, Victoria, de ti lo quiere todo. Tu cuerpo, tu voz… Reclamarte y dejar atrás su existencia como mero espectro.

—Pero antes no había asesinatos. —Unas ramitas crujieron bajo sus pies. La luna brillaba alta, mostrándoles el camino—. ¿Por qué ahora sí?

—Porque tú la has despertado.

—¿Yo?

—Tu dolor, tu soledad y tu rabia. La han alimentado y se ha alzado más poderosa de lo que lo ha sido en años. Cuanto más roto estaba tu corazón, más fuerte se hacía ella.

A Victoria la golpeó el remordimiento. Se quedó pálida y Arne trató de imitar un gesto muy humano, que le salió algo torpe y forzado, al frotarle un hombro.

—Si te sirve de consuelo, no has sido la primera guardiana que la alimenta con sus propios fantasmas. Por eso su espectro ha sobrevivido tanto tiempo.

Ella no lo escuchaba. Pensaba en Timy. En Peder. En todos los demás.

—¿Todo esto es por mi culpa?

De nuevo, una caricia compasiva que no terminaba de quedarle natural.

—Sí y no. No todas las preguntas tienen una única respuesta. Mejor que en lo que has hecho, piensa en lo que puedes hacer a partir de ahora.

—¿Acabar con ella?

Los ojos de Arne refulgieron entusiasmados cuando asintió y Victoria entendió que andaría ansioso por sacudirse de encima aquella misión que arrastraba ya durante siglos.

—¿Mi abuelo tuvo la marca?

—Sí. —Sonrió al evocarlo—. Un buen hombre. Siempre respetuoso y agradecido con los seres que habitamos los límites de la realidad y la imaginación. Nació con vuestro característico espíritu nostálgico en exceso. Eso lo conectaba con la bruja. A veces, en sus momentos más oscuros, le llegaba su voz. Entendía su dolor y su soledad. Pero encontró la forma de calmarla a ella y también de calmarse a sí mismo.

—La música —recordó Victoria—. Se sentaba a orillas del lago y tocaba su flauta. Y le enseñó a mi madre a danzar sobre el hielo.

«Le hacemos cosquillas en la tripa y así se tranquiliza», le había explicado ella.

—Pero no patinábamos para el lago —comprendió—. Lo hacíamos para nosotras mismas. Para no... —La voz se le quebró.

Para no alimentar su sed con nuestro dolor y nuestra rabia.

Tal vez no terminase de asimilarlo todo, pero sí tenía algo claro: ella había fallado y otros lo pagaban con su vida. Era su responsabilidad ponerle fin.

—Mi madre no pudo. —Cayó en la cuenta—. Derrotarla.

—Creo que jamás estuvo al alcance de Sophie semejante hazaña. Y ella lo supo.

—¿Por eso... se rindió? —Recordó las palabras de Ingrid. «Suicida».

—Fue su forma de luchar. De resistir. El frío la reclamaba, igual que a ti. Notaba su garra conquistando su ser y temió perderse. Temió hacerles daño a las personas que amaba.

Pensó en sí misma a punto de matar a Johann.

—Y se sacrificó antes de permitir algo así.

—Sí. Evitó que la sometiese. —Arne agachó la cabeza—. No fui suficiente ayuda. Pero tú tienes más del poder de la bruja. Lo entiendes mejor. Sois más afines. Eso la hace a ella más fuerte, pero también a ti.

—No sé... —Bajó la vista al suelo. Removió con el pie la hojarasca y resopló, para nada convencida.

—Victoria, de Sophie tú solo tienes un apellido maldito. Todo lo demás fue para Hans. Su dulzura, su sensibilidad, su genio artístico... Pero sí tienes mucho de la beata. De su terquedad y su fiereza.

—¿Quieres que la enfrente a base de mal humor?

—Bueno, hasta la fecha, a la negadora de alimento no se le ha dado mal interponerse a la llamada de la bruja. Te ha protegido más que yo. Y, sin duda, a ti no te va lo de tocarle la flauta o bailar para ella. Quiero que encuentres eso que os une y lo destruyas de una vez por todas.

Suspiró con cansancio y, por un momento, sus hombros hundidos reflejaron la silueta marchita de quien mucho había vivido, aunque su apariencia juvenil lo camuflase.

—Si lo logro, ¿serás libre?

Él asintió. Soñador, esperanzado. No podía tildarlo de egoísta, pero Victoria se sintió hasta cierto punto utilizada.

—Creí que veníamos a por Johann.

Habían llegado al lugar exacto en el que lo dejó. Vacío.

Arne le dedicó aquella sonrisa que no era humana.

—¿Y tú salvarías solo a uno pudiendo salvarlos a todos, guardiana?

Pensó en su madre. En su propia mano apuñalándose el corazón antes de caer al lago.

—Salvarlos o morir, ¿no?

SILENCIO

Ingrid se desveló. Esta vez no por culpa del ruido, sino por el silencio. Un silencio opaco, inusual, abrumador. Un silencio más propio de un cementerio que de un hogar.

Se reprendió por haberse rendido al sueño tras aquella extraña noche. Victoria estaría asustada después de lo ocurrido. No debería haberla dejado sola.

Sacudió la cabeza para desperezarse y fue hasta su cuarto.

Encontró su cama vacía, intacta.

Volvió a reprenderse. Normal. La chiquilla andaría nerviosa.

Se dirigió al salón donde solía coser, allí donde ella había acudido cada vez que necesitó su compañía.

—¿Amapola?

Empujó la puerta entornada. Nadie. El fuego se había apagado.

Ingrid volvió a oír el silencio y sintió la bruma reptarle por la espalda con un gélido escalofrío.

En el bosque de Bírnam

—¡Alguien viene! —advirtió Arne, antes de abandonar la escena en un rápido aleteo.

—¡¿Qué?! —Victoria giró sobre sí misma. Sola y asustada.

Al instante escuchó el ruido de un galope aproximándose con rapidez y la yegua manchada frenó en seco, levantándose sobre los cuartos traseros, para no arrollarla. El jinete mantuvo el equilibrio y ladeó al animal para poder descubrir el obstáculo encontrado en su camino, pues con la oscuridad todavía no la había divisado. Manejaba las riendas con la izquierda y en la derecha sujetaba una antorcha. A la luz del fuego, unos ojos verdes resplandecieron.

—Victoria Holstein, la reina del bosque. ¿Por qué no me sorprende?

—¡Søren! —El alivio de verlo sano y salvo fue inmediato—. ¡Estás…!

—¿Vivo? —Él enarcó una ceja y descabalgó con agilidad para quedar frente a frente—. Por suerte tengo costillas, y usted, una nefasta puntería. Y muy pocas ganas, si de verdad pretendía apuñalarme. Necesitará algo más de fuerza la próxima vez. —Le tendió la mitad de unas tijeras limpias, envueltas en su guante. Ella le había pedido que se lo devolviera—. Aunque, si su intención era demostrarme que no es la asesina, la actuación ha resultado brillante en su inofensiva mediocridad.

Victoria estaba colorada de vergüenza.

—Y ya que tanto parece preocuparle... —Søren se retiró el pelo para mostrarle una oreja perfectamente redondeada y humana.

Ella reprimió una sonrisa. Después se puso seria.

—Imagino que tiene preguntas.

—Unas cuantas. Por lo pronto, el príncipe anda desaparecido y usted vuelve a encontrarse en medio.

—¿Iba al lago?

Él asintió.

—Aunque nadie más lo ha juzgado lugar en el que perder tiempo buscándolo —adivinó Victoria ante la falta de refuerzos.

Søren le dio la razón con un nuevo asentimiento y Victoria no pudo evitar sonreír porque, a pesar de todo, él estaba allí. Porque creía en ella. En su pista sobre dónde ocurrían en verdad los asesinatos. Su confianza, un abrazo cálido que le hormigueó en el pecho.

—Yo también pienso que deberíamos ir al lago. —La perspectiva de que Søren la acompañara alegró su tono. Su presencia la tranquilizaba y le aportaba seguridad. Lo miró por el rabillo del ojo, a la espera de su reacción, y suspiró aliviada cuando él echó a andar a su lado.

El silencio mediaba plagado de dudas y sospechas. Para romperlo, Victoria apostó por un tema sencillo:

—¿Cómo se llama? —Señaló con la barbilla a la yegua, que iba al paso junto a su dueño.

Él suspiró.

—Bala. Se llama Bala. —Avergonzado, se rascó su oreja completamente normal y Victoria volvió a reprimir una sonrisa—. El nombre tonto que le puso un muchacho tonto que al fin tenía su primer caballo.

—No es un mal nombre; no se juzgue con tanta dureza. ¿Desde pequeño supo que quería alistarse?

Søren rio.

—No. Lo mío no fue vocación, si es lo que insinúa. Tenía catorce años y en el orfanato había que dejar hueco. El ejército me prometía comida, ropa y un lugar al que pertenecer.

—¿El orfanato, dice? —Victoria parpadeó, sorprendida—. ¿Allí fue donde aprendió a abrir puertas y pestillos?

—Para robar galletas, el mayor tesoro que conocíamos. ¿El príncipe no se lo ha contado? Últimamente le ha cogido el gusto a recordarme mi mísero origen.

—Yo creí… —De golpe, todo cobraba sentido—. Creí que era un niño rico y mimado de la capital que todavía no ocupaba su mansión porque no estaba lo bastante adornada y llena de cosas para su gusto.

—Ya, cree el ladrón que todos son de su condición, ¿no? Que, como usted nació entre sedas de importación, todos lo hicimos.

Victoria aceptó la pulla con estoicismo; se la merecía. Recordó las escasas pertenencias de su cuartito sobre la comandancia.

—Le sobraba espacio —comprendió—. Ese era su problema.

—Un hombre solo no necesita tanto. No cuando niños como Timy viven en un campanario rodeados de brisas frías y el corretear de los ratones.

Victoria se golpeó la frente.

—¡Soy tan estúpida! Primero pensé que era un niño rico, después un ser mágico —reconoció, abochornada por su propia estupidez.

—¿Por eso me apuñaló con unas tijeras bendecidas? —Se burló de ella con una ceja enarcada y una mueca socarrona.

Intentó defenderse, alzando los brazos con gesto derrotado:

—¡Eso explicaría su maldita capacidad para metérseme en la cabeza y hacerme olvidar cuánto lo detesto y desear…!

Su voz calló a tiempo, pero sus ojos ya se habían prendido de sus labios.

Desear besarlo.

Una y otra vez, desde que una flor encantada le acarició los párpados ciegos.

Seguía mirándole los labios y recordó su tacto bajo la lluvia. Ahora sabía que no había mediado encantamiento alguno y, sin embargo, magia no faltó.

Sacudió la cabeza, apartó la vista y tragó saliva.

—¿Cómo ascendió? —Un tema fácil; terreno seguro—. De soldado raso salido de un orfanato a amigo íntimo del príncipe.

—Con esfuerzo y un golpe de suerte final. Su abuelo, el rey, quería que recibiese formación militar. Cayó en mi regimiento, teníamos una edad similar y yo me había ganado la confianza de mis superiores. Me asignaron a él como una especie de compañero-mentor-guardián, digamos.

—¿Un niñero?

—Sí, pero sin que se notase mucho, para no insultar su orgullo. Después de un comienzo complicado y de romperle la nariz y magullarle las costillas, descubrimos que nos llevábamos bien. Cuando entramos en combate y le salvé la vida, ya éramos amigos inseparables. Él me ascendió en agradecimiento. Nunca antes había sentido que tenía un hermano. Me gustó compartir aquellos días.

Victoria le sonrió.

—¿Y su apellido?

Søren volvió a ruborizarse.

—Es de un escritor. Me gustaban sus cuentos y soñaba con un padre que me los hubiera contado antes de dormir. Llegué sin referencias al orfanato; mi nombre me lo dieron al azar, pero para alistarme me pedían también un apellido, así que… —Se encogió de hombros—. Lo elegí a él. Andersen, el hombre que llenó de historias mi infancia y me dio la esperanza de encontrar algún día un tesoro que mereciese la pena.

Sin pretenderlo, su mirada se deslizó hacia ella entre los rizos oscuros que le caían sobre la frente.

—Una rana de charca con olor a orfanato que descubre ser un príncipe —confesó a la vez que le daba un puntapié a una piedra en el camino.

—¿Con un beso? —Victoria también había oído aquel cuento.

Søren se lamió la sonrisa y contestó sin mirarla.

—Por supuesto. El beso de una reina del bosque. Capaz de elevar al hombre más humilde hasta las alturas.

A Victoria Holstein no le ocurría en demasía eso de quedarse sin palabras. Abrió la boca y, sin encontrar nada que decir, se mordió el labio y bajó el rostro. Comenzaba a sobrarle tanta ropa de abrigo. Los búhos ululaban y los rayos de luna convertían la foresta en la más hermosa celosía. Y, bajo ella, sus ojos se encontraron. Notó que se sonrojaba mientras compartían una tímida sonrisa.

Bala relinchó, sobresaltándolos. Su aliento se sumó a los espectros de aquella noche de Fastelavn y Victoria recordó por qué estaban allí.

—Deberíamos seguir.

Søren asintió y ambos reanudaron la marcha.

—¿Por qué cree que el príncipe está en el lago?

—Habrá ido allí siguiendo a la princesa que oye cantar.

—Pateó una piedrecita en el camino. La princesa que ella no era ni jamás sería.

—¿Johann oye a una princesa?

Victoria asintió con un resoplido.

—Eso explica por qué yo la oigo cantar a usted.

—¿Cómo? —Alzó el rostro con sorpresa. No era la primera vez que Søren afirmaba haberla escuchado.

—Cada noche. La he oído cantar.

—Pero no se presentó en el bosque siguiendo la llamada.

—Pensó en la estampa de Johann, perdido bajo la bruma.

—No. —Søren rio—. Porque tenía su guante. Olía a usted.

Tras habérselo devuelto, Victoria lo llevaba en el bolsillo. Acarició su tela.

—Me recordaba a mí mismo que eso era real, no la canción. —Se giró hacia ella y ambos quedaron mirándose de frente—. Me convencía de que, si me presentaba de madrugada como un enajenado, usted se enfadaría. Pero, si me esperaba a la mañana siguiente, podría verla sin disgustarla demasiado.

Le acarició el pelo, retirándole un mechón tras la oreja. Después, sus dedos resbalaron por la piel de su cuello.

Si alguno de los dos fue a hacer o decir algo más, perdió la oportunidad cuando un aleteó cruzó entre ambos y un hombre se manifestó frente a ellos.

—No es que quiera interrumpir, pero en verdad sí quiero interrumpir.

Sus ojos encantados brillaban tanto como su afilada dentadura y Søren fue a echar mano del fusil que llevaba a la espalda. Victoria lo detuvo.

—Es un amigo.

Él observó a Arne, que seguía mostrando aquella mueca que distaba mucho de una sonrisa.

—No parece un amigo —le susurró a Victoria.

—Ya. —Suspiró—. Es… peculiar.

—Vamos, mis mochuelos en celo. —El nisse dio dos palmadas para reclamar que lo siguieran y emprendió la marcha con esas largas piernas que se movían como juncos mecidos por el viento—. Ya habrá tiempo para que os entreguéis a los placeres de Freyja bajo un olmo encantado o en una vereda fangosa. No es que no me apetezca mirar. ¡A los seres de la naturaleza nos chifla mirar! Pero vuestro ritual previo a base de palabrería azucarada resulta tedioso. —Se hurgó con el meñique en el oído, como si se le hubiese quedado algo molesto dentro—. Suficiente por esta noche. Para tener vidas tan cortas, os cuesta mucho ir a lo interesante.

Con su último gesto, los ojos de Søren no pudieron evitar fijarse en la forma de su oreja y abrirse todo lo que sus cuencas les permitieron. La mano le escurrió de la empuñadura del fusil, que no había llegado a descolgar.

—Ya veo para quién era la tijera.

Victoria se excusó con una sonrisa inocente.

—Es largo de explicar.

—¿Y la explicación corta?

—Es mi guardián. Se supone.

Arne elevó una mano extendida.

—Afables saludos de niñero a niñero.

—Estoy maldita —confesó Victoria de golpe, mirando solo a Søren. Él merecía saberlo—. Debo enfrentarme al mal que nos asola porque, de alguna forma, me pertenece.

Hablaba con seriedad. El capitán asintió.

—De acuerdo. —Se reajustó la correa del fusil y comprobó su revólver a la cadera. Después le tomó la mano—. Lo haremos juntos.

—Tengo el corazón de hielo. —Sin soltarse, se tocó el pecho con la mano libre, recordando la mordedura del frío que allí habitaba. Eso también merecía saberlo.

Søren apoyó la palma sobre la suya y le sonrió.

—Entonces será de ese tipo de hielo que quema.

Con sus manos en contacto, el uno frente al otro, sus pupilas se abrazaron y Victoria le creyó porque, al mirarlo, solo hubo calidez. Reconfortaba sentirse aceptada tal y como era.

Arne carraspeó.

—En serio, mis amigos de redondeadas y aburridas orejas, revisen sus prioridades. Tenemos un príncipe golondrino muriéndose. Los reclamos sonoros de apareamiento para después.

Victoria se disculpó con una sonrisa breve, naufragada al morderse el labio, y se adelantó para situarse junto a Arne mientras Søren se quedaba en la retaguardia. Mejor crear distancia entre ambos para evitar las distracciones.

—Oye, ¿cómo funciona eso de la canción? —le preguntó en voz baja al nisse.

—Es como ella los atrae.

—Pero ¿qué voz tiene? ¿Usa la mía?

Timy también había afirmado escucharla a ella.

—Cada cual oye a quien desea oír.

Recordó algo que el pequeño le había confesado:

«Si tuviese una mamá, tendría su voz», le había dicho. «Y me cantaría antes de dormir ».

Se tapó la boca, conmovida y espantada a la vez.

—Timy no me seguía a mí ni a una princesa: buscaba una madre. —Después pensó en Peder.

Arne le leyó la mente:

—Él seguramente escuchó a una tabernera de carnes prietas y pechos como jarras de cerveza bien colmadas.

—Un huérfano y un sintecho. Ellos fueron sus primeras víctimas —reflexionó Victoria—. Su poder actúa mejor sobre aquellos necesitados de afecto, ¿cierto?

Por eso pudo aguijonear mi corazón, reconoció con pesar, viéndose de nuevo en aquel vestido de novia que tan vacía la hizo sentir.

Arne asintió.

—Se nutre del anhelo. —Le echó un vistazo fugaz a Søren, que tranquilizaba a su yegua con caricias en el cuello—. Solo quienes ya tienen cuanto desean logran resistir.

—Nos salva de la bruja el cariño de aquellos que nos atan a este mundo —comprendió Victoria—. Al de verdad, no a uno de falsas promesas. Un ancla. —Ella también le echó un vistazo disimulado a Søren—. Como un guante de tela.

—O unas flores marchitas en el aparador —completó Arne, y su sonrisa pareció casi humana.

Después guardaron silencio.

El lago brillaba frente a ellos. Inmutable. Etéreo. Inquebrantable. Igual que Sophie Holstein lo habría encontrado cuando lo enfrentó.

Victoria aceptó el desafío con un asentimiento.

«Salvarlos o morir».

Déjame entrar

Victoria se volvió hacia Søren y se sacó el guante del bolsillo para dejarlo en su mano.

—Quédatelo.

Si ya antes lo había salvado, que lo volviese a hacer. Él le apretó los dedos antes de que ella se soltara.

Pasó junto a Arne e intercambiaron una mirada.

—Protégelo.

—Guardiana. —El nisse le dedicó una inclinación, animándola a continuar adelante.

Alzó las manos y Victoria notó una brisa cálida envolviéndola. Aspiró su olor a bosque mezclado con humo de chimenea. A hogar.

—No olvides por qué estás aquí —le recordó él.

Ella se enderezó la insignia de su abuelo con orgullo y dio un paso al frente. De nuevo, se encontraba en la orilla del lago helado.

En esta ocasión, sus pies no vacilaron al avanzar sobre sus crujidos. En esta ocasión, no se dejaría vencer.

Cuando la bruma se la tragó, Søren hizo amago de seguirla. Arne se interpuso.

—Con un humano muerto es suficiente. Esperaremos aquí. Permanece alerta. —Después observó su arma—. ¿Eso escupe hierro?

—Plomo.

El nisse se encogió de hombros.

—Mala suerte para ti.

Victoria se quedó sola en aquel mundo blanco de susurrante niebla. Pero esta vez no tendría miedo.

Yo soy el frío, se dijo, y le pidió que se retirara.

La bruma se abrió para dejarle paso y ella divisó una figura errante.

—Johann.

Él la miró con los ojos velados de confusión. Con la nariz enrojecida, el aire escapaba de sus labios en espesas volutas de vaho. Sus manos temblaban. Sin embargo, continuaba con la chaqueta y la camisa abiertas, tal y como ella lo había dejado. La sangre reseca de unos arañazos enmarañada con el vello rubio de su pecho.

Verlo tan desamparado le partió el corazón.

—Johann…

Se apresuró a ir a su lado y recolocarle la ropa. Le echó el aliento en los dedos y lo atrajo contra sí para que aquella burbuja cálida que la cubría lo abrazase a él también.

—Voy a llevarte a casa —le prometió.

Fue a darse la vuelta cuando un soplo de viento gélido se enredó en su cabello y rio en su oído.

¿Te gusta mi regalo? Lo he traído para ti.

—Él no es algo que tú puedas entregarme —le respondió con los puños apretados.

Sin embargo, él sí te entregó a otro como quien se libra de un juguete del que ya se ha cansado.

Victoria tragó saliva. Aquel golpe todavía dolía.

La brisa volvió a reír.

Los hombres no saben amar, ronroneó. Unos dedos invisibles palpaban su corazón. Lo estrujaban, probando su consistencia y la fuerza de su latido. De nuevo aquella punzada que le recordaba su mordedura. *Pero nosotras podemos enseñarles.*

La ventisca se arremolinó a su alrededor. La aguja se hundía en su pecho, probando el dolor que lo había roto en pedazos, trayéndoselo al presente. Se vio con un vestido dorado que le oprimía el llanto. Alas rotas de golondrina abatida. El desprecio de unos ojos marrones que la miraban, pero no la veían. La traición que tiraba su confianza a la basura. Un «No puedo más» gritado en la soledad de su dolor.

La corriente cálida que la había acompañado se debilitaba.

Victoria apretó los párpados y se tapó el rostro para contener las lágrimas. Cuando volvió a mirar, había alguien frente a ella.

—¡Mamá! —La añoranza tiñó sus palabras.

Ella la observaba amorosa.

—Mamá, ¿eres tú?

—Pues claro que soy yo, mi niña. —Abrió los brazos para ofrecerle su refugio y Victoria se lanzó sin dudar, rompiendo con una embestida el escudo cálido que intentaba retenerla. Quería a su madre cerca, recibir de nuevo sus caricias.

—¡Oh, mamá! —sollozó—. Todo este tiempo has sido tú quien me llamaba… —Jamás debió resistirse.

—Mi niña preciosa, mi princesa. —Le secaba las lágrimas con dulzura y manos gélidas—. Has soportado tanto… Pero no tienes por qué volver a estar sola. —La sujetó por los hombros para mirarla a los ojos—. Quédate conmigo.

Victoria miró en derredor.

—¿Aquí?

Su madre abrió los brazos. La bruma se retiró para mostrarle la orgullosa e inmaculada superficie del lago.

—Un reino entero para nosotras solas. —Le tocó el pecho, justo sobre el corazón—. Las dos juntas haremos que no conozca límites. No habrá fronteras a nuestro poder.

—¡Victoria! —La voz exigente de Arne llegó junto a su oído desde la lejanía cubierta por la niebla, empujada por una ráfaga caliente con olor a los primeros capullos florecidos—. Hans te quería.

—¡Hans está muerto! —espetó con rabia, apartando de un manotazo aquel molesto zumbido.

—La vida te hace sufrir —se mostró de acuerdo Sophie—. No se lo permitiremos de nuevo. No más promesas de falsa felicidad.

—¡Victoria!

Aquella llamada vino seguida de un disparo.

Aunque él no pudiera ver nada, por las muecas de esfuerzo y frustración de su extraño acompañante, Søren supo que Victoria estaba perdiendo la batalla y echó a correr en su busca, fusil en ristre. Apuntaba con él a Sophie. Ella retrajo los labios para enseñarle los dientes. Unos colmillos de hielo.

—Humano —siseó. Los corazones inaccesibles la enfurecían.

Él volvió a abrir fuego.

—¡No! —Con un solo gesto, Victoria le envió una explosión de hielo que le mordió el brazo que usaba para sostener el arma, obligándolo a soltarla, y lo derribó.

Caído, Søren parpadeó. Victoria se había interpuesto entre él y Sophie con actitud ofensiva, lista para un nuevo ataque.

—¡Es mi madre! —El hielo de su mirada cortaba.

Sophie sonreía. Dos balas la habían alcanzado. Ninguna herida.

Arne llegó para ayudarle a ponerse en pie y empujarlo tras de sí.

—Te he dicho que el plomo no servía, necio humano.

Sus ojos sostuvieron los de Sophie como dos viejos enemigos y se preparó para invocar una cantarina ráfaga de primavera. Ella fue más rápida y los dejó aislados tras un cerco de robusta pared glaciar, atrapados y ocultos a su vista. No quería distracciones.

Después llamó a Johann, le puso una brillante corona de hielo y escarcha en las manos y él se arrodilló frente a Victoria para ofrecérsela con la mirada embelesada, por más que las palmas desnudas le quemasen con su contacto frío y comenzaran a amoratársele.

—Tómalo. —La invitó Sophie—. Tu poder. Tu reino. Tu destino. —Entrelazó la derecha con los dedos de Victoria y con la izquierda le tocó el corazón, donde una llamada persistía—. Acéptame, hija mía. Déjame entrar.

La presión de su índice le hacía recordar la fuerza y la falta de dolor que había sentido apenas unas horas atrás, con Johann, en el bosque. Invencible. Cazadora. Nunca más una mosca apartada de un manotazo. Le había gustado ser ese alguien con quien nadie volvería a jugar.

Sus dedos extendidos titubearon mientras los de Johann seguían ofreciéndole la corona. Cortados por el frío, sangraban sobre el hielo.

—Yo… Nunca ambicioné ser reina.

Tras el muro helado se oían voces lejanas. Una detonación. Su vista se desvió y Sophie le agarró la barbilla para dirigirla de nuevo hacia el príncipe inclinado a sus pies. Su cabellera rubia resplandecía.

—Él te habría querido si lo fueras.

—Golondrina. —Le sonrió. Su mirada volvía a clamar que ella era la estrella más bonita del firmamento.

—Jamás volverás a sentir el rechazo —le susurró Sophie.

Cantó sin que su boca se moviera y Victoria asintió. Merecía aquella corona. Fue a agarrarla y los ojos de su madre brillaron codiciosos.

—¡Victoria!

Alguien más llegaba a la carrera con el aliento entrecortado.

Sophie se giró con la mano en alto e Ingrid se detuvo de golpe. Boqueó en busca de aire mientras se palpaba la garganta, donde una presión gélida e invisible la ahogaba, convirtiendo su fatigosa respiración en humo blanco.

Los ojos de la bruja llameaban.

—Usurpadora. Ladrona —escupió con gesto altivo—. ¿Tú creías poder adueñarte de lo que es mío?

En la mente de Victoria, aquellas palabras resonaron familiares. Ella misma les había dado forma infinidad de veces, alimentándolas durante años. Le pertenecían.

—Tú no eres mi madre —dijeron al unísono, y sus voces se confundieron, por más que Victoria no fuese consciente de haber empleado la suya.

Notó la garganta de su madrastra en la mano, la fragilidad de su cuello a merced de su fuerza. La capacidad de quebrar y hacer justicia.

Ingrid estaba de puntillas. El agarre la mantenía en vilo. La boca abierta con desesperación y un sonido estrangulado. Lágrimas congeladas en sus mejillas. La piel roja y amoratada.

Victoria se miró la mano, curvada para apretar allí donde contenía la soberanía sobre la vida y la muerte.

—Sienta bien, ¿verdad? —Sophie se situó a su espalda y le apoyó las palmas en los hombros—. El dominio.

La vista de Victoria se desvió hacia el guante que llevaba. Su costura estaba remendada. Antes hubo un agujero por el que la nieve se coló mientras jugaba con Hans y los trineos. Bajo su beso pálido, la piel se le había tornado azul. Pero Ingrid se la envolvió con un paño empapado en agua caliente, cosió la tela a la luz del fuego y el bienestar regresó. Aquella era la magia que escondían sus dedos. La de reconfortar; la de crear hogar.

Ingrid cayó de rodillas con una ansiosa bocanada cuando la presión en su garganta desapareció.

Victoria se volvió hacia Sophie.

—No. —Se interpuso entre ambas.

Porque Ingrid no había venido a robar, sino a arreglar, a recomponer lo que se caía a pedazos.

Los ojos de Sophie refulgieron como la luna afilando los carámbanos de hielo. La paciencia se le agotaba.

A un gesto suyo, Johann se incorporó y se puso a su lado, todavía con la corona en las manos.

—Esto es lo que yo te ofrezco. A tu príncipe. A tu madre. Lo que siempre has deseado con todo tu ser. ¿Qué te ofrecen ellos?

Victoria se giró para observarlos. Ingrid yacía en el suelo. Søren y Arne eran dos sombras tras una pared irisada de puro hielo.

—Míralos, tan derrotados —escupió con desprecio.

Los ojos de Victoria se cruzaron con los de Ingrid y adivinó en ellos el terror. Y, sin embargo, allí seguía, dispuesta a levantarse una vez más. No para huir, sino para luchar hasta conseguir alejarla del peligro. Igual que la había protegido siempre.

«¿Qué te ofrecen ellos?».

Victoria sonrió. Unas flores marchitas capaces de consolarte en plena noche. Bizcocho recién horneado para calmar las penas. El cariño que la había salvado de su llamada.

Flores, bizcocho y…

Hurgó con disimulo en su bolsillo.

La mitad de unas tijeras de hierro bendecido y filo preciso.

—Vamos, mi niña. —Sophie dio un paso hacia ella. Los brazos abiertos.

—¡Tú no eres mi madre! —espetó Victoria con rabia, retrocediendo para alejarse de ella y acortando la distancia con Ingrid. Su mano se cerró con decisión en torno a la tijera.

En ese momento, Ingrid se revolvió y arrojó contra Sophie la cruz que solía llevarse a la cama, invocando la protección de Dios para el día que amanecería. Su puntería fue certera, pero la sedosa superficie de madera de pino repiqueteó contra el hielo cuando la atravesó. Igual que habían hecho las balas de Søren.

Victoria soltó el aire y su agarre en torno al arma que escondía se aflojó. Ya lo había dicho Arne: tan solo era un espectro. Viento y nieve, nada más. No había carne en la que hundir su filo. Por eso la necesitaba a ella. Para gozar de un cuerpo que habitar y un corazón vivo que gobernar.

—No tienes madre. —Su voz chirriaba y su mirada raspaba como el hielo agrietado—. No tienes amor.

Le estampó la mano en el pecho y sus uñas desgarraron las capas de ropa para arañarlo.

—Déjame entrar. Así acabará tu soledad.

Victoria oía la respiración fatigosa de Ingrid, presa de la hipotermia. Más disparos y la voz de Søren llamándola, intentando alcanzarla. También la de Arne, que invocaba a los antiguos dioses para deshacer el glaciar que los aprisionaba. La ayuda que su hermano le había enviado.

Sí los tengo, pensó. Madre. Amor. Una reconfortante calidez en el pecho. Sonrió. *Sí los tengo.*

Pero la bruja amenazaba sus vidas y ella no la podía matar.

Entonces lo comprendió.

«Salvarlos o morir», había dicho. Pero quizás no hubiese disyuntiva posible. Ambas sentencias iban unidas.

Un corazón que habitar. Un corazón que sí podría herir.

—Sí. —Miró a los ojos a aquel ser, se abrió el abrigo e hinchó el pecho para ofrecérselo—. Ven conmigo.

Su sonrisa animal dejó de ser la de Sophie cuando, con un alarido de triunfo, se disolvió en la ventisca, que, arrastrando con ella toda su magia, se lanzó como un tornado para introducirse por su boca, bajar por su garganta y congelar su pecho, lista para reclamar su nuevo hogar.

Victoria aguantó la embestida y reclamó hasta la última gota de frío. Todo para ella, que no quedase nada fuera.

Y, justo antes de sentir cómo la petrificaba, justo antes de olvidarlo todo, sacó la tijera y se la hundió en el corazón.

—Tú no eres mi madre.

Con las dos manos para reunir esa fuerza que Søren le había dicho que necesitaría y cuidándose de evitar las costillas. La sabiduría de la bruja era suya y ella tenía experiencia; no dudó a dónde apuntar.

Hubo dolor.

Hubo un bramido desgarrado que la sacudió. Le faltaba el aire. Los ojos muy abiertos de Ingrid mientras corría para ir a sostenerla. Gritaba.

Hubo un chasquido que partió la pared glaciar y resquebrajó el hielo bajo sus pies.

Hubo sangre. Ríos de sangre sobre el manto blanco. Antes de desplomarse.

Un cielo de sábanas

blancas

No supo cuánto tiempo después, Victoria despertó en un cielo de sábanas blancas que olían a la llegada de la primavera y a jabón. Su tacto suave en torno a su cuerpo cansado.

Sus ojos quisieron huir de la caricia de la luz. Se giró para quedar de costado y enterró la cara en aquel cómodo almohadón. Pero una brisa traviesa jugueteó con su cabello y sus pestañas hasta que se dignó a abrir los párpados.

Arne estaba sobre su mesita de noche, habiendo conseguido que su largo cuerpo desgarbado cupiera en aquella estrecha superficie y pareciera hasta cómodo mientras hacía malabares con los dos jarrones de flores a los que les había usurpado el sitio.

—Hay una silla —informó Victoria con un vistazo hacia la que se encontraba frente a su tocador.

—Aburrido.

Intentó volver a dormirse y él le hizo cosquillas en la nariz con una pluma invisible.

—Vamos, no me creo que no tengas preguntas, humana de galopantes pensamientos inconexos.

Victoria suspiró y contempló la calidez del sol conquistando el techo color crema desde la ventana entornada. Los pájaros trinaban.

—¿Estoy muerta? —El pecho le dolía y tenía la garganta ronca por las esquirlas de hielo que la habían arañado.

Arne cabeceó.

—Sí. —Sus ojos gatunos brillaban—. Te llevaste a la bruja contigo. Toda todita.

—Bien. —Victoria cerró los ojos dispuesta a descansar. Estaba hecho. Sonrió—. Ahora podré ver a Hans.

—Es decir… —Arne se había subido a su cabecero y se inclinaba sobre ella, observándola bocabajo, doblado sobre sí mismo en una postura imposible—. Te la llevaste junto con esa parte de ti que era frío y maldad. Con ese corazón de hielo superpuesto al tuyo.

—¿Entonces?

De un salto con voltereta, aterrizó en el suelo.

—Las preguntas no tienen una única respuesta, ¿recuerdas? Así que sí, una parte tuya está muerta. La que importa no. Pero fuiste muy noble estando dispuesta a entregar ambas. Siento que acto tan heroico no haya tenido el final previsto. Empaña un poco la figura de heroína trágica y nadie te dedicará una epopeya. —Chascó la lengua—. Una verdadera lástima.

Arne sonreía y Victoria se tomó unos segundos para incorporarse, reconocer los rincones familiares de su cuarto, notar cómo el aire llenaba sus pulmones y escuchar su pulso.

—Pero mi madre… Ella sí murió.

—Ella tan solo se sacrificó a sí misma antes de que la bruja la reclamara. Apuñaló un corazón humano que no quería dejar de serlo. Tú la tomaste entera y apuñalaste el corazón de hielo que congelaba el tuyo, el de verdad.

—¿Y durante todo este tiempo, mientras cometía los asesinatos, tuvo su aspecto?

—Tu dolor le ofreció la fuerza suficiente como para invocar la última apariencia que estuvo a punto de conseguir. Rapiñar un cuerpo muerto. La misma apariencia a la que tú también te aferrabas, he de decir. Ahora vuelve a descansar en paz.

Victoria sonrió.

—Me alegro.

—Tú le has concedido la paz. Al fin has dejado ir el pasado. —Dio una palmada—. Pronto vendrá Ingrid a cambiarte los vendajes. Ella y tu hermana están preparando dulces en cantidades absurdamente ingentes para cuando despiertes. Como para engordarte como a una vaca. Quizás planeen sacrificarte. —Se mesó la barbilla lampiña—. Con los humanos nunca se sabe. Por si acaso, recuerda abandonar una generosa porción de tarta alejada de cruces y clavos para tu buen amigo. —Realizó una reverencia—. Antes de que te trinchen.

Victoria reparó en los jarrones de flores que atestaban su cuarto.

—Cortesía de su alteza —explicó Arne—. Tienes el salón convertido en un prado primaveral.

—¿Por haber estado a punto de devorar su corazón?

—Según lo recuerda él, el doctor Ørsted intentó arrancárselo; de ahí sus heridas. Tú apareciste para desviar su atención y él te atacó antes de que Ingrid y tu guarda consiguieran reducirlo; de ahí las que tú tienes. Ellos también lo recuerdan así. Es más fácil para todos y la beata podrá dormir tranquila y sin pesadillas por las noches. —Se rascó la nuca con falsa modestia—. No me des las gracias.

Victoria asintió. La justicia necesitaba un culpable de carne y hueso.

—En su contra, su bastón-estoque con la hoja desenfundada y teñida de sangre. Su anillo, con el que, como bien descubriste, incurrió en falsificación de la palabra del rey. Su interés por el cadáver de Hans, acerca del cual estuvo preguntando... Y en su estudio en Copenhague han hallado cientos de documentos que demuestran su obsesión con la historia de tu familia. Además de una macabra colección de miembros diseccionados en busca de los secretos de la magia de pobres infelices acusados de brujería a los que logró dar caza, que era para lo que también quería a tu hermano. Le hemos cargado, de regalo, con el resto de los asesinatos. Así que, en definitiva, conclusiones claras y caso cerrado. El ducado está tranquilo y tú también. Y el príncipe anda como loco por redimir sus errores después de que alguien en quien confiaba estuviera a punto de dañarte. —Sacó morritos y los movió con obscenidad, fingiendo besarse con un amante invisible—. Le he dejado intactos los recuerdos del besuqueo.

Victoria se sonrojó y jugueteó con el adorno de encaje en la manga de su camisón antes de preguntar:

—¿Y Søren?

Los ojos de Arne brillaron socarrones.

—A él le he dejado recordar. Es un hombretón fuerte con un culito muy mono. Podrá soportarlo.

Se encaramó a la ventana como un felino y las cortinas se abrieron con el viento, despejándole el camino.

—¿Te vas? —La voz de Victoria sonó angustiada.

—Mi misión ha concluido. Es hora de ser libre. —Su sonrisa gatuna le hizo bailar las puntiagudas orejas—. Respecto a la pregunta que me hiciste... No, yo no podía salvarlo.

—¿De la muerte?

—De la vida. De un cuerpo destinado a envejecer y morir. Pero él no se ha ido del todo, ¿verdad?

—No. —Ella lo había visto y escuchado.

—Le hice más de una promesa. —Después recitó—: «Toda noche, por larga y sombría que parezca, tiene su amanecer».

—¿*Macbeth*? —Reconoció una de las citas que Hans solía declamar.

—*Macbeth* —asintió.

Le guiñó un ojo y su sonrisa afilada desapareció cuando él lo hizo.

Migajas

E l capitán estaba sentado frente a su escritorio con el semblante inexpresivo y la mirada lejana. Cuando la puerta se abrió, se incorporó con un carraspeo y se apresuró a guardar el objeto en cuyo escrutinio había permanecido embelesado.

—Señorita Bastholm. —Se sorprendió al descubrir quién era la recién llegada. Le dedicó una inclinación y la invitó a sentarse frente a él con gesto amable—. Bienvenida.

Ella se soltó los cordones rosas del cuello para retirarse la capota que enmarcaba sus rizos de oro. Como siempre, vestía con suaves tonos pastel, a conjunto con el ligero rubor de sus mejillas. En esta ocasión, ninguna joya tomada de prestado.

—¿Puedo ayudarla en algo? —se ofreció.

Grethe sonrió con cierta malicia y se inclinó hacia delante, como si buscase una confesión.

—¿Y yo a usted?

Søren agachó la vista y negó apenas con la cabeza. El pie se le movía bajo la mesa, inquieto, y se lamió los labios antes de atreverse a hablar fingiendo despreocupación:

—¿Qué tal se encuentra?

—¿Yo? —Margrethe malinterpretó su pregunta con tono de fingida inocencia desmentido por una sonrisa pícara—. Bien. Gracias.

—¿Y... su madre?

—También bien. Y las doncellas, nuestro guarda y nuestros perros. Oh, y la yegua. La yegua también bien. Hmmm. ¿Me dejo a alguien?

—¿Y... —se aclaró la garganta— su hermana?

La sonrisa de ella se ensanchó. Enarcó una ceja, retándolo.

—Lo sabría si se pasara a preguntar.

Søren se echó hacia atrás en su asiento y resopló.

—Todas las mañanas y todas las tardes veo pasar a los sirvientes de palacio con flores y presentes. Parece muy ocupada con visitas. No quisiera importunar.

Margrethe asintió.

—Se rumorea que el príncipe ha encargado el anillo más increíble que jamás se haya contemplado en toda Dinamarca, que pesará quilates y brillará más que el sol. Y que está esperando a que se recupere para postrarse de rodillas a sus pies y hacerla su reina.

El capitán forzó una sonrisa.

—Sí, algo he oído.

—No se habla de otra cosa. Demasiado cerca de perderla ya en dos ocasiones.

—Sí. —Søren apretó los labios—. Serán muy felices.

Ella se inclinó sobre la mesa que los separaba. Sus ojos lo desafiaron.

—No lo tenía por un cobarde.

El capitán se pasó una mano por los rizos, se puso en pie y se digirió hacia la lumbre donde una tetera se calentaba.

—¿Puedo ofrecerle una infusión, señorita Bastholm?

—Por supuesto —aceptó de buena gana.

No hablaron mientras él servía dos tazas y volvía a sentarse con un platito de pastas entre ambos. Grethe tomó una y la mordisqueó con gusto. Søren bebía reclinado hacia atrás, observándola en silencio.

En un momento dado, se adelantó y posó una mano sobre la suya.

—Señorita Bastholm, yo...

—Usted sabe —lo interrumpió— que merezco algo más que las migajas de mi hermana. Era lo que iba a decir, ¿cierto?

Søren asintió.

—Sí. —Sonrió y se apartó—. Por supuesto.

Grethe se puso en pie y se ató de nuevo su capota del color sonrosado de las nubes en los atardeceres de verano.

—Gracias por el té. —Se despidió con una inclinación y, en la puerta, se detuvo—. Debería ir, capitán. Usted entenderá de batallas más que yo, pero no comparecer se me antoja una forma poco digna de perder.

Y la vista de ambos se desvió hacia el cajón en el que Søren había ocultado, de forma apresurada, un guante perfumado en cuya contemplación había permanecido absorto, como si contuviese en su tejido las respuestas a los secretos del universo.

Un corpiño de perlas

Con un sencillo vestido y el pelo suelto, Victoria leía junto a la ventana abierta los sonetos de un sevillano que hablaba de golondrinas y amor. Después de que Johann se lo citara, le había pedido a su padre que le trajera un ejemplar durante uno de sus viajes. Con el canto de los pájaros de fondo, su cuerpo disfrutaba de la caricia liviana del sol de marzo mientras desterraba el recuerdo del hielo en sus venas.

Ingrid se anunció con dos toques en el marco de la puerta.

—He acabado el vestido de novia. ¿Quieres verlo?

Su rostro resplandecía, así que no se le habría ocurrido negarse.

—Claro. Margrethe estará muy contenta.

Ingrid le ofreció el brazo para que se apoyase mientras cruzaban juntas el pasillo.

—Y, ahora que has terminado... ¿has pensado que quizás podrías empezar uno para ti? —La recordaba bailando alegre en Fastelavn.

Ella resopló.

—El caso es que sigo queriéndolo, ¿sabes?

Compartieron una sonrisa triste y un suspiro. No todas las historias tenían un final feliz.

—Oye, Ingrid, yo… Siento si alguna vez te hice creer que este no era tu lugar. Sanaste el corazón de mi padre cuando más lo necesitaba y me has sanado a mí. A todos nosotros. Somos muy afortunados de que aparecieses en nuestras vidas. Eres tú quien convierte este viejo caserón en un hogar. —Le apretó la mano—. Nuestro hogar.

Ingrid, la seria, la fuerte, la que ahuyentaba a príncipes y capitanes con un solo levantamiento de cejas, Ingrid la inmutable, se rompió cuando un gemido le atravesó el pecho. El llanto se adueñó de su cuerpo y Victoria la abrazó contra sí. De golpe también lloraba y se sinceró contra su pelo cobrizo mientras se sostenían la una a la otra:

—Eres una mujer increíble.

Ingrid se apartó, secándose las lágrimas, y tiró de su mano.

—Ven.

En la salita de costura, un maniquí vestía de novia. Victoria lo observó con asombro.

—Guau, es… —Se paró en seco—. ¿Has usado el corpiño del vestido de mi madre?

El mismo corpiño que había soñado lucir en su boda.

—Sí.

—Ah. —No supo qué más decir. Tan solo se quedó allí plantada, contemplándolo.

Ingrid se acercó y jugueteó con una manga.

—Este vestido no es para Margrethe, Victoria.

Ella la miró y parpadeó, preguntándose si estaba entendiendo bien.

—¿Cómo?

Ingrid le sonrió.

—Creo que eres tú quien lo va a necesitar.

—Pero… pero… Tu sueño. Tu madre te dijo que…

—Que, cuando terminara de coserlo, mi hija se prometería con el amor de su vida.

—Exacto.

—Era una mujer sagaz. —Ingrid bajó la vista—. Por eso supo que yo tengo dos hijas.

A la espera de su reacción, aguantó la respiración, precavida.

Y la soltó cuando Victoria asintió y sonrió.

—Una mujer muy avispada, sí.

Cohibidas, ambas se quedaron admirando el vestido, aguantando las lágrimas. Su nueva dueña lo acarició con incredulidad. No podría haber imaginado nada mejor. Conservaba algunas piezas originales del traje de Sophie, pero incorporadas a un diseño más moderno y menos recargado, más acorde con el carácter de Victoria y su sencilla elegancia.

Se volvió hacia Ingrid.

—¿Me llevarás hasta el altar?

Ella le tomó la mano y sonrió con orgullo.

—Por supuesto que sí.

—¿Y me pondrás flores en el pelo?

—Cuenta con ello. Entonces… ¿te casarás con el príncipe?

Mientras le cepillaba el cabello aquella mañana, Helge le había contado, sin poder contener apenas el entusiasmo, los rumores acerca de un fastuoso anillo.

Johann había llenado su casa de flores y pronto se presentaría él mismo. Había acudido a la capital a recoger tan singular encargo en persona.

—El príncipe. Claro —contestó mientras se preguntaba si la famosa joya también sería importada.

COMIENZOS

Sobre el espino blanco había un pajarito de las nieves con el amanecer en sus alas. Le trinó al sol y se acicaló el plumaje. Saboreaba un regusto dulce en el pico tras haberse entretenido con una generosa porción de tarta abandonada junto a la esquina de la cuadra.

Después, con un nuevo gorjeo, aterrizó sobre un túmulo de tierra removida donde los primeros tallos de margaritas y dientes de león comenzaban a brotar.

Se acomodó entre las flores y cantó. Un reclamo que convocaba al viento y al primer rocío de la primavera, a la luna y sus secretos. La brisa les arrancó susurros a las hojas.

Y, con el último rayo del ocaso, tocado por su luz, un segundo pajarito asomó la cabeza entre la tierra fértil. Se la sacudió de encima, hinchó su pecho, amarillo como los girasoles y rosado como las mejillas arreboladas de los niños en sus juegos, y también cantó. Un grito de alegría. Enérgico como el primer llanto de un bebé. Triunfal como un toque de corneta.

Los árboles danzaron. Su bosque de Bírnam lo saludaba con regocijo. Y ambos alzaron el vuelo a la conquista del horizonte.

Un galanto

Victoria tomó una profunda inspiración antes de entrar en el salón principal. Desde la puerta ya se apreciaba la cantidad de flores frescas que lo abarrotaban. Los estuches apilados en el aparador con guantes de satén, joyas y pastelitos. Había un reloj de cuco nuevo, tallado en caoba, y una alfombra que reemplazaba la anterior.

Cortesías de un príncipe arrepentido que pedía perdón.

Su vista bailó de un regalo a otro. Resultaba abrumador. Sintió ganas de retroceder.

Pero, en ese preciso instante, entre los jarrones de claveles, dalias, camelias y cien flores más de brillante colorido, sus ojos divisaron un humilde galanto de pétalos blancos. Sin florero ni lazo. Abandonado sobre un aparador en toda su sencillez.

Sus pies se apresuraron y cruzaron la estancia para ir a tomarlo. Acarició sus pétalos y sonrió. Debía de haberse caído de alguno de los ramos.

Oyó unos pasos a su espalda. Zapatos de hombre, un sonido inusual en aquella casa.

Se llevó la flor al pecho y tomó aire. El príncipe no se había hecho esperar.

Pero, al girarse, no encontró anillos, coronas ni séquitos; tan solo un hombre de ojos verdes, rizos negros y perilla oscura, reclinado contra el quicio de la puerta, aguardando, cohibido, su reacción.

—Hola —saludó Victoria cuando el silencio comenzó a alargarse mientras se sostenían la mirada.

Resultaba difícil iniciar una conversación cuando sus dos últimos encuentros habían terminado con ella apuñalándolo o lanzándole una ráfaga de hielo.

—Hola. —Una pequeña sonrisa ladeada. De nuevo, silencio. Recorrió la estancia con la vista—. Veo que el príncipe no ha escatimado.

—No. —El nerviosismo de Victoria escapó en forma de risa—. Me temo que cree que mi casa es tan grande como su palacio.

—Bueno. —Con un empujoncito de hombro contra el marco, Søren se irguió—. Quizás pronto lo sea, ¿no?

Victoria guardó silencio. Él se aproximó un par de pasos.

—Me alegro de ver que se encuentra bien.

Su mirada la escrutaba y ella bajó el rostro. Sus dedos jugueteaban con el galanto.

—Gracias. ¿Qué tal tiene el brazo? —Le dedicó un vistazo culpable allí donde le había disparado con el poder de la bruja.

—Oh, perfectamente. —Él lo movió con soltura, restándole importancia—. Su amigo de orejas raras me ayudó con ello.

—¿Y con el corazón? —Su vista se desvió hacia su pecho y su palma la siguió, apoyándose contra su camisa para sentir la piel debajo, como si así pudiese localizar la herida que le había provocado con las tijeras y sanarla.

La mano de Søren se posó sobre la suya. Su mirada fue directa, y su sonrisa breve, caída como una rosa que se marchita bajo el sol.

—No. Eso no se arregla con magia.

Victoria no supo qué contestar. Retiró la mano y se observó la punta de los pies.

—Siento la modestia de mi presente. —Søren indicó con la barbilla el galanto.

Ella lo alzó.

—¿Lo has traído tú? —Se le escapó tutearlo.

—Sí. —Se revolvió los rizos, avergonzado—. De nuevo, siento no estar a la altura.

Abarcó con un gesto la habitación llena de cientos de flores más grandes, bonitas y coloridas. Victoria no contestó. Porque, de entre todas ellas, aquella era la única que sus dedos sostenían.

Recordó la duda que le habría gustado plantearle a su madre:

«¿Sabes qué significa un galanto?».

Flor humilde que no aparecía en los libros, pero que ellos dos habían llenado de sentido.

Se retiró el pelo tras la oreja.

—Dijo que cuando todo se resolviera se marcharía.

—Así es.

—Me preguntaba si quizás se ha replanteado quedarse.

—No me importaría. Me gusta este lugar. —Sus ojos la interrogaron—. La cuestión tal vez sea si yo le gusto a él.

—¿Al ducado?

—Y a su gente.

Su mirada era intensa y Victoria apartó la vista, regañándose por no parar de tocarse el pelo.

Tras una pausa, él suspiró.

—Tal como prometí, le he presentado mi dimisión al príncipe.

—¿Y qué ha contestado? —Por una vez, Victoria invocó la tozudez de Johann.

—Me ha ofrecido un ascenso. En los últimos tiempos no se ha comportado como un buen amigo y quiere compensarlo.

—¿Y ha aceptado? —El tono de Victoria fue vacilante. Parecía querer rogarle que no se marchara.

—No. Mi decisión es firme. Estas gentes ya tienen a su guardiana para protegerlos. —Le dedicó un saludo de reconocimiento, tocándose la frente.

El pecho se le encogió con una sacudida de decepción. *Se va.*

¿No era lo mejor? ¿Lo que había deseado?

La puerta de entrada sonó con dos potentes aldabonazos; ninguno se movió.

—Pero la propiedad Ingeborg sigue perteneciéndome y me ha concedido convertirla en un orfanato financiado por la Corona. Mixto y sin religiosos. Han sido mis exigencias para regentarlo. No es que tenga nada en contra de los hombres de Dios, pero sus varas de abedul no eran amables y los maitines de madrugada no ayudaron precisamente a estimular mi fe. Quiero cuidadores y maestros, no predicadores. Incluirá un colegio al que también acudan los niños del pueblo, para que se relacionen entre sí y hagan amigos fuera del hospicio. No deseo altos muros como si fuese una prisión, tan solo puertas abiertas.

—Va a disfrutar de una gran familia.

Él asintió, satisfecho.

—¿Entonces seguiré viéndolo por aquí? —Victoria se mordió el labio para dejar de sonreír.

Se oía algo de revuelo en la entrada.

—No si es usted quien se marcha a la capital.

Ella tomó aire, como cada vez que se planteaba la posibilidad de abandonar su hogar y su bosque.

—¡Victoria! ¡Vi!

Margrethe gritaba.

No tardó en aparecer con la cara surcada de lágrimas y los ojos brillantes. Tras ella venía un hombre que abandonó las sombras del pasillo para entrar en el salón. Victoria se tapó la boca y corrió a sus brazos.

—¡Papá! ¡Por Dios, papá!

Edvard abrazaba y besaba las frentes de sus hijas. Los tres lloraban.

—¡Ingrid!

—¡Mamá!

La llamaron. Aunque no hacía falta, porque ella ya acudía con el ceño fruncido mientras se secaba las manos en el delantal. No le gustaba que la interrumpieran mientras cocinaba.

—¡Pero, niñas, ¿se puede saber qué escandalera es est...?!

Edvard se volvió y ella enmudeció. Sus hijas le dejaron hueco entre los brazos abiertos de su esposo, pero Ingrid parecía una estatua de piedra, quieta en el sitio.

—¿Cómo...?

—El naufragio me escupió en tierras británicas, malherido y desorientado, sin más pertenencias que la ropa empapada que vestía. Durante semanas me recuperé en un monasterio, cuyos bondadosos hermanos me hallaron varado e inconsciente en la arena y se ocuparon de la fiebre que me tuvo al borde la muerte. Sin un krone[18] con el que pagar una montura o una carta y alejado de la civilización, buscaba cómo regresar con mi familia mientras compensaba la hospitalidad de los monjes trabajando su huerto cuando los hombres de este muchacho me encontraron tras rastrear los restos de mi barco y vagar por aquellas costas extranjeras.

Al ser nombrado, el príncipe entró también al salón y Edvard le palmeó la espalda con gratitud.

—¿Johann? —Victoria lo miró secándose las lágrimas—. ¿Tú lo has traído de vuelta?

—Te lo prometí, ¿no?

—¡Oh, Johann!

Victoria lo abrazó y él la estrechó contra sí.

—Espero ser capaz de demostrarte que todavía sé cumplir mis promesas —le susurró al oído. Después se apartó para anunciar a todos los presentes con grandilocuencia—: ¡Y aún hay más! La Corona ha reparado en su gran experiencia en tales asuntos y se encuentran ustedes ante el nuevo asesor del ministro de Comercio Exterior.

Edvard asintió y le mostró a su mujer con orgullo la insignia que lucía en la chaqueta, anunciando su cargo. Los tiempos de penurias y deudas se habían acabado.

—Por supuesto, el título viene acompañado de una casa en Copenhague, cerca del palacio real —añadió Johann, guiñándole un ojo a Victoria.

Søren se había retirado a un rincón. Toqueteaba una hortensia, contándole los pétalos, mientras todos los miembros de la familia Bastholm bebían de las palabras de su príncipe:

18. Moneda danesa.

—No ha habido tiempo para charlas, así que debo suponer que el señor Bastholm desconoce la oportuna intervención llena de valentía con la que su mujer nos salvó la vida, a su hija y a mí, de un enajenado —refirió cómo Ingrid había bateado la cabeza del doctor Ørsted y se adelantó para tomar su mano con una inclinación—. En reconocimiento y como muestra de gratitud, la Corona le concede un título nobiliario.

Depositó un documento enrollado en la palma de la perpleja Ingrid, nunca más una niña de granja.

—Y le entrega una generosa dote para cuando su hija se prometa —le confió solo a ella, inclinándose junto a su oído—. Con este incentivo y su gracia natural, no le resultará complicado.

Después le tendió un sobre a Victoria.

—Y este es para la señorita Holstein. La Corona la reconoce como heredera de su abuelo materno y le entrega cuanto le perteneció a él y a su madre, sin cláusulas matrimoniales ni primos inesperados.

Ella no pudo responderle más que con un asentimiento agradecido. Margrethe revoloteaba por la habitación.

—¿Entonces nos mudamos a la capital? —Imaginaba ya fiestas, óperas y paseos en carroza por sus concurridas calles. Pensando en cuántos hombres importantes y adinerados conocería ahora que mamá era noble y papá rico, su corazón despidió con ligereza el dolor pasado a causa de unos ojos verdes y unos modales gentiles. Pronto tendría otras muchas miradas con las que encapricharse.

Ante su emoción, Johann trabó contacto visual con Victoria y le sonrió. Ella le devolvió el gesto. Estaba colmando a su familia de felicidad.

—¡He oído que el Teatro Real es una maravilla para los sentidos! —Grethe aplaudía entre saltitos—. ¡No puedo creerme que vayamos a vivir tan cerca como para poder pasear por delante todos los días!

¡Tendría que comprarse un montón de preciosos vestidos nuevos! Seguro que en Copenhague una dama no vestía dos días igual.

Johann rio de buena gana, complacido con la entusiasta acogida de su público.

—No le falta razón, señorita Bastholm. Pero el Teatro Real quedará en nada para la vista cuando la ciudad conozca a su nueva princesa. —Sus ojos se clavaron en Victoria.

Mientras su hermana se tapaba la boca sin conseguir por ello acallar una exclamación, Johann le tomó la mano e hincó una rodilla en el suelo, sin soltarle la mirada.

—Victoria Bastholm-Holstein —comenzó con voz clara—. Sé que he cometido muchos errores y me postro ante ti como un hombre arrepentido. Un fiel a los pies de su Dios, pidiéndole perdón y la oportunidad de pertenecerle para siempre.

Extrajo una cajita del bolsillo interior de su chaqueta.

Un breve chasquido lo interrumpió. Søren acababa de abandonar el salón por una puerta secundaria. Él no tenía ningún anillo que ofrecer.

EL PERDEDOR

Cuando sus botas pisaron el césped del jardín, tomó una bocanada de aire fresco, como si hubiese estado conteniendo la respiración mientras bajaba cada uno de los escalones que lo alejaban de ella para siempre.

Junto a la empalizada le aguardaba Bala. Tal vez había acudido de nuevo por allí, en lugar de usar la entrada principal, por costumbre. Tal vez por la corazonada cumplida de que su marcha sería en silencio y por detrás. El jugador que se retira de la mesa, humillado, tras haber perdido hasta el último øre[19] apostado.

Los mastines lo saludaron correteando entre sus piernas y él les rascó el lomo. Cuando cruzó el cercado y abandonó la propiedad, ellos se quedaron dentro. Se echaron al suelo y gimieron con las orejas gachas. No les habían dado permiso para salir, así que solo les quedaba un lastimero adiós. Habían percibido el regusto a última despedida.

—Sed buenos —les pidió, y cerró el portón tras de sí.

Bala también sabía leer en el silencio y le dio un topetazo cariñoso en el pecho. Él la abrazó y le acarició el cuello.

---

19. La moneda danesa de menor valor.

—Vamos, alegra esa cara, que sigues siendo mi única chica. Eso es bueno, ¿no?

Un último vistazo a las ventanas del salón principal, con las cortinas echadas. Sonrió en su dirección.

—Felicidades, princesa. Al fin lo que siempre soñaste.

Hora de marcharse. Se puso la boina de visera ancha y montó el pie en el estribo.

—¡Søren!

La puerta se había abierto y Victoria corría entorpecida por las faldas.

—¡Søren!

Tropezó, cayó y se levantó con rapidez, animada por los perros, que también corrían y ladraban, preguntándose a qué tocaba jugar.

Él dudó. Mejor largarse antes de que lo alcanzara y tuviese que mirarla a la cara.

Pero esperó, y ella llegó con la respiración entrecortada y las mejillas rojas.

—Søren. —Se agachó para recuperar el aire con una mano en el costado—. Es de mala educación abandonar una casa sin despedirse —le riñó entre jadeos.

—Mi presencia empezaba a sobrar. Alteza.

Le dedicó una inclinación y tomó impulso para subirse a la yegua, pero Victoria le arrebató la boina y lo obligó a volver a tierra firme si esperaba recuperarla.

—Escúchame, ¿quieres? —Las formalidades se habían acabado entre ellos. Tocaba hablar a corazón abierto. Tomó una última bocanada ansiosa. Se irguió, se puso su gorra, igual que una noche tiempo atrás se había puesto la de su uniforme, y lo miró a los ojos con idéntico gesto de reto y suficiencia al que lució en aquella ocasión—. No he aceptado.

—¿Qué? —Él negó con la cabeza, incrédulo—. Victoria Holstein, ¿el heredero a la Corona se arrodilla ante ti, tras colmar de regalos a tu familia, y tú le dices que no?

—No. —Victoria se recolocó la gorra, que, al quedarle grande, se le escurría tapándole los ojos. Lo observó bajo la visera con inocencia, subiéndosela con el índice—. Le he explicado amablemente que no podía concederle mi mano porque ya estoy prometida. Por orden real, además.

—¿Eso le has dicho?

Victoria asintió. Porque, cuando la puerta se cerró a su espalda, había vuelto la vista atrás mientras Johann aún sostenía su mano, y su corazón lo supo con certeza. A pesar de tener un príncipe inclinado a sus pies, sus dedos seguían aferrando una flor. La más sencilla y humilde de toda la estancia.

Dio un paso hacia Søren, desafiándolo.

—Juraste volver a pedirme matrimonio. Cuando fueras lo suficientemente valiente. ¿Recuerdas? —Le puso en el bolsillo superior de la chaqueta el galanto que no había soltado, como si fuese el depositario de su palabra. Una insignia allí donde todos pudieran verla—. Pues, Søren Andersen, futuro regidor del mejor orfanato del reino, quiero ofrecerte la oportunidad de demostrar tu valentía. ¿Qué ejemplo vas a brindarle, si no, a esos pobres muchachos?

—¿Siempre tienes el comentario preciso?

Y, para negarle la posibilidad de volver a demostrárselo, la atrajo contra sí, sin darle tiempo a contestar, y la besó. La mano de Victoria se enredó entre sus rizos mientras sus labios se exploraban. Gimió en su boca y él se apartó con una sonrisa.

—Acepto.

—No he hecho ninguna propuesta. —Victoria enarcó una ceja.

Él le quitó la boina para devolverla a su propia cabeza.

—La oportunidad.

Y volvió a besarla, por todas aquellas ocasiones donde las ganas les habían cosquilleado en los labios.

Atada a la empalizada, Bala coceaba. Su amo y Victoria habían ido a pasear al bosque, agarrados de la mano, para seguir besándose bajo los árboles, charlar y reírse como dos potrillos enamorados.

Bala volvió a levantar la tierra con la pezuña, sola y aburrida.

Su única chica… Ya.

Los mastines la olfateaban a través del cercado. A ellos tampoco los habían invitado a su excursión por un bosque en el que al fin no reinaba más que la incipiente primavera.

Desde el porche de madera que daba al jardín, Ingrid miraba a la yegua. Y, más allá, hacia el camino por el que los dos habían desaparecido. Sonreía satisfecha, igual que lo había hecho al contemplar el vestido de novia terminado al filo del amanecer. Tenía los dedos y los ojos cansados, pero las arrugas alrededor de su boca eran de felicidad.

Unos pasos. Una respiración. Y su marido la abrazó por la espalda y reposó la cabeza en su hombro.

—El príncipe mantiene todo lo prometido —anunció. La despedida había resultado atípica e incómoda después de que su hija lo plantara, pero un caballero debía aceptar sus derrotas con elegancia—. Te he echado mucho de menos

—le confesó al oído antes de que su boca jugueteara con los contornos de su oreja, provocándole un escalofrío cálido.

A pesar del hormigueo de su piel y los saltitos de su corazón, se alejó con un bufido y los brazos cruzados.

—No lo creo.

—¿No crees que cada día y cada noche que he pasado apartado del lado de mi esposa le haya rogado a Dios regresar a sus brazos? —Las pobladas cejas de Edvard elevadas con sorpresa—. ¿Dónde, si no en ese deseo, crees que hallé las fuerzas necesarias para medirme contra las aguas del océano y reponerme después de las fiebres que me causó su frío agarre?

Ingrid escuchaba reacia a dejarse convencer con un par de zalamerías. Él la atrajo contra sí con cierta brusquedad y la besó como se besa a una doncella recién desposada.

—Esta noche voy a demostrarte cuántas ganas tenía de regresar a ti —le susurró.

Ingrid se sonrojó y se apartó negando con la cabeza, aunque no pudiera dejar de sonreír.

—Bribón.

Pero se mordía los labios y pidió que las horas pasasen un poco más rápido. Ya habría tiempo mañana de acudir a confesarse a la iglesia.

Él tomó su mano. Esta vez con suavidad y galantería.

—No he sido justo contigo, Ingrid, si dudas de cuánto te quiero y te he querido. —La hizo girar y la agarró por la cintura para bailar con ella una canción muda que tan solo resonaba en sus pechos—. Pero se han acabado los viajes. No habrá más ausencias ni una noche lejos de tu lecho. Te llevaré al teatro y la ópera, y a pasear por las tardes junto al río.

—¿Y a los bailes? —Se le iluminó la mirada.

—Cientos de ellos. Porque necesitaré cada segundo para compensarte el tiempo perdido. —Le apoyó una mano en el vientre—. ¿Querrás volver a darme hijos? Parece que se me van demasiado deprisa los que ya tengo.

Ingrid asintió. Después le echó un vistazo a la pareja que regresaba.

—Y querré venir con frecuencia para ver crecer a mis nietos. —No hacía falta preguntarle para saber que Victoria no iba a moverse de allí. Ese era su hogar.

Pero no solo ella la observaba. Dos pajaritos de colores revoloteaban cerca. En la linde del bosque, se detuvieron sobre las frondosas ramas de un fresno. Allí, el más grande de los dos entonó su canción para llamar a unos amigos. Tenía un último regalo.

Sentada sobre el cercado y sujeta entre sus brazos, Victoria lo besaba con ganas, demorando la despedida. El atardecer se aproximaba y era hora de que un buen caballero se marchara si quería regresar al día siguiente.

De repente oyó un gorjeo y elevó la vista al cielo. Dos sombras raudas lo atravesaron, se dirigieron al balconcito de la salita de Sophie y, bajo su amparo, comenzaron a construir un nido con su alegre ir y venir.

Ahogó una exclamación.

—¡Golondrinas! ¿Sabes lo que eso significa?

Él negó con la cabeza.

Victoria sonrió.

—Que este vuelve a ser un hogar feliz.

Agradecimientos

Toda novela nace de una primera idea. La que dio vida a esta se la debo a las chicas Fransy, coordinadas por @lecturasfransy. Una comunidad tan bonita de lectoras de romántica que quise escribirles una novela para ellas. Pensé en una historia de enredo amoroso de época, con bailes, matrimonios forzados y estratagemas para robar pretendientes con cartas falsificadas de por medio.

Como veis… la fantasía volvió a llevarme al lado oscuro. Pero creo que esa parte de intriga salseante entre abanicos aporta mucho de lo que finalmente es esta novela. Así que gracias a este maravilloso grupo por leerme, por acompañarme y por impulsarme a escribir. ¡Os sigo debiendo una *romcom* y os prometo que esta vez sí!

Mención especial a Maru, que me bombardea los mensajes de Instagram recordándome que está esperando esta publicación impaciente. Espero de corazón que la disfrutes. Gracias por no dejarme olvidar que mis historias tienen un hogar.

Si me habéis escuchado ya en alguna charla o en mis cursos en la Academia de Escritura de Literatura Juvenil, sabréis que me planteo cada nueva novela como un reto, empujándome a salir de mi zona de confort y experimentar con algo que todavía no haya hecho. En esta ocasión fue ambientar una historia en el siglo XIX, con sus códigos y sus convenciones sociales. Y ahí entró la madrina de esta historia: la también escritora Carol S. Brown, compañera y amiga. Es una experta en las novelas de época y os recomiendo encarecidamente su saga Daventry. Ella leyó esta historia antes que nadie y me ayudó a que la alta sociedad danesa fuese mucho más precisa. Gracias por aparecer en mi vida y por acompañarme en esta y tantas otras historias. Espero seguir caminando juntas muchos años más, viéndonos cumplir nuestros sueños.

En la misma línea, gracias como siempre a Aly por ser mi confidente y mi apoyo en esto de escribir. Cuando pierdo las ganas, ella las encuentra por mí, y, cuando llegan los miedos, los ahuyenta con una charla y un helado. Hace poco publicó su primera novela, *Trazos en el tiempo*, y confío en compartir muchas más, ella a mi lado y yo al suyo.

De nuevo, si ya me habéis escuchado alguna vez, sabréis que siempre escribo con una lectora en mente: mi persona favorita, mi hermana Silvia. Se queja porque todavía no le he dedicado ninguna novela. Hay dos razones. La primera es que siento que la que le dedique a ella debe ser LA NOVELA, aquella que más vaya a disfrutar. Y, como soy una eterna caminante, constantemente aprendiendo, buscando y retándome a dar más, mi mejor publicación es siempre la siguiente.

La segunda es que ya le dedico cada palabra que escribo, cada broma y cada escena. Porque mientras tecleo me la imagino a ella riéndose, emocionándose y disfrutando. Esa es mi guía. Si sé que le gustaría, voy bien.

Para ella nunca alcanzará cuanto pueda plasmar aquí, porque cada día le doy gracias por existir. Por ser mi hermana mayor aunque sea la pequeña. Por ser psicóloga y voz de la cordura y, aun así, seguirme en todas mis locuras.

Ahora se ha lanzado también a escribir y estoy deseando compartir eventos, firmas y un lugar en vuestras estanterías.

Junto a ella, mi otro gran apoyo siempre han sido mis padres. Mi madre me hizo lectora sentándose cada noche en mi cama con un cuento, entre los que se incluían los de Andersen, a quien esta novela es tributo, y las leyendas y rimas de Bécquer.

Y mi padre me enseñó a creer en la magia. De entre todas mis novelas (diez ya escritas a día de hoy), *La señorita Holstein*, como él la llama, es una de sus favoritas y su criterio nunca falla.

La verdad es que puedo sentirme agradecida porque mi familia siempre me ha apoyado en mi sueño de escribir. Con seis años le prometí a mi abuela Julia que un día le dedicaría el Nobel de Literatura.

A día de hoy esa es tan solo una de todas las cosas que ha olvidado.

Escribí esta novela el verano después de la pandemia. A su lado. El Alzheimer avanzaba y nos turnábamos para cuidarla por las tardes. La entreteníamos cantando a Concha Piquer, haciendo puzles para niños y coloreando en el jardín. Al caer la tarde, las golondrinas nos sobrevolaban piando y, así, se colaron en esta novela.

Al igual que ellas, aunque la memoria muera, los recuerdos de aquel verano han quedado impregnados entre estas palabras.

«Palabras, palabras, palabras...», como diría Hans, para convertir en eterno aquello que no se puede atrapar. Como esos paseos por el campo de niña cuando, agarradas del brazo, nieta, hermana y abuela cantábamos que íbamos las tres, las tres, al jardín de la alegría. Grethe lo cantará para siempre por nosotras, también acompañada de dos mujeres a las que ama.

Respecto al Nobel... Como veis, puesta a soñar, de pequeña lo hacía a lo grande. Hoy tengo sueños más modestos, como dejarles el corazón calentito a los lectores al pasar la última página. Si has sonreído, es que lo he conseguido.

Gracias por darle sentido a mis palabras, palabras, palabras... y acompañarme en el camino. Tú das sentido a mi pasión.

Nos leemos en la siguiente historia.

¿TE GUSTÓ
ESTE LIBRO?

Escríbenos a

puck@edicionesurano.com

y cuéntanos tu opinión.

ESPAÑA ⟩ f /MundoPuck 🐦 /Puck_Ed 📷 /Puck.Ed

LATINOAMÉRICA ⟩ f 🐦 📷 /PuckLatam

▶ /PuckEditorial

¡Gracias por vivir otra
#EXPERIENCIAPUCK!